詭畫連篇

HIDDEN PICTURES

傑森・瑞庫雷克 JASON REKULAK ——著

威爾・史戴爾 WILL STAEHLE、道基・霍納 DOOGIE HORNER ——繪

章晉唯——譯

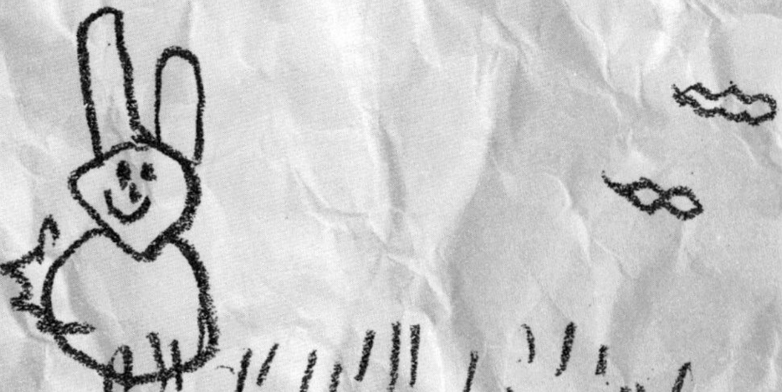

各界好評

・這本我喜歡，愛到不行。文字直白有勁，驚嚇點也夠出人意外，難以企及的推進張力讓人難以釋卷。那些畫作簡直完美！

——史蒂芬・金，恐怖大師

・精巧高明，令人毛骨悚然，情節布局絕妙，是近期最棒的驚悚故事！

——蘭森・瑞格斯，全球暢銷小說《怪奇孤兒院》作者

・本書是驚悚小說的珍稀極品，打破了這類型的天花板，充滿各種新鮮創意。故事氛圍提供文學與視覺上的新體驗，讀完後餘韻強勁。

——史考特・法蘭克，《后翼棄兵》金獎編劇

・有好幾天，我完全被這本書挾持了，這是我近年來讀過最好也最有創意的鬼故事之一。身心受損仍持續戰鬥的主角完全占據我的心，她陷入的超自然困境徹底拓展我的想像力。這是個美麗又黑暗的故事，我等不及要再讀一遍，投入書中世界。

——喬・希爾，紐約時報暢銷作家、驚悚小說家

・本書是一部別開生面的「圖文創作」，作者聘請兩位畫家繪製了七十多幅插圖，與文字故事緊密結合，裡面更藏有大量線索，甚至利用「換頁」來製造突發驚嚇（jump scare）……是一個有如現代版《鬼莊園》加上《控制》的鬼故事，在經典架構下翻轉出全新趣味！

——譚光磊，國際版權經紀人、臉書社團「奇幻故事說不完」共同創辦人

・這本看完讓人幾乎要相信這世界上眞的有鬼！

——科克思書評

・爆炸性的第三者視角讓整個故事緊張萬分！

——書單雜誌

・精采、扣人心弦，而且出人意外的溫柔。

——犯罪閱讀雜誌

獻給 Julie

1

幾年前我沒錢了，於是我自願參加賓州大學的研究，並遵照指示來到西費城的校園醫學中心，那裡有一座巨大的禮堂，裡面全是年紀十八到三十五歲的女人。現場椅子不夠，我又是最後才到，所以只能坐在地上發抖。他們準備了免費咖啡和巧克力甜甜圈，有個大電視播放著《價格猜猜猜》，但幾乎每個人都在滑手機。氣氛和在汽車監理站一模一樣，只是我們都算時薪，所以大家等上一整天也無所謂。

白袍醫生上台自我介紹。她說她叫蘇珊或史黛西或莎曼沙之類的，她是臨床研究計畫的一員。她把常見的免責聲明和警告都唸一唸，並提醒我們報酬不是支票或現金，而是亞馬遜禮物卡。幾人聽了嘟噥幾聲，但我不在乎。我有個男朋友會用八折價買禮物卡，所以我沒問題。

每隔幾分鐘，蘇珊（我想應該是蘇珊？）會唸出文書板上的名字，這時就會有一個人離開禮堂。離開的人都沒回來。不久，禮堂椅子出現空位，但我仍坐在地上，我怕自己一動就吐。我全身發疼，一直打冷顫。但最後我聽說他們不會先做身體檢查，換言之，沒人會驗尿和測脈膊，所以沒有失格問題。於是我塞了顆四十毫克的藥到嘴裡，含到像蠟一般的黃色外殼融化。接著我將藥吐回手掌，用拇指壓碎，吸了大概三分之一。這量剛好足夠我恢復正常。剩下的我包進一小塊鋁箔紙，晚點再享用。吸完之後，我身體不再打顫，現在就算坐在地上等，感覺也不算太糟。

兩小時之後，醫生終於叫道：「昆恩？瑪洛莉．昆恩？」我身上穿著冬季派克大衣，拖著衣襬，順著通道走去找她。她就算注意到我嗑藥，也沒多說什麼。她只問了我年齡（十九歲）和出生月日（三月三日），並在文書板上確認資料。我想她判斷我夠清醒之後，便帶我穿過好幾條走廊，最後來到一間無窗的小房間。

五個男人坐在一排折疊椅上，眼睛全都盯著地板，我看不清他們的面孔。但我判斷他們是醫科學生或住院醫師。他們全穿著藍色手術服，褶線清楚，顏色明亮，彷彿是剛從架上拿下來的新衣。

「好了，瑪洛莉，請妳站到前方，面對大家。到地上的X記號這邊，非常好。在我們將妳眼睛蒙住之前，我先說明會發生什麼事。」我發現她手上拿著一個黑色眼罩，像母親睡覺會戴的柔軟棉質遮光眼罩。

她解釋，目前所有男人都看著地面，但接下來幾分鐘，有時他們會看向我的身體。我的工作就是，如果我身體感受到「男性目光」，就請舉起手。她跟我說，只要有感覺，我的手就繼續舉著；感覺消失時，再把手放下。

「我們會進行五分鐘，但結束之後，我們可能會需要妳再重複實驗。開始之前，妳有任何問題嗎？」

我放聲大笑。「有，你們有看過《格雷的五十道陰影》嗎？因爲我很確定這是第十二章的劇情。」

這是我試圖開的小玩笑，蘇珊禮貌笑了笑，但男生都沒反應。他們隨意看著文書板，將碼錶設定同步。蘇珊用眼罩蓋住我雙眼，然後將綁帶調鬆，以免太緊。「好了，瑪洛莉，這樣可以嗎？」

「可以。」

「妳準備好了嗎？」

「好了。」

「那我數到三開始。各位，碼錶準備好。一、二、三。」

明知道男人可能會看妳胸部或屁股，又必須在安靜的房中罩住眼睛，站著不動五分鐘，這感覺非常詭異。房中沒有一絲聲音或提示，但我絕對有感覺到他們的目光。我舉手、放下好幾次，五分鐘感覺像一小時一樣久。結束之後，蘇珊請我再做一次實驗，我們又從頭到尾重複一次。然後她又要我重複第三遍！她終於把我眼罩脫下時，男人全都起身，開始鼓掌，好像我剛才贏得了奧斯卡獎。

蘇珊解釋他們實驗進行了一整週，找了數百個女人，但我是第一個表現幾近滿分的人，三次實驗中，回報目光的準確率高達百分之九十七。

她請男人去休息，然後帶我進她辦公室，開始問我問題。例如，我怎麼知道男人看我？我回答不出來——我就是知道。那感覺像是我的注意力邊緣有股騷動，類似蜘蛛的感應。我打賭你可能也感覺過，你一定知道我在說什麼。

「另外，還有某種聲音。」

她眼睛睜大。「眞的？妳**聽到了**聲音？」

「有時候會聽到。聲音非常尖銳。像蚊子太靠近耳朵的嗡嗡聲。」

她趕緊抓來筆電，筆電還差一點摔了。她打下一堆筆記，並問我這週願不願意回來再進行幾次測試。我說時薪一小時二十美元的話，她要我回來幾次都行。我把手機號碼給她，她保證一定會和我約時間。但當天晚上，我用iPhone換了五顆八十毫克的疼始康定，所以她找不到我，而我再也沒聽到她的消息。

現在我戒毒了，令我後悔的事有上百萬件，和那些事相比，把iPhone交易掉根本不重要。但有時我會回憶那次實驗，並感到好奇。我曾在網上搜尋那個醫生，但我顯然連她名字都記不清楚。有天早上，我坐公車去大學醫學中心，想找出那個禮堂，但校園全變了樣，裡面一堆新建築，我根本搞不清楚在哪。我試著搜尋關鍵字，像「目光覺察」和「目光感知」，但結果都說這並非眞實的現象。完全沒證據顯示有誰能「背後長眼睛」。

所以我想我也只能接受實驗其實不曾發生，很可能是我嗑羥考酮、海洛因和其他藥物時，幻想出的假記憶。我的輔導員羅素說，成癮者出現假記憶很常見，還說成癮腦袋會「記得」快樂的幻想，藉此逃避眞實的記憶，例如我們爲了嗑藥所做的骯髒事，或曾經傷害了深愛我們的人。

「妳自己聽聽這故事的細節，」羅素說，「妳去到一個常春藤聯盟的知名大學校園。妳嗑到茫了，卻沒人管妳。然後妳進到一個房間，裡面全是年輕帥醫生，他們盯著妳的身體看十五分鐘，最後起身鼓掌！我說眞的，昆恩小姐！就算不是佛洛伊德也懂這裡頭的意義吧！」

看來他說的對。戒毒最難的一點是，你要接受你不能再相信自己的腦袋，而且還必須明白，你的腦袋是你最可怕的敵人。它會誘導你下錯誤的決定，推翻邏輯和常識，將你最珍貴的回憶扭曲成不可思議的幻想。

但有幾件事絕對眞實：

我的名字是瑪洛莉．昆恩，我二十一歲。

我戒癮已經十八個月，我能發自內心說，我完全不想碰酒精和毒品。

我完成了戒癮十二步驟，我將生命獻給神和救世主耶穌基督。我不會在街角發聖經，但我每天都會禱告，請神幫助我堅持下去，到目前爲止這方法都很管用。

我住在費城東北方一個叫「安全港」的地方，那是間政府資助的安置所，專門收容進階戒癮的女人。我們不稱之爲「中途之家」，而是稱爲「終點前一站」，因爲我們所有人都已證明自己能長期戒癮，並贏回大半的個人自由。我們能買自己的食物，自己煮飯，比之前少了許多煩人的規定。

週一到五，我在貝姬阿姨幼兒園當教學助理，那是個鼠滿爲患的排屋，裡頭有六十個二至五歲的孩子。我日常生活大都在換尿布、準備小金魚起司餅乾和播放《芝麻街》的DVD。下班之後，我會去跑個步，然後參加戒癮會，或者直接和室友待在安全港，我們會一起看賀曼電影台*的電影，像《航向愛情》或《永存我心》。你要笑就笑吧，但我保證你打開賀曼電影台，絕不會看到妓女吸白粉的畫面。而我不需要那些畫面出現在我腦中。

羅素同意當我輔導員是因爲我以前是長跑選手，而他有長年訓練短跑選手的經驗。羅素是一九八八年夏季奧運美國隊的助理教練。後來他帶領阿肯色大學和史丹佛大學贏得美國大學田徑錦標賽冠軍。即使如此，他有天依然吸安非他命吸到精神恍惚，開車撞死了隔壁鄰居。他被判過失致死，關了五年，之後被按立成爲牧師。現在他一次輔導五、六個戒癮者，多數人和我一樣，都是沒前途的運動員。

羅素鼓勵我重新開始接受訓練（取名爲「跑向康復之路」）。他每週都爲我量身設計訓練菜單，在斯庫河岸進行長跑和漸速跑交替訓練，並在基督教青年協會加強訓練體能。羅素已經六十八歲，換了人工髖關節，但他仍能臥推九十公斤。週末時，他會和我一起練，給我建議和鼓勵。他總是提醒我，女性跑者巔峰是在三十五歲之後，我個人的最佳成績仍在未來等著我。

他也鼓勵我計畫未來，在新環境重新開始，遠離舊朋友和陋習。所以他替我安排和泰德及卡蘿琳．麥斯威爾面試。他們是他妹妹的朋友，最近搬到紐澤西春溪鎮，需要一名保母來照顧五歲的兒子泰迪。

「他們才剛從巴塞隆納搬回來。爸爸是做電腦的，還是貿易？反正薪水很高，我忘記細節了。總之他們搬來這裡，所以泰迪——就那小孩，不是爸爸——秋天會開始上學。去幼稚園。所以他們希望妳能做到九月。但如果一切順利？誰知道呢，也許他們會繼續雇用妳。」

羅素堅持開車載我去面試。他是隨時都穿運動服的人，就算沒要訓練也一樣。他今天身穿黑色愛迪達運動服，上頭有白色賽車條紋。他開著休旅車從快車道越過車陣，駛過班傑明·富蘭克林大橋，我緊抓著車頂把手，雙眼盯著大腿，努力保持鎮定。我不常坐車，平常去哪都是搭公車和捷運，這是我這一年來頭一次離開費城。我們只是開十六公里的路到市郊，我卻感覺像是飛向火星一樣。

「怎麼了？」羅素問。

「沒事。」

「妳很緊張，昆恩。放輕鬆。」

可是一輛超大的長途巴士轟然經過我們右邊，我怎麼放鬆得了？它就像陸上的鐵達尼號，而且近到我從窗戶伸手就碰得到。我等巴士通過，能不用吼叫喊話才開口。

「媽媽是做什麼的？」

「卡蘿琳·麥斯威爾。她是退伍軍人醫院的醫生。我妹金妮在那工作。我是從她那

＊賀曼電影台（Hallmark）主要播放以浪漫度假為主題的影視作品，氣氛清新愉快，甚至過於美化現實，有些俗氣。

得到消息的。」

「她知道多少關於我的事？」

他聳聳肩。「她知道妳戒癮十八個月了。她知道妳有我最專業的推薦。」

「我不是那個意思。」

「別擔心。我有告訴她妳人生的故事，她等不及和妳見面。」我肯定一臉狐疑，因爲羅素看了我一眼，繼續解釋：「她專門治療戒癮者。她的病人都是退伍軍人。我說的是海豹部隊，阿富汗戰爭中受到嚴重創傷，超慘的那種。我說這話妳別誤會，昆恩，但跟他們比，妳的過去沒那麼可怕。」

有個開吉普車的混蛋把一個塑膠袋扔出窗外，車子躲不了，所以我們以時速近一百公里的速度撞上塑膠袋，擋風玻璃像炸彈爆炸，發出「啪」一聲巨響。羅素一派輕鬆，只伸手將冷氣按兩下調冷。我低下頭，死盯著自己大腿，直到引擎減速，車微微轉彎，開下出口匝道。

春溪鎮位在南紐澤西，自美國獨立後屹立至今。殖民和維多利亞式的房屋隨處可見，有的屋子前廊甚至掛著美國國旗。鎮上道路平整，人行道整潔，四處見不到一點垃圾。

我們停在一盞紅綠燈前，羅素降下車窗。

「妳有聽到嗎？」他問。

「我什麼都沒聽到。」

「沒錯。這裡很安靜，很適合妳。」

綠燈亮起，我們接下來開過三個路口，這一段路上充滿商店和餐廳，像泰國餐廳、冰沙店、素食麵包坊、狗狗護理站和瑜伽工作室。那裡有一家課後輔導班叫「數學健身房」，還有一間小型複合式咖啡書店。那裡當然也有星巴克，門口站著無數年輕人，全都滑著手機。他們看起來像Target百貨的廣告，衣著鮮豔，腳上都穿著新鞋。

羅素轉進一條街後，車子經過一棟棟完美的市郊房屋。那裡有著高大挺拔的路樹，不但爲人行道提供遮蔭，也爲街道添上色彩。一旁有大字招牌寫著「**小心孩童，減速慢行！**」。我們來到十字路口，有個交通指揮員站在那，他身穿螢光安全背心，面帶笑容指揮我們通過。一切都完美精緻，感覺像是開過電影場景一般。

最後羅素靠到路旁，停在垂柳樹蔭下。「好了，昆恩，妳準備好了嗎？」

「我不知道。」

我拉下車頂的遮陽板，用鏡子檢查儀容。在羅素建議之下，我身穿綠色的圓領T恤、卡其短褲和無比乾淨的Keds白鞋，活像個夏令營的老師一樣。我原本長髮及腰，但昨天已綁成長馬尾剪下捐給癌症基金會。我現在頂著一顆充滿運動感的鮑伯頭，我幾乎認不出自己。

「我給妳兩個建議。」羅素說。「首先，妳要記得說那孩子很有天分。」

「我怎麼知道？」

「不重要。在這鎮上，所有小孩都很有天分。總之找個方法，聊到這點上。」

「好。那另一個建議是?」

「如果面試出問題?或妳覺得他們有點猶豫?妳可以拿出這個。」

他打開手套箱，我看到一個我眞的不想帶進他們家的東西。

「喔，羅素，我沒把握。」

「拿去，昆恩。妳就當這是王牌。妳不一定要用，但有需要就派得上用場。」

我在勒戒所聽過太多恐怖故事，知道他可能是對的。我拿起那蠢東西，放到包包深處。

「好。」我跟他說。「謝謝你載我來。」

「聽著，我會在星巴克等妳。結束時打電話給我，我載妳回去。」

我向他保證我沒問題，並跟他說我能自己坐火車回費城，要羅素趁塞車前趕快回家。

「好啦，但妳結束時打電話給我。」他說。「我想知道後續，好嗎?」

2

車外頭是悶熱的六月天。羅素輕摁一下喇叭便開走了，我想我現在無法反悔了。

麥斯威爾的家是經典的維多利亞式大宅，樓高三層，有黃木護牆板和白色木質花邊裝飾。房子周圍有一圈門廊，門廊上放著柳編家具，盆栽全種著黃色雛菊和秋海棠。屋後有一大片樹林（或許是公園？），所以街上鶯啼燕語，昆蟲嗡嗡飛舞。

我沿著石板路走去，爬上前門廊的台階。我按下門鈴，一個小男孩來應門。他留一頭豎起的橘紅色直髮，讓我想到巨魔娃娃。

我蹲下來，和他四目相交。

「我猜你的名字叫泰迪。」

男孩露出害羞的笑容。

「我是瑪洛莉．昆恩。我是——」

他轉身沿樓梯跑上二樓，消失在視線中。

「泰迪？」

我不確定該如何是好。我面前是個小玄關，還有一條通往廚房的走廊。我看到左邊是餐廳，右邊是客廳，還有地面鋪滿漂亮的硬松木地板。我聞到空調有一股清新的香氣，還有淡淡墨菲石油牌清潔劑的氣味，地板好像才剛刷洗過。所有家具看起來都又新又現代，像是剛從Crate & Barrel家具行展示間運來。

我按了門鈴，但門鈴沒發出聲音。我又按了三次——毫無動靜。

「有人嗎？」

房子遠端的廚房中，我看到有個女人的身影。她注意到我，轉過身來。

「瑪洛莉？是妳嗎？」

「對！嗨！我按了門鈴，可是——」

「我知道，不好意思。我們門鈴還沒修好。」

我還來不及好奇泰迪是怎麼知道來應門，她便走來歡迎我。我從沒見過有人走路如此優雅，她移動時腳下一點聲音都沒有，彷彿雙腳沒碰到地。她留著一頭金髮，身材高䠷苗條，皮膚晶瑩剔透，五官溫柔親切，整個人細緻柔美到彷彿不屬於這世界。

「我是卡蘿琳。」

我伸出手，但她給了我一個擁抱。她散發溫暖和熱情，並比常人多抱了我一會。

「我好高興妳來了。羅素對妳讚不絕口。妳眞的戒癮十八個月了？」

「十八個半月。」

「太厲害了。在妳經歷那一切之後？眞是不可思議。妳應該爲自己感到驕傲。」

我沒料到自己還沒踏進門，她便劈頭提起戒癮的事。我好怕自己哭出來，但能早早攤牌，趕快說明白也好。

「確實不容易，但每天都更容易一些。」

「我跟病人也是這麼說。」她退後，從上到下打量我，並露出笑容。「妳看看妳！妳身體健康，還容光煥發！」

外頭又悶又熱，而屋內是清爽舒適的攝氏二十度，進門之後，我著實鬆了口氣。我跟著卡蘿琳經過樓梯口，走過二樓走道下方，進入廚房。廚房充滿自然光，感覺彷彿置身美食電視台的廚藝節目。廚房裡有大冰箱和小冰箱，火爐上有八個爐頭。水槽是個長方形的大槽，寬到需要兩組水龍頭。整個空間共有數十個抽屜和櫃子，形狀和大小各異。

卡蘿琳打開一扇小門，我發現這是第三個冰箱，迷你款的，裡面裝滿冷飲。「我們看看，我們有氣泡水、椰子水、冰茶……」

「氣泡水好了。」我面向正對後院的一排窗戶，心下讚嘆。「這廚房好美。」

「很大，對不對？對三人來說太大了。但我們好愛這屋子的其他地方，所以就搬進來了。我們正後方有個公園，妳有注意到嗎？泰迪喜歡去樹林玩。」

「聽起來很好玩。」

「但我們一直發現他有蝨子。我在考慮幫他買跳蚤項圈。」

她把玻璃杯拿到製冰機下，杯子像門廊的風鈴發出叮噹聲，數十個小冰塊如珠寶落下。我感覺自己彷彿在看魔術秀。她把氣泡水倒入玻璃杯拿給我。「要不要吃三明治？還是妳想吃別的？」

我搖搖頭，但卡蘿琳還是打開了大冰箱，裡面食品琳瑯滿目，有全脂牛奶、豆奶、紙盒裝的棕色友善雞蛋、一條條一品脫的松子青醬、鷹嘴豆泥和莎莎醬。還有一塊塊乳酪、一瓶瓶克菲爾優格和數個白色網袋裝的綠色蔬菜。更別說水果！無數巨大透明盒裝著草莓、藍莓、覆盆子、黑莓、哈密瓜和蜜瓜。卡蘿琳拿起一袋小胡蘿蔔和一品脫裝的鷹嘴豆泥，並用手肘關上冰箱。

我注意到冰箱門上有張小孩的畫，畫的是一隻兔子，筆觸粗糙，毫無章法。我問那是不是泰迪畫的，卡蘿琳點點頭。「才搬進來六週，他就想養寵物。我跟他說我們必須先拆完箱。」

「他感覺很有天分。」我告訴她，我好怕自己聽起來太刻意，或說得太誇張。

但卡蘿琳附和了！

「喔，這倒是眞的。他眞的比同學都厲害。大家都這麼說。」

我們坐到屋角輕食區，那裡有一張小餐桌，她拿一張紙給我。「我丈夫打好了一些約法三章。沒有太過分的要求，但我們還是先講清楚比較好。」

家規

一、不得吸毒

二、不得喝酒

三、不得抽菸
四、不准罵髒話
五、不准滑手機和平板
六、不准吃紅肉
七、不准吃垃圾食物
八、未經許可，不得邀請訪客
九、不准將泰迪的照片放上社群媒體
十、不准提到宗教和迷信，一切以科學為主

在打好字的清單下，有第十一條規定，以優雅細緻的女生筆跡補上：

樂在其中！：）

我還沒讀完，卡蘿琳便開始道歉。

「我們其實對第七條不會那麼嚴格。如果妳想做杯子蛋糕，或幫泰迪買冰淇淋，那都沒問題。但不要給他喝汽水。我丈夫很重視第十條。他是工程師，在科技公司上班。所以科學對我們家來說非常重要。我們不禱告，也不慶祝耶誕節。如果有人打噴嚏，我們甚至不會說『願上帝保佑你』。」

「那你們會怎麼說？」

「Gesundheit，或『保重』。兩個意思一樣。」

她語氣略帶歉意，我發現她望著我脖子上小巧的金色十字架，那是母親在我第一次領聖餐時送我的。我向卡蘿琳保證，她的家規不是問題。

「泰迪的信仰是你們家的事，跟我無關。我來這裡只是要提供安全、關愛和適合成長的環境。」

她似乎鬆口氣。「而且要樂在其中，對吧？那是第十一條。所以妳如果想計畫特別的旅行？去博物館或動物園？行程花費我都願意出。」

我們聊了一會關於工作和職責，但卡蘿琳沒多問私人問題。我跟她說，我在南費城桑克街長大，就在體育館北邊。我和母親及妹妹生活，以前會替街區所有家庭照顧孩子。我就讀中央高中，我人生脫離正軌那一刻，我才剛得到賓州大學全額獎學金。羅素一定有跟卡蘿琳說過，因爲她沒有逼我重述醜陋的過去。

她只說：「我們要不要去找泰迪？看你們合不合得來？」

書房就在廚房旁邊。那是個舒適、隨興的家庭空間，裡面有個組合沙發和一箱玩具，地上鋪著一塊毛絨絨的長絨地毯。牆邊有一排書櫃，還有三張紐約大都會歌劇院的裱框海報，分別是《弄臣》《丑角》和《茶花女》。卡蘿琳解釋，這是她丈夫最喜歡的三齣製作，泰迪出生之前，他們經常去林肯中心看表演。

泰迪趴在地毯上，面前放著線圈繪圖本和幾枝黃色的二號鉛筆。我進門時，他抬起頭，臉上閃過調皮的笑容，然後馬上繼續畫畫。

「嘿，又見面了。你在畫畫嗎？」

他肩膀誇張地聳了一下。他還是太害羞，沒回答我。

「親愛的，」卡蘿琳插話，「瑪洛莉剛才問你問題。」

他又聳聳肩，然後臉湊到紙前，鼻子都快碰到畫了，好像他想躲到裡面。接著他伸出左手拿筆。

「喔，所以你是左撇子啊！」我跟他說。「我也是！」

「世界領袖都有這特徵。」卡蘿琳說。「歐巴馬、柯林頓和雷根全都是左撇子。」

泰迪移了移身子，用身體擋住我視線，所以我看不到他在畫什麼。

「你讓我想到我妹妹。」我跟他說。「她在你這個年紀，也很愛畫畫。她有個特百惠的超大盒子，裡面裝滿了蠟筆。」

卡蘿琳從沙發下拿出一個超大的特百惠盒子，裡面全是蠟筆。

「像這種？」

「沒錯！」

她開心輕笑一下。

「我跟妳說個好笑的事，我們住在巴塞隆納的時候，怎麼試都沒辦法讓泰迪拿起畫筆。我們買給他彩色筆、手指畫顏料、水彩都沒用——他對藝術毫無興趣。但等到我們一搬回美國？搬進這屋子？他突然變成畢卡索。現在他像發瘋一樣，變超愛畫畫。」

卡蘿琳掀開咖啡桌，我發現桌子下原來也是儲物櫃。她拿出一疊紙，厚度有三公分。

「我丈夫常笑我什麼都收藏，但我忍不住嘛。妳想看嗎？」

「當然好。」

泰迪趴在地上，手上的鉛筆不動了。他全身緊繃。我感覺得出來，他在仔細聽，注意力全放在我的反應上。

「喔，最上面這張畫得眞好。」我跟卡蘿琳說。「這是一匹馬嗎？」

「對，沒錯。」

「不對、不對。」泰迪跑過來，湊到我旁邊說：「那是羊，因爲他頭上有角，妳看？還有鬍子。馬沒有鬍子。」然後他整個人靠到我大腿上，翻到下一頁，讓我看下一張畫。

「那是你家前面的垂柳嗎？」

「對，沒錯，如果妳爬上去，可以看到鳥巢。」

我一直翻頁，沒多久，泰迪便放鬆待在我懷裡，頭靠在我的胸口。我感覺自己就像抱著一隻大狗。他身體溫暖，衣服散發著剛從烘衣機拿出來的氣味。卡蘿琳坐在一旁，看我們互動，她感覺很滿意。

圖畫全是一般孩子會畫的東西，有不少動物，也有在大晴天大笑玩耍的人。泰迪看著我對每一幅畫的反應，像海綿一樣，沉浸在我的稱讚中。

卡蘿琳看到最後一張畫似乎很驚訝。「我原本把這幅畫收起來了，」她說，但現在她不得不解釋了，「這是泰迪和他，嗯，特別的朋友。」

「安雅。」泰迪說。「她的名字叫安雅。」

「對，安雅。」卡蘿琳邊說邊朝我眨眨眼，要我順著他。「我們所有人都很愛安雅，因爲爸爸、媽媽去工作的時候，她會陪泰迪玩。」

我想安雅一定是他奇怪的幻想朋友，所以我試著說些好話。「我覺得安雅能陪你眞好。尤其小朋友才搬到新城鎭，又還沒認識其他小孩。」

「沒錯！」卡蘿琳鬆口氣，慶幸我迅速了解情況。「說的一點都沒錯。」

「安雅現在在這裡嗎？她跟我們在一起嗎？」

泰迪環視書房。「沒有。」

「她在哪？」

「我不知道。」

「你晚上會見到她嗎？」

「我每天晚上都會見到她。」泰迪說。「她睡在我床底下，所以我能聽到她唱歌。」

這時玄關傳來鈴聲，我聽到前門打開又關上。一個男人的聲音喊：「哈囉？」

「在書房！」卡蘿琳回喊，她望向泰迪。「爸爸回來了！」

泰迪從我大腿起來，跑去迎接爸爸，我把畫還給卡蘿琳。「這些……很有趣。」

她搖頭大笑。「我發誓他沒有被鬼附身。現在他只是處在很特殊的階段。許多小孩有幻想朋友。我在小兒科的同事說這非常常見。」

她聽起來很難爲情，我馬上向她保證，這絕對正常。「我猜是因爲搬家的緣故。他幻想出安雅，才有個玩伴。」

「我只希望她看起來別那麼古怪。這樣的畫能貼在冰箱上嗎？」卡蘿琳把畫蓋起，放到那一疊畫最下面。「但我跟妳說，瑪洛莉，妳在這工作之後，我猜他就會馬上把她忘了。他會和新保母玩得非常開心！」

我喜歡她這麼說，彷彿面試已結束，我已得到這份工作，現在我們只是在解決孩子的問題。「我相信遊樂場一定都是小孩，」我跟她說：「我會在開學前讓泰迪交到一大堆眞實的朋友。」

「太好了。」卡蘿琳說。走廊腳步聲傳來，她靠近我。「還有，我想先提醒妳關於我丈夫的事，他其實不怎麼接受妳的過去。或許是因爲有嗑藥？所以他會找理由拒絕妳。但別擔心。」

「那我該——」

「還有，叫他麥斯威爾先生。別叫他泰德。他會介意。」

我還來不及問清楚她的意思，卡蘿琳便退開了，她丈夫將笑嘻嘻的泰迪抱在腰間走進門。泰德·麥斯威爾比我想像中還年長，至少比卡蘿琳大十到十五歲，他身材高大清瘦，一頭灰髮，戴著一副黑框眼鏡，並留著鬍子。他穿著設計款牛仔褲，腳上是一雙陳舊的牛津鞋，V領T恤外穿著一件運動外套。他的打扮乍看休閒，但花費會比你想像貴十倍。

卡蘿琳去迎接他，並給他一吻。

「親愛的，這是瑪洛莉。」

我起身和他握手。「你好，麥斯威爾先生。」

「不好意思，我遲到了。工作突然有急事。」他和卡蘿琳交換眼神，我好奇他的工作是否常有急事。「面試怎麼樣？」

「非常好。」卡蘿琳說。

「非常**非常**好！」泰迪歡呼。他從父親懷中掙脫，跳回到我大腿上，好像我是聖誕老公公，他想告訴我他的禮物清單。「瑪洛莉，妳會玩躲貓貓嗎？」

「我**超愛玩**躲貓貓。」我跟他說。「尤其在古早那種有很多房間的大房子。」

「就是這裡！」泰迪睜大眼睛，驚奇看向書房四周。「我們就住在古早大房子！有很多房間！」

我輕輕摟他一下。「太好了！」

泰德聽到這段意有所指的對話，感覺不大自在。他牽起兒子的手，要他從我大腿起來。「聽著，兒子，這是工作面試。大人在談正經事。爸爸、媽媽需要問瑪洛莉一些重要的問題。所以你先上樓，好嗎？去玩樂高或——」

卡蘿琳打斷他。「親愛的，我們已經交代好一切。我想帶瑪洛莉去外面，帶她看一下訪客小屋。」

「我有自己的問題。給我五分鐘。」

泰德推了兒子一把，讓他上樓。然後他解開外套鈕釦，坐到我對面。我發現他不如我所想的瘦。他有點肚子，但胖點也適合他。他看起來不曾挨餓和吃苦。

「妳有多帶一份履歷嗎？」

我搖頭。「對不起。」

「沒關係。我應該有收著。」

他打開公事包，拿出裝滿文件的檔案夾。他翻過一張張文件時，我發現那全是應徵者的信件和履歷。至少有五十人。

「這裡，瑪洛莉·昆恩。」他將履歷從文件中抽出，我看到上頭全是手寫的筆記。

「中央高中畢業，但沒讀過大學，對吧？」

「還沒讀。」我跟他說。

「妳秋天有打算入學嗎？」

「沒有。」

「春天？」

「沒有，但我希望未來有機會。」

泰德看了看我的履歷，然後瞇起眼，頭歪向一邊，好像有點搞不懂。「上頭沒提到妳會不會講外語。」

「不會，對不起。我是說，除非你們認爲南費城口音也算是的話：『你老弟們想來個綿綿冰嗎？』。」

卡蘿琳大笑。「喔，好好笑！」

泰德只在筆記旁打個黑色小叉。

「那樂器呢？鋼琴或小提琴？」

「不會。」

「視覺藝術？繪畫、插畫、雕刻？」

「不會。」

「妳經常旅行嗎？有出過國嗎？」

「我十歲時曾去過迪士尼。」

他又在我履歷上打個叉。

「所以妳現在在爲妳阿姨貝姬工作？」

「她不是我阿姨。那只是幼兒園的名字：貝姬阿姨幼兒園。因爲這名字縮寫起來剛好是ABC，很有趣吧？」

他看了一下筆記。「對、對，我想起來了。那間幼兒園是戒癮友善工作機構。你知道州政府補助他們多少錢雇用妳嗎？」

卡蘿琳皺眉。「親愛的，那有關係嗎？」

「我只是好奇。」

「我不介意。」我跟她說。「賓州負責支付我三分之一的薪水。」

「但我們會付全額。」泰德說著在履歷邊緣寫下數字，好像在進行複雜的計算。

「泰德，你有其他問題嗎？」卡蘿琳問。「因為瑪洛莉來這裡一段時間了。我還要帶她去看房子後面。」

「沒關係。我問完了。」我忍不住注意到，他把我的履歷放到文件最底下。「很高興見到妳，瑪洛莉。謝謝妳來這一趟。」

「別在意泰德。」過一會，我們從玻璃拉門走出廚房時，卡蘿琳跟我說。「我丈夫非常聰明。他在電腦方面就像巫師一樣。但社交上，他很笨拙，他一點都不了解戒癮的事。他以為雇用妳風險很高。他希望雇用賓州大學學生，找個學科測驗考一千六百分的人才。但我會說服他給妳機會。別擔心。」

麥斯威爾家有個偌大的後院，那裡有著柔軟青綠的草坪，四周圍繞著高大的樹林和灌木叢，還有一塊塊花圃點綴，增添了不少色彩。後院中央有個漂亮的游泳池，旁邊放著露台椅和陽傘，像是拉斯維加斯賭場的場景。

「這也太美了吧！」

「我們的私人綠洲。」卡蘿琳說。「泰迪喜歡在這裡玩。」

我們越過草坪，綠草挺立有彈性，像彈跳床一樣。卡蘿琳指著後院邊的一條小路，跟我說沿著路往下會到海頓河谷。那是三百英畝的自然保育區，中間有無數步道和小溪。「因為有溪流的關係，我們不會讓泰迪一個人去。但只要妳帶著他，隨時要去都可以。只要小心別碰到毒藤就好。」

我們快越過後院時，終於看到了訪客小屋。那棟小屋半藏在樹林中，彷彿森林正慢慢吞噬它，讓我想到童話故事的糖果屋。那是棟迷你版的瑞士小屋，以質樸的木牆板搭建，屋頂呈Ａ字結構。我們爬上三階台階，來到一條小門廊，卡蘿琳打開前門門鎖。「前屋主把割草機放這。把這裡當園藝工具室。但我幫妳整理好了。」

小屋裡就一間房，小巧但乾淨整潔。牆壁潔白，屋頂椽條外露，粗重的棕色屋梁在天花板交錯。木地板無比清潔，我差點不敢把球鞋穿進來。右邊有個小廚房，左邊是我見過最舒服的床鋪，上頭放著蓬鬆的白色棉被和四個巨大枕頭。

「卡蘿琳，這太周到了。」

「我知道有點小，但跟泰迪相處一整天，我猜妳會想要有自己的空間獨處。床是全新的。妳可以躺躺看。」

我坐到床墊邊緣，躺下那一瞬間，感覺像墜入雲朵。「我的天啊。」

「那是Brentwood牌舒適層床墊。裡面有三千個彈簧支撐身體。泰德和我臥室也用同一家床墊。」

小屋另一面有兩道門。一道門打開是個淺淺分層櫃，另一個是世上最小的浴室，有完整的淋浴、廁所和洗手槽。我站到裡面，發現我身材剛好，不會撞到蓮蓬頭。

整間屋子參觀不到一分鐘，但我覺得自己必須多花點時間欣賞這一切。卡蘿琳替此處增添許多小巧思，像床前閱讀燈、摺疊燙衣板、手機ＵＳＢ充電孔、天花板設有吊扇讓空氣流通。廚房櫥櫃放著基本器具，像盤子、玻璃杯、馬克杯、餐具等，全跟自家用的一樣高級。還有簡單的料理材料，像橄欖油、麵粉、小蘇打粉、鹽和胡椒。卡蘿琳問我是否喜歡煮飯，我跟她說我還在學習。「我也是。」她說著笑了一聲。「我們可以一起練習。」

這時我聽到門廊傳來沉重的腳步聲，泰德・麥斯威爾打開門。他把運動外套換成了海藍色的polo衫，但就算換上休閒服，他依然維持嚇人的樣子。我原本希望面試結束之前都不要再見到他。

「泰迪要找妳。」他跟卡蘿琳說。「我來繼續介紹。」

氣氛很尷尬，因為我已經看完了，但卡蘿琳在我開口前走出了門。泰德只是站在那邊看著我，好像他覺得我會偷床單和毛巾。

我微笑。「這裡眞的很舒適。」

「這是個單人房。未經許可不准招待客人。絕不能帶人來過夜。這一切對泰迪來說太複雜了。妳會覺得爲難嗎？」

「不會，我沒有要見誰。」

他搖搖頭，覺得我沒抓到重點。「依法我們不能禁止妳見任何人。我只是不希望陌生人睡在我院子。」

「我了解。沒問題。」我說服自己這是過程，就是該謹小愼微，邁著小步伐走向員工和雇主的關係。「你有其他顧慮嗎？」

他嘴角一撇，露出嘲諷的笑容。「妳有多少時間？」

「需要多久都可以。我眞的很想要這份工作。」

他走到窗前，指著外頭一株小松樹。「我跟妳說個故事。我們搬進這屋子那天，卡蘿琳和泰迪在那株樹下發現一隻幼鳥。一定是從巢上落下來的，也許是被擠下來的，誰知道？總之我妻子很有愛心，她拿了鞋盒，放滿碎紙，開始用點眼藥瓶餵幼鳥糖水。那時搬家工人還在車道，我還在拆箱全屋子的東西，想早日開始生活。結果卡蘿琳卻跟泰迪說，他們會把幼鳥養活，讓牠有一天飛到比大樹還高的地方。當然，泰迪聽了好高興。他把鳥取名叫羅勃特，每個小時都去看牠，他像照顧弟弟一樣照顧牠。但四十八小時後，羅勃特就死了。我向妳保證，瑪洛莉，泰迪哭了整整一週。他悲痛欲絕，就爲了一隻幼鳥。所以重點就是，我們邀請他人一起生活時，必須格外小心。考量到妳的過去，我擔心這會是一場賭博。」

我要怎麼反駁他？這工作薪水不錯，泰德收到雪片般的履歷，裡面每個女子都不曾染毒。他能雇用護理學校樣貌清新、學過CPR的學生，也能雇用來自宏都拉斯的婦人，她照顧過五個孫子，不但能教西班牙文，還會做墨西哥捲餅。有這些人選，爲何要選我？我發現我現在最大的希望就是唯一的王牌。最後一刻，下車之前，羅素交給我的王牌。

「我想我有解決辦法。」我手伸到袋中，拿出一個看起來像紙製信用卡的東西，底下有五張棉質試紙。「這是藥物檢驗組，在亞馬遜上一組賣一美元，你可以從我薪水中扣。這能檢驗出冰毒、鴉片、安非他命、古柯鹼和大麻。五分鐘便能得到結果，我願意每週定期檢測，也願意讓你隨時抽驗，以免你擔憂。這樣你會比較安心嗎？」

我將檢驗組拿給泰德，他拿得遠遠的，好像覺得很噁心，好像試紙已浸過暖烘烘的黃色尿液。「不會，妳看，這就是問題所在。」他說。「妳感覺人很好。我眞心希望妳生活一切順利。但我想要的是不用每週都必須驗尿的保母。妳能理解，對吧？」

我在屋子玄關等待，泰德和卡蘿琳在廚房爭執。我聽不到對話的內容，但明顯兩人各執一詞。卡蘿琳語氣充滿耐心，處處哀求。泰德的回應短促，嚴厲而不連貫，感覺就像在聽小提琴和鑽地機唱和。

他們終於回到玄關，兩人滿臉通紅，卡蘿琳擠出笑容。「不好意思讓妳久等了。」她說。「我們會再聊一會，之後跟妳聯絡，好嗎？」

我們都懂這言下之意，對吧？

泰德打開門，幾乎是一把將我推入要命的夏日熱浪中。屋子前側比後院熱得多了。我感覺自己彷彿站在天堂和眞實世界的邊界。我擺出勇敢的表情，謝謝他們和我面試。我告訴他們，希望他們能考慮我，我會很享受和他們工作的時光。「如果有任何方式能讓你們更安心，希望你們不吝告訴我。」

他們正要關門時，泰迪從父母腿中擠過來，給我一張紙。「瑪洛莉，我幫妳畫畫了。送給妳。妳可以帶回家。」

卡蘿琳從我身後看，倒抽口氣。「我的天啊，泰迪，這好美喔！」

我知道這只是幾個火柴人的圖案，但畫中的善意讓我內心震動。我蹲下來，和泰迪四目相交，這次他沒畏縮或跑走。「我好愛這幅畫，泰迪。我一回家，就會把畫掛在我家牆上。非常謝謝你。」我張開雙臂，想簡單和他擁抱，結果他撲到我懷中，短短的手臂環抱我的脖子，臉埋進我肩膀。這是我好幾個月來，第一次和人有那麼多肢體接觸。我心情激動，眼角不禁流下一滴淚，我笑著把淚水拭去。也許泰迪的父親不相信我，也許他覺得我只是另一個行屍走肉，注定再次沉淪，但他可愛的兒子覺得我是天使。「謝謝你，泰迪，謝謝你、謝謝你、謝謝你。」

我沿著林蔭的人行道散步，緩緩走向火車站。幾個小女孩用粉筆在地上畫圖，幾個男生在車道上投籃，草坪自動灑水機「噗嘶！噗嘶！噗嘶！噗嘶！噗嘶！」灑著水。我走過短短的商店街，經過冰沙店和星巴克外的那群青少年。我想像能在春溪鎮長大有多好，這裡每個人都有足夠的錢付帳單，沒發生過不好的事。我眞希望自己不用離開。

我走進星巴克，點了一杯草莓檸檬。身爲一個戒癮者，我決定要避開所有精神刺激物，包括咖啡因（但我可不偏激。我還是會吃巧克力，因爲裡面只有幾微克咖啡因）。我把吸管插進蓋子時，發現羅素在用餐區另一側喝著黑咖啡，讀著《費城詢問報》的體育版。他可能是美國最後一個還在買實體報紙的人。

「你不該等我。」我跟他說。

他合上報紙，露出微笑。「我有預感妳會來這。而且我想知道事情怎麼樣。快跟我說。」

「很慘。」

「怎麼了？」

「你的王牌是悲劇。沒有用。」

羅素大笑。「昆恩，對方媽媽已經打電話給我。十分鐘前的事。妳一離開她家就打來了。」

「眞的？」

「她擔心別人把妳搶走。她希望妳盡早開始工作。」

3

我打包行李只要十分鐘。我東西不多，只有一些衣服、盥洗用具和一本聖經。羅素給了我一個二手行李箱，讓我不必拿塑膠垃圾袋裝。我在安全港的室友買了外帶中國餐，並從超市買了扁扁的方蛋糕，替我辦送別會。面試三天後，我離開了費城，回到夢想世界，準備展開當保母的新生活。

若泰德．麥斯威爾對我仍有顧慮，他也沒表現出來。他帶泰迪來火車站和我碰頭，泰迪拿著黃雛菊花束。「這是我選的，」他說，「可是是爸爸買的。」

走到車子的路上，他父親堅持幫我提行李箱。開往房子的路上，他們簡短介紹了一下社區，告訴我披薩店和書店在哪，還有一條跑者和單車騎士愛去的舊鐵軌。之前的泰德．麥斯威爾消失了。他再也不是那個拷問我外語和旅外經驗的嚴肅工程師。新的泰德．麥斯威爾平易近人，態度親切（「妳叫我泰德就好！」），甚至連衣著都更休閒。他穿著巴塞隆納足球隊的球衣、老爹牛仔褲，腳下踩的是紐巴倫經典九九五系列。

那天下午，卡蘿琳帶我到小屋安頓。我問泰德怎麼突然像換個人似的，她聽了大笑。「我就跟妳說他會想通。他注意到泰迪有多喜歡妳。而且跟其他面試者相比，他最喜歡妳。所以，選妳是我們最理所當然的決定。」

我們在後院石板露台吃晚餐。泰德烤了他的招牌龍蝦和扇貝串燒，卡蘿琳泡了自製的冰茶，泰迪在草坪跑來跑去，像苦行僧跳迴旋舞一樣，他聽到我整個夏天二十四小時會和他們生活在一起，驚喜不已。「我不敢相信！我不敢相信！」他歡呼，並倒在草地上，開心到不行。

「我也不敢相信。」我跟他說。「我很高興能來這裡。」

甜點都還沒吃，他們已讓我感覺像家中一份子。卡蘿琳和泰德感情誠摯，待人溫柔，相處自在。他們會互相接話，拿彼此盤中的食物吃，他們你一言、我一語告訴我，兩人十五年前在林肯中心巴諾書店相遇，整個過程就像一則美好的童話。講到一半，泰德的手自然放到妻子膝上，她則把手疊到上面，兩人十指交扣。

即使他們意見不合，場面也令人感到好笑又可愛。吃到中途，泰迪說他要去上廁所。我起身要陪他去，但泰迪揮揮手，要我留下。「我五歲了。」他提醒我。「廁所是私密空間。」

「你眞棒。」泰德說。「別忘了洗手。」

我坐回椅子上，感覺好白痴，但卡蘿琳要我別擔心。「這對泰迪是個新階段。他在努力練習自己獨立。」

「並努力不要進監獄。」泰德補充。

卡蘿琳聽到這玩笑話好生氣。我不懂這句話的意思，所以她解釋。

「幾個月前出了場意外。泰迪對兩個小孩下馬威。我的意思是，他向對方暴露自己的身體。這是小男孩典型的行爲，但我第一次遇到，所以我可能反應過度了。」

泰德大笑。「其實就是性騷擾。」

「如果他是成年人，那可能是性騷擾。這就是我的重點，泰德。」卡蘿琳轉向我。「但我同意，以後我會更謹愼措詞。」

「那孩子甚至還不會綁鞋帶，」泰德說，「結果現在會性犯罪了。」

卡蘿琳誇張地把丈夫的手從膝蓋移開。「重點是，泰迪學到教訓了。私處是個人隱私。我們不會把私處給陌生人看。下次我們要教他合理的肢體接觸和分辨不正常的觸碰，這些事很重要，他必須知道。」

「我百分之百同意。」泰德說。「我答應妳，卡蘿琳，他會是班上思想最進步的男生。妳不用擔心。」

「他眞的很貼心。」我附和。「有你們倆帶他長大，我相信他不會有事。」

卡蘿琳牽起丈夫的手，放回膝蓋上。「我知道你說的對。但我還是爲他擔心。沒辦法！」

話題還沒繼續，泰迪又衝回到桌旁，上氣不接下氣，雙眼睜大，準備玩耍。

「說人人到！」泰德大笑說。

我們吃完甜點，該去游泳池了，我不得不承認，我其實沒有泳裝。高中之後我就沒游過泳了。所以隔天，泰德預支了五百元，讓卡蘿琳載我去賣場買連身泳衣。那天下午，她手上拿著十多件掛在衣架上的衣服來我的小屋，衣服全都是Burberry、Dior和DKNY等非常高級的洋裝和上衣，幾乎全新。她說她已經穿不下了，她現在要穿八號，所以衣服捐去慈善機構前，我都可以拿去穿。

「還有，妳可能會覺得我偏執，但我幫妳買了這個。」她給我一個粉紅色的小手電筒，上頭有兩根突出的金屬。「妳晚上跑步可以帶著。」

我按下開關，電流劈啪作響。我嚇得馬上把它扔了，電擊棒落到地上。

「對不起！我以為這是——」

「沒關係，我應該先提醒妳。這是迷你電擊棒，可以扣在鑰匙圈上。」她把電擊棒從地上撿起，介紹它的功能。開關上有標好亮燈和電擊功能，還有個安全切換開關。「它能輸出一萬伏特。我用我的電過泰德。只是想確認有沒有用。他說感覺像被雷劈。」

卡蘿琳為防身帶著武器，這我一點也不意外。她提過退伍軍人醫院許多病人患有精神疾病。但我無法想像自己在春溪鎮慢跑會需要電擊棒。

「這裡治安不好嗎？」

「這裡幾乎沒有犯罪。但兩週前啊，有個妳這年紀的女孩被劫。就在維格曼停車場。歹徒逼女孩開到自動櫃員機，提了三百美元。所以我覺得就是保險起見，妳懂吧？」

她說完一臉期待，我發現自己若不把電擊棒扣上鑰匙圈，她都不會滿意，她感覺像個母親一樣照顧著我。

「太好了。」我跟卡蘿琳說。「謝謝妳。」

工作本身很容易，我馬上調整成新的生活規律。一般工作日的作息類似這樣：

□六點半——早晨的森林鳥叫嘈雜，所以我不需鬧鐘就能早起。我會穿上睡袍，替自己泡熱茶和燕麥片，然後坐在門廊看太陽從游泳池旁升起。我會在後院看各種野生動物覓食，像松鼠、狐狸、兔子和浣熊，偶爾還有鹿。我感覺像是老卡通裡的白雪公主。我會放一盤盤藍莓和葵花籽，吸引動物和我一起吃早餐。

□七點半——我穿過後院，從玻璃拉門進到大屋。泰德工作必須一早出門，所以他已經不在了。但卡蘿琳堅持替兒子做早餐。泰迪喜歡自製鬆餅，所以她會用模具做米老鼠形狀的鬆餅。卡蘿琳準備上班時，我會清理廚房。等到媽咪終於要出門時，我會和泰迪送她到車道，向她揮手道別。

□八點——泰迪和我正式開始一天的活動之前，先要一起完成幾件小家事。首先我必須將泰迪的衣服拿出來，但這很簡單，因爲他總是穿一樣的衣服。他衣櫃很大，裡面有各種可愛的Gap童裝，但他總是堅持穿同一件紫色條紋上衣。卡蘿琳後來懶得洗了，所以她又去Gap，再買五件同款衣服。她順著他，但她要我「稍微鼓勵」他選其他衣服。我拿出衣服時，我會多給幾個不同的選擇，但他總是一樣選紫條紋。接著我會幫他刷牙，他用馬桶時，我會在浴室外頭等，然後我們便會開始我們的一天。

□八點半——每天早上，我試著規畫各種大活動和出遊。我們會走路去圖書館參加「說故事時光」，或去超市買做餅乾的材料。泰迪很容易滿足，不曾反駁我的建議。我跟他說我必須去鎮上買牙膏時，他的反應像我們要去遊樂園一樣。和他相處很開心，泰迪聰明又熱情，滿腦子令人驚奇的問題：方形的相反是什麼？爲什麼女生頭髮那麼長？這世上一切都是「眞的」嗎？他說的話我永遠聽不膩。他像是我不曾有過的弟弟。

□十二點——早晨活動之後，我會準備簡單的中餐，像起司通心粉、披薩貝果或雞塊。泰迪會去房間享受個人時間，我也會有一小時的自由時間。我會讀讀書或用耳機聽播客。有時我會躺在沙發上，小睡個二十分鐘。最後泰迪會下樓，把我搖醒，他會畫好一、兩張新圖畫跟我分享。他通常會畫我們最愛的活動，像在森林散步、在後院玩耍或在我的小屋閒晃。我把畫貼在我的冰箱門上，彷彿那裡是泰迪藝廊，展覽著他畫作的演進史。

□兩點——這通常是一天中最熱的時刻，所以我們會待在室內玩桌遊，像《溜滑梯和爬樓梯》或《老鼠與起司》。稍晚我們會塗上厚厚一層防曬乳，去游泳池玩。泰迪不會游泳（我也游得不好），所以我會確定他下水前穿戴好浮力圈。我們會玩鬼抓人，或拿泡棉棒決鬥，或爬上大型充氣筏，演《浩劫重生》或《鐵達尼號》。

□五點——卡蘿琳回家，她準備晚餐時，我會重述那天和泰迪做的事。接著我會去跑步，距離照羅素安排，可能是五到十三公里之間。我會碰到各式各樣的人，有時

他們走在人行道上，有時他們在爲草坪澆水，每個人都以爲我是春溪鎮的居民。有的鄰居甚至會揮手問好，好像我在這住了一輩子，或者我是某家的女兒，大學暑假返家休息。我很喜歡這種感覺——所謂的社區感，好像我終於來到我的歸屬。

□七點——跑完步，我會在世上最小的浴室淋浴，並用小屋的迷你廚房做簡單的餐點。一週一、兩次，我會走去鎮中心，逛一下當地商店和餐廳，或去教堂地下室，參加聖母軍天主教友的公開互助會。互助會主持人一向很厲害，參與者也都很友善，但在我參加互助會的這十年來，我總是最年輕的一個，所以我不期待能在互助會上交到新朋友。我當然也不會留下來「續攤」，其他人會一起走向潘娜拉麵包坊，抱怨孩子、貸款和工作等等生活瑣事。不過，跟麥斯威爾一家人住了兩週，安全遠離所有誘惑之後，我甚至不確定自己是否還需要互助會。我覺得我可以管好自己了。

□九點——這時我通常已躺在床上，讀圖書館借來的書或在手機上看電影。我給自己一個禮物，訂閱了賀曼電影台，一個月五點九九美元就能無限暢看浪漫愛情片，這是晚上最完美的放鬆良伴。我關上燈，頭躺到枕頭上，沉浸在「從此過著幸福快樂的日子」的享宴中——家人團聚、壞人驅逐出門、財寶失而復得、人生重返榮耀。

也許這一切聽起來很無聊。我知道這些事並不困難，也知道自己沒有改變世界或發明治癒癌症的新藥。但經歷過去種種，我覺得自己像是大大往前邁進一步，也爲自己感到驕傲。我有了住的地方，有穩定的收入。我煮著營養的餐點，每週存兩百美元。我感覺照顧泰迪的工作很重要，而且泰德和卡蘿琳對我充滿信任，讓我感覺得到認可。

尤其泰德。我白天不常看到他，因爲他每天早上六點半會出門上班。但有時候晚上我跑步回來會看到他。他有時坐在露台，桌上放著筆電和一杯紅酒；有時他在游泳池游泳，看到我會招手要我過去，問我跑得如何，或問我今天和泰迪做了什麼，或是好奇我對於某些品牌的意見，像耐吉、Petsmart、吉列、L.L.Bean之類的。泰德解釋，他公司爲全世界的企業設計「後端軟體」，所以他持續在尋找新的合作夥伴。他會問我：「妳覺得Urban Outfitters怎麼樣？」或是「妳曾經在餅乾桶餐廳吃過晚餐嗎？」然後他會仔細**聆聽**我的答案，好像我的意見眞能幫助他下決定。坦白說，我很受寵若驚。除了羅素，我沒遇過多少人在乎我的想法。所以我見到泰德時總是很開心。他找我聊天時，我內心總會有點雀躍。

諷刺的是，唯一給我新工作帶來麻煩的是一個不存在的人：安雅，泰迪幻想中最好的朋友。安雅常推翻我的指示，令我很困擾。例如有天我請泰迪把髒衣服拿到洗衣籃。兩小時後，我回到他房間，衣服仍散落一地。「安雅說那是媽咪該做的。」他跟我說。「安雅說那是**母親的**工作。」

又一次，我中餐在炸豆腐，泰迪問能不能吃漢堡。我跟他說不行。我記得他們家不吃紅肉，因爲對環境不好，飼養牛隻是溫室氣體最大來源之一。我弄了一盤豆腐和白飯給他，泰迪只用叉子撥了撥食物。「安雅覺得我會喜歡肉。」他說。「安雅覺得豆腐是垃圾。」

我不是孩童心理學專家，但我理解泰迪在做什麼：他用安雅當藉口來說服別人。我尋求卡蘿琳的建議，她說我們只能帶著耐心應對，問題終究會自然解決。「他已經開始變好了。」她信誓旦旦說。「我下班回來時，他總是『瑪洛莉這樣、瑪洛莉那樣』的。我一週沒聽到他提到安雅了。」

但泰德請我立場強硬一點。「安雅是個討厭鬼。家裡的規則不是她訂的。是我們訂的。下次她再表達意見，妳就提醒泰迪安雅不存在。」

這兩個意見都很極端，我決定採取中庸的方法。有天下午，泰迪在樓上度過他的個人時間，我烤了一盤他最愛的肉桂餅乾。他拿著新圖畫下樓時，我要他坐來桌子這邊。我端來餅乾和兩杯冰牛奶，隨意請他多說一些關於安雅的事。

「什麼意思？」他馬上起疑。

「你們怎麼認識的？她最喜歡的顏色是什麼？她幾歲？」

泰迪聳聳肩，好像全部的問題都無法回答。他目光在廚房飄動，好像不想與我眼神交會。

「她有工作嗎？」

「我不知道。」

「她一整天都在做什麼？」

「我不確定。」

「她有跟你走出過房間嗎？」

泰迪望著桌子另一邊的空椅。

「有時候會。」

我望向那張椅子。

「安雅現在在嗎？跟我們坐在一起？」

他搖搖頭。「沒有。」

「她想吃片餅乾嗎？」

「她不在這裡，瑪洛莉。」

「你跟安雅都聊什麼？」

泰迪鼻子湊到盤子上，臉離餅乾只有幾公分。「我知道她不是真的。」他低聲說。

他聽起來難過又失望，我突然感到一股罪惡感，好像我霸凌一個五歲的小男孩，逼他承認這世上根本沒有聖誕老人。

「妳不用證明。」

「聽著，泰迪，我妹妹貝絲有個像安雅一樣的朋友。她朋友叫卡西歐佩亞，這名字很美吧？那時候，卡西歐佩西是在《冰上迪士尼秀》工作，並進行世界巡迴。但她每天晚上都會回到我們南費城的排屋，睡在我們臥室地板。因爲我看不到她，所以我每晚還要小心不要踩到她。」

「貝絲覺得卡西歐佩西是眞的嗎？」

「我們假裝卡西歐佩西是眞的。一切都沒事，因爲貝絲從來不會用卡西歐佩西當藉口不聽話。你懂嗎？」

「應該懂。」泰迪說，然後他移動身子，好像側腹突然發疼。「我要去廁所。我要大號。」接著他爬下椅子，快步走出廚房。

他點心動都沒動。我用保鮮膜把餅乾包住，把牛奶放到冰箱，想說待會再喝。接著我走到水槽，把盤子洗一洗。全都清理完之後，泰迪仍在廁所。我坐到桌前時，發現我還沒欣賞他最新的一張畫，於是把畫拿過來，翻到正面。

4

泰迪的父母對螢幕時間有嚴格的規定，所以他從沒看過《星際大戰》或《玩具總動員》這些其他孩子愛的電影。他甚至不准看《芝麻街》。但每週一次，麥斯威爾一家人會聚在書房享受家庭電影之夜。卡蘿琳會做爆米花，泰德會放「眞正有藝術價值」的電影，那通常代表是老片，而且還有字幕翻譯，我保證你唯一聽過的是《綠野仙蹤》。泰迪熱愛《綠野仙蹤》的故事，他說那是他最喜歡的電影。

所以我們在游泳池時，常常會演一齣叫「綠野大地」的戲。我們會在充氣筏上，泰迪扮演桃樂絲，我扮演電影裡的其他角色，像多多、稻草人、壞巫婆和萌奇人。不是我在誇口，但我眞的使出渾身解數，又唱又跳，揮舞飛天猴的翅膀，像百老匯首演之夜一直演。我們花了將近一小時才演到故事最後，充氣筏變成熱氣球，載著泰迪桃樂絲回到堪薩斯。等我們結束，下台一鞠躬時，我已冷到牙齒打顫，不得不趕緊從水裡上岸。

「不行！」泰迪驚呼。

「對不起，泰迪，我快冷死了。」

我在游泳池旁的水泥地鋪了一塊毛巾，然後躺著那曬太陽。氣溫上升到攝氏三十二度，陽光強烈，馬上驅走我的寒意。泰迪一直在附近潑水。他的新遊戲是喝一大口水，然後吐出來，好像他是噴水池中長著翅膀的小天使。

「你不該喝水。」我跟他說。「裡面有氯。」

「會讓我生病嗎？」

「如果你吞太多就會。」

「我會死掉嗎？」

他突然非常擔心。我搖搖頭。

「如果喝光所有游泳池的水，會，你可能會死。但就算是一點點也別喝，好嗎？」

泰迪爬到充氣筏上，划到泳池邊，所以我們平行躺著。泰迪在充氣筏上，我則在岸上。

「瑪洛莉？」

「怎麼了？」

「人死後會發生什麼事？」

我望向他，他凝視著水裡。

「什麼意思？」

「我是說，身體**裡面**的那個人會發生什麼事？」

對這話題，我當然自有主見。我相信上帝會賜給我們永生。我心中強烈相信，天使此時陪伴著我妹妹貝絲。而我知道有朝一日，如果我幸運的話，我跟妹妹會在天堂團聚。但我不能和泰迪分享這一切。我仍記得面試和第十條規定：**不准提到宗教和迷信，一切以科學為主。**

「我覺得你應該問你爸媽。」

「妳爲什麼不能跟我說？」

「我不確定自己知道答案。」

「有沒有可能有人死了，可是卻還活著？」

「像鬼嗎？」

「不是，不是可怕的那種。」他努力解釋，我想就像所有人討論生死時的那個樣子。「人會有**任何**一部分活下來嗎？」

「那是個複雜的大問題，泰迪。我眞的覺得你應該問你爸媽。」

我沒回答，他覺得很難過，但他後來接受了。「好吧，那我們可以再演一次『綠野大地』嗎？」

「我們才剛演完！」

「融化的那段就好，」他說：「結尾那邊就好。」

「好啦。但我不要回水裡。」

我站起來，毛巾披在肩上，像巫婆的披風一樣拉著。我手指彎成爪子，瘋狂尖叫。「我會逮到妳的，親愛的，還有妳那條小狗！」泰迪朝我潑水，我大聲尖叫，聲音大到樹裡的鳥都應聲飛起。「喔，妳這該死的傢伙！喔，瞧妳做了什麼好事！」我很戲劇化地倒到露台上，揮舞手臂，痛苦掙扎。「我融化了！我融化了！喔，天啊！怎麼回事！」泰迪大笑拍手，我躺倒在地，閉上雙眼，伸出舌頭。我雙腿最後抽動幾下，然後不動了。

「呃，小姐？」

我睜開雙眼。

不到兩公尺處有個年輕男生，他站在游泳池另一邊的欄杆。他身材雖瘦，但很結實，他穿著卡其褲，上頭都是草漬，上身穿著羅格斯大學T恤，戴著手套。「我是草坪王公司，修剪景觀的。」

「Hola（西文：嗨），艾卓恩！」泰迪開心大叫。

艾卓恩朝他眨眼。「Hola，泰迪。¿Cómo estás（西文：你好）？」

我試著用毛巾遮住身體，但我躺在毛巾上，所以只好像隻倒地的甲蟲，雙手亂揮，身體亂動。

「可以的話，我要用大型割草機了。我只是想先來跟妳說一聲。機器聲音很大。」

「沒問題，」我跟他說，「我們可以去室內。」

「不要，我要看！」泰迪說。

艾卓安去開割草機時，我望向泰迪。「為什麼要看？」

「因為我喜歡大割草機！很厲害！」

我連割草機的影子都還沒見到便聽到轟轟聲響，巨大的引擎聲劃破後院的寂靜。

艾卓安從房側冒出來，騎著一台機器，大小介於曳引機和卡丁車之間。他站在後頭，身體前傾在方向盤上，好像在駕駛沙灘車一樣，後頭揚起一排排剛割掉的草。泰迪爬出游泳池，跑到欄杆旁視線更好的地方看。艾卓安像在賣弄一樣，加速轉彎，反向行駛，甚至把帽子拉低蓋住眼睛，盲駕割草機。雖然對小孩子來說是不良示範，但泰迪看傻了。他張大嘴巴，驚奇萬分，好像在看太陽馬戲團表演。最終收尾，艾卓安加速倒車，把排檔桿打進D檔，衝向我們翹孤輪，割草機抬起三秒，讓我們看到底下瘋狂轉動的刀片。然後整個機器落下，發出巨大撞擊聲，停在游泳池欄杆前幾公分處。

艾卓安從側邊跳下，把鑰匙給泰迪。

「你想開一下嗎？」

「可以嗎？」泰迪問。

「不行！」我告訴他。「絕對不可以。」

「也許你六歲之後吧。」艾卓安朝他眨眼。「你要介紹我認識新朋友嗎？」

泰迪聳聳肩。「這是我的保母。」

「瑪洛莉．昆恩。」

「很高興認識妳，瑪洛莉。」

他脫下工作手套，伸出手，他動作莫名正式，尤其我只穿連身泳衣，他身上還滿布泥巴和草屑。這是我第一次覺得，這人可能不像表面看起來那麼簡單。他手掌感覺很堅硬，像皮革一樣。

突然之間，泰迪想起某件事，他手開始東摸西摸想打開游泳池的兒童安全門。

「你要去哪？」

「我幫艾卓安畫了一張畫。」他說。「在裡面，我的房間裡。」

我打開門栓讓他出去，泰迪衝過草坪。

「你腳還是溼的！」我在後頭喊。「上樓小心點！」

「好！」他回喊。

等待泰迪的時候，艾卓安和我不得不尬聊。很難判斷他年紀，他體格像個大人，身材高大，健壯精瘦，肌膚黝黑，但他的臉仍有孩子氣，有點害羞。他可以是十七歲到二十五歲。

「我愛這孩子。」艾卓安說。「他在巴塞隆納學了一點西班牙文，所以我在教他新詞。妳要照顧他整天嗎？」

「只有今年夏天。他九月就開學了。」

「妳呢？妳在哪裡讀書？」

我發現他以為我是大學生。他一定以為我是鄰居，住在春溪鎮，這鎮上的年輕女生都會就讀四年大學。我想糾正他，但我不知道該如何以不是魯蛇的方式表達「我沒讀大學」。我知道我能分享悲慘的過去，但我們只是在閒聊，所以我決定乾脆順著他的話，假裝人生不曾脫軌，一切都照計畫進行。

「賓州大學。我是女子越野賽校隊。」

「眞的假的！妳是十大聯盟運動員*？」

「嚴格來說，對。但美式足球隊獨占鰲頭。你永遠不會看到我們出現在ESPN體育台。」

我知道不該說謊。戒癮康復期有一點很重要（可能是最重要的一點），必須坦承過去，面對自己犯下的錯誤。但我必須說，沉浸在這份幻想中的感覺很好，假裝我是個正常的年輕人，並懷抱著年輕人正常的夢想。

艾卓安彈一下手指，像是恍然大悟。「妳是不是常在晚上跑步？在這社區？」

「就是我。」

「我有看到妳練跑！妳眞的很快！」

我納悶景觀工人爲何晚上仍在社區裡，但我來不及問，因爲泰迪已跑回後院，手裡拿著一張紙。「在這。」他上氣不接下氣地說。「我幫你留著。」

「喔，小鬼頭，這太棒了！」艾卓安說。「你看那墨鏡！我看起來很不錯，對吧？」他給我看那張畫，我情不自禁大笑。他看起來像個火柴人。

「非常帥。」我附和。

「Muy guapo。」艾卓安對泰迪說。「那是你這週的新單詞。意思是超帥。」

＊十大聯盟（Big Ten Conference）是指美國十四所大學組成的體育競賽聯盟。

「Muy guapo？」

「Bueno（西文：是的）！沒錯！」

後院另一頭，一個老人從麥斯威爾家側邊走來。他很矮，棕色的皮膚滿是皺紋，並將一頭灰髮理成平頭。他大叫艾卓安的名字，顯然不大高興。「¿Qué demonos estás haciendo（西文：你在做什麼）？」

艾卓安朝他揮手，然後狡猾朝我們一望。「El jefe來了。我必須走了。但我兩週之後會回來，泰迪。謝謝你的畫。祝妳練跑順利，瑪洛莉。我會在ESPN注意妳的，好嗎？」

「Prisa（西文：快）！」老人大喊：「Ven aqui（西文：過來）！」

「好啦、好啦！」艾卓安回喊。他跳上割草機，沒幾秒就越過院子。我聽到他用西班牙文道歉，但老人繼續大聲罵他，他們來回爭執，消失在屋子旁。我高中稍微學了點西班牙文，我仍記得el jefe意思是「老大」，但他們說話太快，我跟不上。

泰迪感覺很擔心。「艾卓安惹麻煩了嗎？」

「我希望沒有。」我望向院子，驚訝發現，儘管艾卓安冒險耍帥，新割好的草滿整齊的。

麥斯威爾在屋子後頭蓋了個小型戶外淋浴間，游泳後可以沖身體。那是個小型木棚，大概像舊式電話亭一樣大，卡蘿琳在裡頭放滿貴到誇張的洗髮精和沐浴乳。泰迪先進去，我透過門指示他，提醒他洗頭髮，脫下泳褲。他洗完後，全身裹著浴巾，小步走出來。「我是蔬菜墨西哥捲餅！」

「你真可愛，」我跟他說，「去換衣服，我在樓上和你碰頭。」

我掛好毛巾，準備進到淋浴間，這時我聽到一個女人叫我名字。「妳是瑪洛莉，對吧？新的保母？」

我轉身看到隔壁鄰居越過草坪快步走來，她是個矮小的老婦人，有著大屁股，步伐搖搖擺擺。卡蘿琳提醒過我她個性瘋癲，很少走出家門，但她現在卻穿著寶藍色夏威夷穆穆袍，掛滿首飾朝我走來。她脖子上有個滿是水晶吊飾的金項鍊、耳朵上戴著巨大的圓形耳環、手鐲叮噹作響、手指和腳趾上都有寶石戒指。「我是米琪，親愛的，我住在隔壁，知道嗎？因為妳剛到這社區，我想給妳一點友善的建議：景觀工人來的時候，妳不該坐在游泳池邊。全身還那麼暴露。」她比著我全身。「這我們以前會說太挑逗了。」

她又靠近，我聞到刺鼻的燒繩味。這味道若不是她體味，就是她嗑嗨了，可能兩者皆是。「什麼？」

「妳身材很好，我懂妳想秀一下。這是個自由的國家，我也是自由派，所以妳高興就好。但墨西哥人來的時候，妳必須小心一點。這算是個常識，為妳個人安全著想。妳聽得懂嗎？」我正要回答，但她繼續說：「這聽起來有點種族歧視，但這是真的。這些人——他們跨越邊境便已犯過法。所以如果罪犯看到漂亮女生一個人在後院，誰能阻止他？」

「妳認眞的？」

她抓住我手腕，強調她說的話，她手在發抖。「小公主，我可不是在開玩笑。妳要遮好自己的屁股。」

上頭，泰迪隔著紗窗大喊：「瑪洛莉，我們可以吃冰棒嗎？」

「等我沖完，」我跟他說，「給我五分鐘。」

米琪向泰迪揮手，他躲到房裡。「這孩子很可愛，那張臉眞甜。但我不喜歡他父母。我覺得有點自以爲是。妳有那感覺嗎？」

「呃——」

「他們搬進來那天，我烤了千層麵。敦親睦鄰嘛，對吧？我拿到前門，妳知道她對我說什麼嗎？她說：『對不起，我們無法接受妳的禮物。』因爲裡面有碎肉！」

「也許——」

「對不起，親愛的，但妳**怎能這樣**。妳應該要露出笑容，說謝謝，把麵收下，拿到屋內，然後**丟掉**。別當我的面拒絕。那很沒禮貌。那個父親甚至更糟！他一定搞得妳快發瘋了。」

「其實——」

「哎，妳還是個孩子。妳不會看人。我是個溫暖的人，非常有同情心，我專門讀人的面相和能量。每天都會有客人來敲我家門，但別擔心，不是偷雞摸狗的生意。我子宮切除之後就沒興趣了。」她朝我眨眼。「但妳喜歡訪客小屋嗎？自己一個人睡在那裡，妳會緊張嗎？」

「我為什麼要緊張？」

「因為過去發生的事。」

「什麼事？」

我們對話至此，米琪第一次有所猶豫。她用手抓起一些頭髮，用手指捲成一束。然後她把頭髮一拉，扔到肩膀後。「妳應該去問他父母親。」

「他們才剛搬來這裡，什麼都不知道。妳到底在說什麼？」

「小時候，我們稱妳那個小屋叫惡魔屋。我們會問彼此敢不敢透過窗子往內看。我哥哥說如果我敢站在門廊，數到一百，他就會給我錢，但我每次都嚇到跑走。」

「為什麼？」

「有個女人被殺了。安妮．貝瑞特。她是個藝術家、畫家，她的工作室就是妳那間小屋。」

「她在小屋被殺嗎？」

「嗯，他們沒找到她的屍體。這是很久以前的事，二次世界大戰結束後沒多久。」

泰迪臉出現在二樓窗前。「五分鐘了嗎？」

「快了。」我跟他說。

我回頭望向米琪時，她已經退開，朝草坪另一方走去。「別讓小天使等，去吃冰淇淋吧。」

「等一下，剩下的故事呢？」

「沒有剩下了。安妮死後——或失蹤，誰知道？——她家人把小屋變成園藝工具室。不讓任何人住裡面。七十年來一直都是如此，直到這個月。」

卡蘿琳載了一休旅車的食物回家，所以我幫她把袋子搬下車，一起整理。泰迪在樓上房間裡畫圖，所以我趁機問她米琪的故事。

「我早跟妳說她是個瘋子。」卡蘿琳說：「她懷疑郵差用蒸氣把信封的膠水軟化，打開她信用卡帳單，偷看她信貸評分。她有被害妄想。」

「她說有個女的被殺了。」

「八十年前。這是個非常老的社區，瑪洛莉。所有房子都有恐怖故事。」卡蘿琳打開冰箱，把菠菜、甘藍和沾著泥土的蘿蔔放進蔬果抽屜。「而且前屋主住在這裡四十年了，他們可沒遇到任何問題。」

「對，這倒是。」我手伸進帆布袋，拿出六瓶椰子水。「只是他們的小屋是工具室，對吧？沒人睡在那裡。」

卡蘿琳看起來很煩。我感覺她今天在退休軍人醫院很累，她不想一走進門，就被問題突襲轟炸。「瑪洛莉，那女的嗑的藥可能比我所有病人吃的加起來還多。我不知道她怎麼還活著，但她腦袋絕對有問題。她是個緊張多疑、焦躁不安的神經病。我非常關心妳的戒癮狀況，所以我極力建議妳少跟她接觸，好嗎？」

「好，我知道。」我跟她說，我感覺很糟，因為卡蘿琳只差沒對我大吼。我接下來都沒說話，只是打開食品儲藏間，放好一盒盒義大利米、古斯米和全穀物餅乾，接著擺放一袋袋傳統燕麥片、帶皮杏仁、土耳其椰棗和古怪的乾香菇。整理好東西後，我跟卡蘿琳說我要出門了。她一定感覺到我的沮喪，所以她走過來，手放到我肩膀。

「聽著，我們二樓有個很舒服的房間。如果妳想搬來這裡，我們很歡迎妳。泰迪會開心到瘋掉。妳覺得呢？」

她一手原來摟著我，這時順勢抱住我。「我住小屋沒問題。」我告訴她。「我喜歡有自己的空間。我在那裡可以好好練習面對現實生活。」

「如果妳改變主意只管開口。我們一家人永遠歡迎妳。」

那天晚上，我穿上鞋去跑步。我特別等到天黑，但天氣依舊悶熱難耐。跑步時若能突破自己，克服痛苦，那種感覺很痛快。我很喜歡羅素的說法，他說我們狠狠對待身體，才知道它能承受多大的痛苦。所以，那天晚上我狠狠鍛鍊自己。我在社區人行道來回衝刺，跑過街燈下的陰影和群飛的螢火蟲，聽到各處中央空調嗡嗡作響。我在三十八分鐘內完成八點四公里，走回家時已累到說不出話來。

我又洗一次澡（這次是在小屋窄小的浴室），然後替自己做簡單的晚餐。我用小烤箱烤了冷凍披薩，挖半品脫 Ben & Jerry 冰淇淋當甜點。我感覺可以獎勵一下自己。

等我吃完晚餐，時間已經九點多了。除了床頭櫃的檯燈，我關上所有燈光。拿著手機躺到白色的大床上，播放賀曼電影台電影《冬日之愛》。但我很難專心。我不知道是不是因為已經看過這片，或許也因為這故事和其他十幾齣賀曼電影台的電影類似。而且小屋裡有一點悶，於是我起身，拉開窗簾。

前門旁有面大窗戶，我床鋪上方還有個較小的窗，晚上我會打開窗，讓空氣對流。天花板的吊扇緩慢轉動。森林中，蟋蟀唧唧叫著，有時也會聽到小動物以輕柔的腳步踏過枯葉。

我回到床上，再次看起電影。每隔一分鐘左右，蛾會受光線吸引，撞著我的紗窗。我床後的牆不時會發出**咚咚**聲響，但我知道那只是樹枝。小屋三面的樹都靠得很近，每次風一吹，樹枝都會刮到牆面。我望向門，確認門有鎖好，但門鎖非常單薄，要是真有人想闖進來，根本無法阻止。

這時我聽到一個聲音，像蚊子飛近耳朵，一種高頻率的嗡鳴。我揮手把聲音趕跑，但過一會，聲音又回來了，我眼角不時有道灰影掠過，卻一直找不到來源。我想起賓州大學的醫生和那場從未發生的研究。

這是頭一回，我覺得可能有人在晚上監視我。

5

我週末過得很寧靜。卡蘿琳和泰德常會安排家庭之旅。他們有時開車去海灘度假，或帶泰迪去城裡的博物館。他們總會邀請我，但我從沒答應，因爲我不想打擾他們的家庭時光。我會待在小屋，想辦法找事情做，因爲人一閒下來就會受到誘惑。週六晚上，全美各地上百萬名年輕人喝酒、調情、大笑和做愛時，我跪在我家馬桶前，手拿高樂氏漂白水噴瓶，刷洗浴室地板的水泥縫。週日也沒好到哪去。我去了當地所有的教堂，但沒有一間適合我。我總是比所有人年輕二十歲，我不喜歡他們看我的眼神，好像我是什麼突變種。

有時我會想打開社群媒體，恢復IG和FB帳號，但我所有的戒癮顧問都警告我「不要碰社群媒體」。他們說這些媒體都有上癮風險，並且對年輕人自尊造成重大傷害。所以我努力在線下世界進行簡單的娛樂，像跑步、煮飯和散步。

等週末結束，終於能再度上工，就是我最快樂的時刻。週一早上，我來到大屋子，看到泰迪在廚房餐桌下，玩著塑膠製農場動物。

「嘿，泰迪！你好嗎？」

他拿起一隻塑膠牛，哞哞叫。

「真的假的，你變牛了？好吧，我猜我今天要當牛保母了！真開心！」

卡蘿琳快步越過廚房，抓起她車鑰匙、手機和好幾個塞滿的文件夾。她請我一起去玄關一會。我們離泰迪一段距離時，她解釋他今天尿床，床單在洗衣機裡。「洗好之後，能幫我放到烘衣機裡嗎？我已經替他換好床單了。」

「沒問題。他還好嗎？」

「他沒事。只是有點難為情。最近常發生。搬家壓力的關係。」她從玄關櫃子裡拿起包包，揹到肩膀上。「別說我有提到就好。他不希望妳知道。」

「我不會說。」

「謝謝妳，瑪洛莉。妳眞是幫了大忙！」

泰迪早上最喜歡的活動是探索他們家後面的「魔法森林」。森林高處枝葉茂密，就算天氣炎熱，樹林中依舊涼爽舒適。步道沒有名字，所以我們為它們取了各種名字。「黃磚路」是條平坦的路線，從小屋後面開始，和所有在埃奇伍德街的屋子平行。我們沿著那條路走，會到一塊稱作「龍之蛋」的灰色巨岩，這時會彎向一條更小的路，那條小路稱作「飛龍之道」，蜿蜒穿梭在茂密的野薔薇灌木叢。我們必須成單排向前，雙手向前伸，以免被刮傷。這條路會下到溪谷，來到「皇家河」（那是條腐臭薰天，緩緩流動的小溪，深度不到腰際）和「苔蘚橋」。苔蘚橋是一棵腐爛的倒木，橫跨溪的兩岸，上面長滿水藻和奇怪的香菇。我們會小步走過樹幹，沿著泥土路來到

「巨豆莖」。巨豆莖是森林中最高的樹，樹枝直升向天際。

或至少泰迪喜歡這樣形容。我們健行時，他會編造各種有趣的故事，內容是關於泰迪王子和瑪洛莉公主的勇敢冒險，他們是相依爲命的親人，兩人意外遇難，與皇家成員分離，但仍試圖尋找回家的路。有時我們走一早上都見不到人，偶爾才遇到一、兩個人帶狗散步。那裡幾乎沒有小孩子，我好奇這是不是泰迪喜歡這裡的原因。

但我沒向卡蘿琳提到這個想法。

我們在樹林晃了兩小時，肚子漸漸餓了，於是我們回到屋子，我做烤起司三明治。然後泰迪上樓度過個人時間，我想起他的床單仍在烘衣機，所以走上樓去洗衣室。我經過泰迪房間，聽到他和自己在說話。我停下來，耳朵貼到門上，但我只能聽到斷斷續續的聲音。感覺像在聽人講電話，而且幾乎都是電話另一頭的人在說話。他說的話中間都有停頓，有時長、有時短。

「也許？可是我——」

「……」

「我不知道。」

「……」

「雲？很大嗎？鬆鬆的？」

「…………」

「對不起。我不懂——」

「……………………………………………………………………………………」

「星星？好，星星！」

「……………………………………………………………………」

「很多星星，我懂了。」

「……………………………………………………………………………………」

我好好奇，好想敲門，但這時電話響了，所以我離開他房門，快步下樓。泰德和卡蘿琳都有手機，但他們為泰迪保留了家用電話，遇到緊急事故，他可以打一一九報警。我接起電話，對方介紹自己是春溪小學的校長。「您是卡蘿琳嗎？」

我跟校長說我是保母，她先強調事情並不急，她打來麥斯威爾家是要歡迎他們加入學校這個大家庭。「開學前，我會想和所有家長聊一聊。他們通常有許多擔憂。」

我留下她名字和電話，保證會將訊息轉達給卡蘿琳。過一會，泰迪拿著新畫，慢條斯理走進廚房。他將畫蓋到桌上，爬上椅子。「我可以吃綠色的甜椒嗎？」

「沒問題。」甜椒是泰迪最喜歡的點心，所以卡蘿琳會在家裡備有十幾顆。我從冰箱拿了一個，用冷水沖洗，挖去裡面的籽。接著我切下蒂頭，讓甜椒變得像一個圈，最後把剩下的果肉切成一條條方便入口的大小。

我們坐在餐桌，他開始吃著甜椒，我則注意到他最新的畫。圖畫中，一個男人在茂密糾結的森林中倒著走。他抓著一個女人的腳踝，將她了無生氣的身體拖過地面。背景的樹木之間，掛著一彎新月和許多小星星。

「泰迪？這是什麼？」

他聳聳肩。「一個遊戲。」

「什麼遊戲？」

他吃了一條甜椒，邊咀嚼邊回答。「安雅演了個故事，我畫出來。」

「像猜猜畫？」

泰迪噗嗤一聲，噴得一桌碎甜椒。「猜猜畫?!」他向後靠到椅子上，激動大笑，我趕快抓了張紙巾擦桌子。「安雅不能玩猜猜畫啦！」

我輕聲要他冷靜，哄他喝口水。

「從頭開始說。」我跟他說，並保持輕鬆的口吻。我不想讓他發現我嚇瘋了。「跟我解釋這遊戲是怎麼玩的。」

「瑪洛莉，我跟妳說了。安雅演一個故事，然後我把故事畫出來。就這樣。遊戲就這樣。」

「所以那男的是誰？」

「我不知道。」

「那男的傷害安雅嗎？」

「我怎麼知道？但不是猜猜畫！安雅不能玩桌遊！」

說著說著，他又倒到椅子上，笑得不可開支，只有小孩會笑得如此無憂無慮。他笑得開心又真誠，我想應該是不需為他擔心。泰迪顯然沒為此感到困擾。他像我見過的其他孩子一樣快樂。他創造了一個奇怪的幻想朋友，他們一起玩奇怪的幻想遊戲。又怎樣？

他仍在椅子上手舞足蹈，我起身，把畫拿到廚房另一邊。卡蘿琳在帳單抽屜有放個文件匣，她請我將泰迪的畫放那，讓她將所有畫都掃描進電腦。

但泰迪發現我在幹麼。

他不笑了，搖搖頭。

「那張畫不是給爸爸和媽媽的。安雅說她想給**妳**。」

那天晚上，我走了一公里半的路到商店街，那裡有一家百思買電子商店，我花了點薪水買台便宜的平板電腦。我八點前回到小屋，鎖上門，換好睡衣，然後拿著新玩具鑽進床裡。只花幾分鐘，我便設定好平板電腦，連上麥斯威爾家的Wi-Fi。

我搜尋「安妮．貝瑞特」，上面出現一千六百萬條結果：結婚紀錄、建築事務所、Etsy網路平台賣家、瑜伽教學和數十個LinkedIn履歷。我再次搜尋「安妮．貝瑞特＋春溪鎮」「安妮．貝瑞特＋藝術家」和「安妮．貝瑞特＋死亡＋謀殺」，搜尋結果都沒有任何幫助。網路上沒有她的紀錄。

外頭，我頭頂上有個東西撞到紗窗上。我知道那是來自森林的一大堆棕色胖蛾。牠們有樹幹的顏色和質感，能輕易融入環境。但從我這一側，唯一能看到的是牠們的六條腿、扭動的觸角和溼黏分節的腹部。我拍拍紗窗，想把牠們趕走，但牠們飛走幾秒後，又會再飛回。我擔心牠們會鑽過紗窗的洞，聚集到我的床頭燈前飛舞。

安雅被拖到森林的畫就放在床頭燈旁。我猶豫自己是否該將畫留下。也許我應該趁卡蘿琳一進門便把畫給她；或更直接，我可以把它揉成紙團，扔進垃圾桶。我討厭泰迪畫她噁心的黑長髮辮，像內臟一樣拖在她身後。我床頭櫃有個東西突然大叫，我嚇得衝下床，後來發現只是我手機。我不小心把來電鈴聲設太大聲。

「昆恩！」羅素說。「我太晚打來了嗎？」

這是典型羅素會問的問題。現在才八點四十五，但他提倡的是，任何有心從事運動的人都該在九點半關燈就寢。

「沒關係。」我跟他說。「怎麼了？」

「我來問妳大腿後側肌肉的事。妳那天說有點緊繃。」

「現在好多了。」

「妳今天跑多遠？」

「六公里半。三十一分鐘。」

「妳累嗎？」

「還好，不累。」

「妳準備好再往上增加速度了嗎？」

我雙眼一直盯著那張畫，看著女人屍體後面糾纏的黑髮。

哪個孩子會畫這種東西？

「昆恩？」

「喂——對不起。」

「一切都還好嗎？」

我聽到蚊子飛舞，我用力打了自己右臉，然後查看手掌，希望能看到黑色的蚊子屍體，但我手掌很乾淨。

「我很好。有點累而已。」

「妳剛剛才說妳不累。」

他的語氣稍稍變了，好像他突然注意到事情不對勁。

「這家人對妳好嗎？」

「他們很棒。」

「小孩呢？湯米？東尼？托比？」

「泰迪。他很可愛。我們玩得很開心。」

一時間，我考慮跟羅素說安雅的事，但我不知該從何講起。如果我直接告訴他眞相，他可能會以爲我又嗑藥了。

「妳有出現小毛病嗎？」他問。

「什麼小毛病？」

「失憶？健忘？」

「沒有，我記得沒有。」

「講真的，昆恩。在這種情況下，這些現象很正常。畢竟妳承受新工作的壓力，也面對新的生活環境。」

「我記憶沒問題。我很久沒有遇到那些問題了。」

「好、好、好。」我聽到他敲打電腦，調整我的運動課表。「而且麥斯威爾家有游泳池，對吧？妳可以用嗎？」

「當然可以。」

「妳知道長度嗎？大概？」

「也許十公尺？」

「我傳給妳一些YouTube影片。游泳練習影片。這是簡單的低衝擊混合訓練。一週兩到三次，好嗎？」

「好。」

我的語氣仍讓他感覺不放心。「如果妳需要什麼，打電話給我，好嗎？我人又不是在加拿大。我去妳那只要四十分鐘。」

「別擔心，教練。我沒事。」

6

我很不會游泳。從小到大，我們住的社區都有公共游泳池，但夏天那裡就像動物園一樣，上百個尖叫的小孩擠在一公尺深的油膩水中。你根本游不動，連面朝上，飄浮在水上的空間都沒有。我母親警告我和妹妹不要把頭潛到水中，她怕我們眼睛會染上結膜炎。

所以我不期待羅素安排的新訓練。隔天晚上，我十點之後才去游泳池。天黑之後，麥斯威爾家後院是個詭異的地方。我們離費城沒多遠，但一到晚上這裡卻像在偏僻鄉村。唯一光源是月亮和星星，還有游泳池底的鹵素燈。水變得令人毛骨悚然。水面呈螢光藍，像是輻射電漿，在房子後牆投出奇異的黑影。

那天晚上很熱，鑽入涼爽的水中感覺很暢快。但我浮出水面，睜開雙眼，我敢發誓整座森林朝我壓來，彷彿所有樹木都鬼鬼祟祟朝我逼近。就連蟋蟀叫聲都變得更大。我知道這只是幻想，從游泳池的角度向外看，游泳池和樹林之間六公尺的草坪彷彿瞬間消失，一切都變得格外接近。總之我覺得十分詭異。

我抓住游泳池邊緣，踢水五分鐘暖身。大屋子那邊，樓下所有燈都開著，我看得到廚房，但沒見到泰德或卡蘿琳。他們可能坐在書房喝紅酒看書，那是他們平時晚上的活動。

暖身之後，我蹬牆以不標準的自由式向前划。我的目標是從頭游到尾，來回十趟。但才游到第三趟中間，我就知道自己游不完了。我的三角肌和三頭肌都在酸痛，上半身完全無法打直，就連小腿肌也感到緊繃。我用盡全力完成第四趟，第五趟中途，我停了下來。我抓住泳池邊，用力喘氣。

這時我聽到森林中輕輕傳來**啪**的一聲。

那是有人踩到乾樹枝的斷裂聲。我轉向樹林，瞇眼盯著黑暗，卻什麼也看不到。但我聽到有東西或有人，以輕巧的腳步踩過落葉，走向小屋的方向……

「水溫怎麼樣？」

我轉身看到泰德，他打開游泳池的柵門，光著上身，穿著泳褲，一條毛巾掛在他肩上。他每週晚上有幾天會來泳池游泳，但我第一次看到他這麼晚來游。我打水游到泳池梯旁說：「我正要上岸。」

「沒關係。泳池很大。妳從那邊游，我從這邊。」

他把毛巾扔到椅子上，從泳池邊俐落跳下水，毫不猶豫。在他指示下，我們開始各自從兩端出發，平行游泳。理論上，我們只會在泳池中間經過彼此一次，但泰德快得誇張，一分鐘之後，他快了我整整一趟。我不確定他有沒有換氣，他像鯊魚一樣幾乎沒發出聲音。而我雙手一直在胡亂揮舞，像在遊艇喝醉，不幸落水的乘客。我又撐了三趟才放棄。泰迪繼續游了六趟，最後停在我旁邊。

「你眞的很會游。」我跟他說。

「我高中時游得比較好。我們教練很厲害。」

「眞令人羨慕。我是看YouTube上學的。」

「那我可以給妳一些意見嗎？妳換氣太頻繁了。每次划手必須隔一次再換氣。左或右都可以，只要覺得自然就好。」

他鼓勵我試試看，所以我踢了泳池邊，用他建議的方式游到另一頭。我馬上就感到不同。我換氣減一半，速度快一倍。

「好多了，對吧？」

「好多了。有其他建議嗎？」

「沒有，我剛才已經給了最好的建議。游泳是唯一一種教練會因爲呼吸吼人的運動。但如果妳多練習，就會進步。」

「謝了。」

我抓住泳池梯，爬上岸，準備去休息了。泳裝邊緣縮起來，我伸手將它拉回位置，但看來我慢了一步。

「嘿，費城飛人隊加油。」他說。

他在說我側臀的小刺青。刺的是費城冰球隊橘色毛絨絨的吉祥物格里帝，牠的眼神像個瘋子一樣。我一直小心翼翼不讓麥斯威爾夫妻發現，現在我好氣自己露餡。

「這是個錯誤。」我跟他說。「我存夠錢，就會把刺青弄掉。」

「但妳喜歡冰球？」

我搖搖頭。我不曾打過，我甚至沒看過球賽。但兩年前，我跟一個大人搭上，他對冰球無比熱衷，並擁有許多處方藥。艾薩克三十八歲，一九七〇年代他父親在飛人隊打球。他父親賺了很多錢，卻英年早逝，於是艾薩克慢慢揮霍著父親的錢。我們有幾個人會賴在艾薩克的公寓中生活，通常倒在他家地上，偶爾會上他的床，我會刺青基本上是想討好他，希望增加他對我的好感，讓我留下。但這計畫只是一場空。刺青要等五天才能拆繃帶，結果這段時間，艾薩克因爲持有非法藥物被逮，屋主把我們所有人都趕回街上。

泰德仍在等我解釋。

「這只是個蠢事。」我跟他說。「我那時沒想清楚。」

「不是只有妳這樣。卡蘿琳也有一個想移除的刺青。她大學有段時間在搞藝術。」

這話令人安慰，但我卻沒有感覺更好。我相信卡蘿琳的刺青一定超有品味。可能是玫瑰或新月，或是有意義的中文字——不是瞪著大眼的神經病怪物。我問泰德她刺在哪裡，但樹林又傳來啪一聲，打斷了我。

我們兩人都轉向森林。

「有人在那。」我跟他說。「我之前有聽到他們在那裡走動。」

「可能是兔子。」他說。

那裡又傳來一聲斷裂聲，接著是慌忙穿梭樹林的沙沙聲響，的確是小動物跑過森林的聲音。

「這聲音是兔子沒錯。但在你來之前，那聲音更大。聽起來像人。」

「也許是年輕人，我相信高中生很喜歡來這塊森林。」

「晚上聽到很可怕。我有時躺在床上，那聲音聽起來就像在我窗外。」

「何況米琪還跟妳講一堆奇怪的故事。」他眨個眼。「卡蘿琳跟我說妳們見過面了。」

「她是個有趣的人。」

「換作是我就會離她遠一點，瑪洛莉。說什麼會閱讀能量？陌生人開上她家車道，去敲她後門？全用現金交易？感覺鬼鬼祟祟的。我不相信她。」

我感覺泰德跟靈媒不大熟。我小時候鄰居古柏太太會在地方披薩店的後面算塔羅牌。她最傳奇的一件事是預測到有個女服務生玩刮刮樂會刮中一萬美元。她也會提供諮詢服務，客人會上門請教她求婚、男友出軌和其他感情事。朋友和我會叫她祭司，比起《詢問報》頭版，我們還更相信她。

我不期待泰德了解這些。這人甚至不承認世上有牙仙。幾天前，泰迪吐出一顆臼齒，泰德只拿出錢包，直接拿出一美元給他。過程不帶一絲神祕、不小題大作、也不會晚上躡手躡腳到小孩臥室，偷走那顆牙。

「她不是什麼壞人。」

「我覺得她在賣藥。」泰德說。「我無法證明，但我一直有注意她。妳跟她相處要小心，好嗎？」

我舉起右手發誓。「老天在上。」

「我說眞的，瑪洛莉。」

「我知道。謝謝你的提醒。我會小心。」

我打開泳池的柵門準備離開，這時我發現卡蘿琳來到後院，她身上仍穿著工作時的服裝，手上拿著繪圖本和鉛筆。「瑪洛莉，等一下。妳昨天有接到電話嗎？泰迪學校打來的？」

我馬上發現自己搞砸了。我記得那通電話，我記得有把校長的電話記在紙上。但後來泰迪拿著詭異的畫來到廚房，害我把這事全忘了。

「對——是校長。」我跟她說。「我的紙條在小屋。可能還在我短褲裡，我去拿——」

卡蘿琳搖搖頭。「沒關係。她剛才傳電子郵件給我了。但我昨天就該收到消息。」

「我知道。對不起。」

「我們哪怕錯過一個截止期限，泰迪便無法註冊了。幼稚園的候補名單上還有三十個學生在排隊。」

「我知道、我知道——」

她打斷我。「不要說『我知道』。如果妳**眞的**知道，就會好好轉達。下次小心一點。」

她轉身回屋子，我嚇得魂都飛了。這是她第一次眞的罵我。泰德趕緊從泳池過來，一手放到我肩膀。「聽著，別放在心上。」

「對不起，泰德。我好愧疚。」

「她在氣學校，不是妳。他們要我們交一大堆文件。疫苗、過敏項目、行爲側寫——這間幼稚園要交的鬼文件比納稅申報表還厚。」

「我眞的不是故意的。」我跟他說。「我抄下電話號碼，但泰迪給了我一個東西，害我分心。」我拚命解釋，但我正要描述那幅畫時，泰德直接打斷我。他似乎急著要回屋子了。我看到卡蘿琳的身影還在玻璃拉門前，看著我們。

「她會冷靜下來，別擔心。」他說。「明天她就忘了。」

他的聲音很輕鬆，但離去得十分匆忙。他越過後院，慢慢化爲剪影。最後他到了卡蘿琳身旁，雙手抱住她。她伸手去關燈，接著我就都看不到了。

微風吹起，我開始發抖。我將毛巾裹住腰，走回小屋。我鎖上門，換上睡衣，我再次聽到腳步聲，一陣輕柔的腳步踏在柔軟的草地上。只是這次，腳步聲就在窗外。我拉開窗簾，想往外頭看，但透過紗窗，我只看到溼黏蠕動的蛾。

鹿吧，我告訴自己。只是一頭鹿。

我拉上窗簾，關上燈，爬上床，將被子拉到下巴。外頭那東西移動到我床後頭。我聽到牠在牆的另一邊移動，繞著小屋外圍觀察著，好像在找路進來。我握緊拳頭，用力捶牆，希望敲擊聲能把牠嚇跑。

結果牠躲到了小屋底下，扒著泥土，鑽到木地板下方。我不知道怎麼會有東西能鑽到那裡。小屋離地不到四十五公分。不可能是鹿，但牠聽起來彷彿和鹿一樣大。我從床上坐起，著急跺著地板。「快走。」我大叫，希望用聲音嚇走牠。

結果那東西鑽得愈來愈中間，來到房間正中央。我起身打開燈。人貼到地上，聽聲音的去處。我拉開地毯，發現地板有塊方板。那是能容一人爬過的檢修孔。上面沒有手把或鉸鏈，只有兩個半圓形的凹口，供人抓住板子掀開。

我猜如果再早一點（如果卡蘿琳沒生我的氣），我可能會去找麥斯威爾夫妻來幫忙。但我決定自己處理。我走到廚房，用塑膠壺裝水。這東西不管是什麼，不可能像聽起來這麼大。我知道聲音會騙人，尤其在黑暗和半夜裡。我跪到地上，試著掀起木板，但一整個夏天，溼氣讓木板膨脹，木板卡得死死的。所以我雙手抓住同一邊，尖銳的乾木板陷入我柔軟的皮膚，我忍住手指的疼痛，集中力量。像開香檳的軟木塞一樣，響亮的碰一聲中，木板終於脫離地板，灰塵飛舞。我手緊抓木板，拿在胸前當盾牌。我彎身去看那洞。

裡頭太黑，什麼也看不到。底下的泥土乾燥，毫無生息，像營火留下的灰燼。小屋中一片寂靜。那動物無論是什麼，現在都不見了。屋子底下空無一物，只有一堆帶有黑斑點的灰土。我發現自己憋著氣，於是我將氣吐出。拉開活門的聲音一定把那動物嚇跑了。

但這時灰土動了動，黑點閃爍一下，我驚覺自己正盯著那動物。牠向後一仰，站起來看我，牠有噁心的粉紅色爪子和尖銳長牙。我失聲大叫，響亮的尖叫聲劃破夜晚。我用力蓋上木板，全身壓到上面，用全身的力量擋住活門。我用拳頭捶打四角，想讓變形的木板再次合上，但它再也卡不進去了。卡蘿琳不到一分鐘便趕來我的小屋，並用她的鑰匙打開門。她穿著睡袍，泰德在她身後，光著上身，穿著睡褲。他們聽到小屋木地板下方傳來的窸窣聲。

「是老鼠。」我跟他們說，他們來了我眞的大大鬆口氣，我再也不是一個人了。「那是我見過最大隻的老鼠。」

泰德拿起塑膠水壺到外面，卡蘿琳一手摟著我肩膀，安撫我，向我保證一切都不會有事。我們一起把木板轉九十度，木板再次吻合。我扶好木板，讓她用腳將四角踩平。弄完之後，我仍不敢走遠，害怕木板會從地板彈起。她站在我旁邊抱著我，不久我們聽到窗外傳來噴水聲。

過一會，泰德拿著空水壺回來。「負鼠。」他露出笑容說。「不是老鼠。那隻動作很快，但我潑到牠了。」

「爲什麼牠會到她小屋底下？」

「西牆的格子隔板下有個洞。看來是有一塊腐爛了。」卡蘿琳皺眉，正想開口，但泰德料到了。「我知道、我知道。我明天會修。我會去建材店。」

「明天一早就去，泰德。那鬼東西快把瑪洛莉嚇死了！要是她被咬怎麼辦？牠有狂犬病怎麼辦？」

「我沒事。」我跟她說。

「她沒事。」泰德說，但卡蘿琳不放心。她盯著地板的活門。「要是牠回來呢？」

雖然已接近半夜，但卡蘿琳堅持泰德去大屋子拿工具。她堅持要他將活門釘死，不讓任何動物闖進我的小屋。等待他完工的這段時間，她用我的火爐煮水，為三人泡了甘菊茶。在這之後，他們夫妻倆又多待一會，確認我冷靜下來，心情放鬆，並感到安全。我們三人坐在床邊，聊天說故事，最後更變得有說有笑，彷彿稍早我被罵的事不曾發生。

7

隔天是七月四號，天氣悶熱，我逼自己長跑，十三公里跑了七十一分鐘。走路回家時，我經過泰迪和我稱爲「鮮花城堡」的房子。那棟房子距離麥斯威爾家三條街，是棟白色的巨大宅院，有著U字形車道，前院充滿五顏六色的花朵，有菊花、天竺葵、金針花等各式各樣的花卉。我注意到有種橘色的新花爬上前院格架，所以我向車道走幾步，湊近去看。那花朵好奇特（看起來像小巧的交通錐），我用手機照了幾張照片。但這時前門打開，一個男人突然走出。我眼角看到他身穿西裝，感覺是想來把我趕走，或指責我非法入侵。

「嘿！」

我走回人行道，手草草一揮道歉，但太遲了。那人已衝出門，朝我走來。

「瑪洛莉！」他大叫。「妳好嗎？」

這時我才發現自己之前見過他。氣溫超過三十二度，但艾卓安像是電影《瞞天過海》中的角色，他自在穿著淺灰色西裝，裡面搭配平整的白襯衫，打著王室藍領帶。他沒戴帽子，我這才發現他有一頭茂密的黑髮。

「對不起。」我跟他說。「我沒認出你。」

他低頭看自己的打扮，彷彿忘記自己穿著正式。「喔，對！我們晚上有事。在高爾夫球俱樂部。我爸——他得獎了。」

「你住這裡？」

「我父母住這。我夏天回家住。」

前門打開，他父母走出來——他母親高䠷優雅，身著王室藍洋裝，他父親穿著經典黑色燕尾服，戴著銀色袖釦。「那位就是『老大』嗎？」

「他是草坪之王。我們負責整理南澤西一半的草坪。夏天他會管理八十人的團隊，但我向妳保證，瑪洛莉，他就只會罵我。」

他父母走向停在車道的一輛黑色ＢＭＷ，但艾卓安揮手要他們過來，我真希望他沒這麼做。衛生棉條廣告中，跑者訓練完都容光煥發，頭髮像是準備要上台走秀，你一定看過吧？但是，在三十二度的天氣下跑了十三公里的我，跟她們一點都不像。我上衣全是汗，頭髮油膩糾纏成一團，額頭黏著一隻隻死蚊蟲。

「瑪洛莉，這是我媽蘇菲亞，我爸伊格納西歐。」我和他們握手時，先在短褲擦乾手。「瑪洛莉在麥斯威爾家當保母。他們是搬來埃奇伍德街的新家庭。他們家的小男孩叫泰迪。」

蘇菲亞狐疑打量我。她打扮光潔亮麗，髮型完美，我無法想像她這三十年間有流過一滴汗。但伊格納西歐露出友善的笑容，向我打招呼。「妳一定是非常認真的運動員，今天天氣這麼悶熱還跑步！」

「瑪洛莉是賓州大學的長跑選手。」艾卓安解釋。「她在越野賽校隊。」

我聽到心裡好尷尬，我早已忘記自己的謊言。如果艾卓安和我單獨聊天，我馬上就會說出眞相。但我現在不能多說，尤其他父母都盯著我。

「我相信妳比我兒子跑得快。」伊格納西歐說。「兩個後院他就要割一整天！」他說完哈哈大笑，艾卓安尷尬移了移身子。

「那是做園藝造景的人才懂的笑話。我爸以爲自己是單口喜劇演員。」

伊格納西歐露齒一笑。「就是因爲是眞的才好笑啊！」

蘇菲亞端詳我的外表，我相信她看透了我。「妳現在幾年級？」

「大四。快畢業了。」

「我也是！」艾卓安說。「我讀羅格斯大學，在新布藍茲維，主修工程學。妳主修什麼？」

我不知該如何回答。我大學規畫都只專注在教練、運動員星探和體育獎學金。我從來沒想得那麼遠，去搞清楚自己要讀什麼。商學？法律？生物？這些答案聽起來都不可信。但我不能遲疑太久，他們全都盯著我了，我必須說些什麼，什麼都好——

「教書。」我跟他們說。

蘇菲亞看起來一臉懷疑。「妳是說教育？」

她慢慢吐出「教育」二字，彷彿她懷疑我是第一次聽到這兩個字。

「對。教小朋友。」

「國小教育？」

「沒錯。」

艾卓安好高興。「我媽教四年級！她也是主修教育。」

「眞的假的！」還好我剛跑完步，因爲我一定臉紅了。

「那是最崇高的職業。」伊格納西歐說。「妳選得眞好，瑪洛莉。」

我好想換話題，說些別的，**任何事情都好**，只要不是謊言就好。「你們的花好美。」我跟他們說。「我每天跑步都經過你們家看花。」

「那我來問個老問題。」伊格納西歐說。「妳最喜歡哪一種？」

艾卓安解釋，這是他父母喜歡跟訪客玩的遊戲。「通常人最喜歡的花會跟個性有關，像星座一樣。」

「這些花都好漂亮。」我跟他說。

蘇菲亞不讓我敷衍。「一定要選一種。挑妳最喜歡的就好。」

於是我指著爬上格架剛開的橘色花朵。「我不知道名字，但這花讓我想到橘色的交通錐。」

「凌霄花。」艾卓安說。

伊格納西歐似乎很開心。「以前沒人選過凌霄花！它花朵很美，適應力好，幾乎不需照顧。只要給它一點陽光和水——不用太注意——它會自己照顧好自己。非常獨立。」

「但也有點像雜草。」蘇菲亞補充。「不好控制。」

「那叫活力！」伊格納西歐說。「這樣很好！」

艾卓安朝我擺出厭煩的表情（像是在說：妳看我平常要忍受的是什麼？），他母親提醒大家再不出發快遲到了。於是我們迅速道別，說「很高興見到你們」，接著我便繼續走路回家。

幾秒之後，黑色BMW開過，伊格納西歐敲一下喇叭，蘇菲亞目光盯著前方。艾卓安透過後座車窗朝我揮手，一瞬間，我彷彿看到他小時候的樣子。坐在車後座和父母出去玩，在蔭涼的人行道騎腳踏車，享受街道上美麗的樹海，好像一切理所當然。我感覺他的童年很完美，生活盡興，全無遺憾。

不知怎麼，我已二十一歲，卻不曾眞正交過男朋友。我是說，我的確跟男人在一起過（當妳有毒癮，長相又不會太醜，想搞到更多藥的話，肯定有這萬無一失的方法），但我不曾擁有傳統關係中的感情。

我的人生，若是放在賀曼電影台來演，就會是在春溪鎭長大的女孩，父母親善良富足，擁有良好教育，就像泰德和卡蘿琳。而我理想的男友就會像艾卓安一樣。他可愛又好笑，而且工作認眞。我走著走著，不覺在腦中計算，兩週後的哪一天，他會回來修剪麥斯威爾家的後院。

春溪鎭都是小孩子，但我沒機會讓泰迪認識其他孩子。我們的街口有個巨大的遊樂場，裡面有秋千、自旋椅和放聲尖叫的五歲孩子。但泰迪不想跟他們玩。

星期一早上，我們兩人會坐在公園長椅，看一群小男孩拿小汽車衝下溜滑梯。我鼓勵泰迪去跟他們玩，他說：「我沒有小汽車。」

「問他們願不願意借你。」

「我不想用借的。」

他坐在我旁邊，低頭生氣。

「泰迪，好嘛。」

「我要跟妳玩。不要跟他們玩。」

「你需要有同樣年紀的朋友。你再過兩個月就要開學了。」

但我無法說服他。我們那天早上在屋子裡玩樂高，吃完中餐後，他到樓上度過個人時間。我知道我應該利用休息時間清理廚房，但我提不起勁。我前一晚沒睡好（七月四日的煙火弄到很晚），而且剛剛跟泰迪的對話讓我很挫折。

我決定在書房沙發上小睡幾分鐘，結果一眨眼，泰迪已來到我旁邊，將我搖醒。

「我們現在可以去游泳了嗎？」

我坐起來，發現室內的光線已經改變。時間快三點了。「好，當然可以，去換泳褲。」

他給我一張畫，跑出書房。跟上一張一樣，圖畫畫著陰暗茂密的森林。只是這次，男人在將土鏟進一個大坑，而安雅的屍體攤軟在裡頭。

泰迪換好泳褲，回到書房。「好了嗎？」

「等一下，泰迪。這是什麼？」

「什麼是什麼？」

「這人是誰？在坑裡的？」

「安雅。」

「這男的是誰？」

「我不知道。」

「他把她埋起來嗎？」

「在森林。」

「爲什麼？」

「因爲他偷走安雅的女兒。」泰迪說。「我在游泳之前可以吃西瓜嗎？」

「當然可以，泰迪，但是爲什麼——」

太遲了。他已經蹦蹦跳跳到廚房，拉開冰箱。我跟著他過去，看他踮腳從上方的架子拿一塊紅色西瓜。我幫他拿到砧板上，並用主廚刀切一片下來。泰迪沒等我拿盤子，直接抓起來吃。

「泰迪，聽我說，安雅還跟你說了什麼？關於這張畫？」

他嘴裡都是西瓜，紅色的汁液流下下巴。「男人挖一個大坑，這樣才不會有人發現她。」他聳聳肩說。「但我猜她逃出來了。」

8

那天晚上，他們一家人出門吃飯。卡蘿琳邀請我，但我用訓練爲由拒絕了她。我待在小屋裡豎耳傾聽，等她的車退出車道。

接著我越過草坪，來到隔壁的房子。

米琪的房子是這條街上最小的，那是一棟紅磚平房，有著鐵皮屋頂，每扇窗都拉上捲簾。她家很適合放在我以前住的南費城社區，但在富裕的春溪鎮上，這棟房子略顯難堪。屋簷的雨水溝生銹下垂，人行道的縫隙都長了雜草，院子亂草叢生，需要請草坪王公司來幫忙。卡蘿琳提過不只一次，她等不及米琪搬家，這樣才能有開發商將房子推倒重建。

前門貼著手寫的小紙條：「客人，歡迎你。請走後門。」我敲門三次，米琪才終於應門。她門鍊仍拴著，只打開一吋的縫隙向外看。「誰？」

「瑪洛莉。住在隔壁的，有印象？」

她解開門鍊，打開門。「我的媽呀，妳眞是嚇死我了！」她穿著紫色和服，手中拿著一罐辣椒噴霧器。「這麼晚來敲門，妳在想什麼？」

現在才七點多鐘，小女孩都還在人行道上玩跳房子。我拿了一小盤包著保鮮膜的餅乾。「泰迪和我做了薑餅乾。」

她雙眼睜大。「我來煮咖啡。」

她抓住我手腕，把我拉進陰暗的客廳，我眨了眨眼適應黑暗。屋內很髒，空氣中瀰漫一股霉臭味，混合大麻和高中置物櫃的氣味。沙發和扶手椅包著乾淨的塑膠椅套，但我看到上面有一層灰塵，像是好幾個月沒擦了。

米琪帶我進到廚房，我發現她房子後面比較舒適，窗簾都拉開，窗戶對著森林。天花板掛著吊蘭，帶葉的長捲鬚從花盆四周垂下。櫥櫃和家電都像來自一九八〇年代，感覺熟悉舒適，像是南費城我鄰居的廚房。塑膠餐桌上鋪滿報紙，還有許多沾著油的黑色金屬，包括彈簧、螺栓和視鏡。如果有人照順序組裝，這會是一把手槍。

「我剛好在清槍。」米琪解釋完，手一掃，將東西向旁邊一推，零件全滾開。「妳要喝什麼咖啡？」

「妳有無咖啡因的嗎？」

「噁，沒有，絕對不要。那只是把化學物質裝在杯子裡。我們今晚要喝老派的Folgers牌咖啡。」

我不想告訴她我在戒癮，所以我只說我對咖啡因非常敏感。米琪向我保證，一小杯不會有影響，我想她說的可能也沒錯。

「如果妳有的話，我希望加牛奶。」

「我們就一半一半。味道比較飽滿。」

牆上掛著經典貓時鐘，貓咧嘴賊賊笑著，尾巴來回搖擺。米琪將古老的咖啡先生咖啡機插頭插上，拿水壺倒水。「隔壁一切都好嗎？妳喜歡妳的工作嗎？」

「很好。」

「父母親一定把妳逼瘋了。」

「他們人很好。」

「就挑明了說吧，我不知道那女的做什麼工作。但我相信丈夫肯定賺不少。妳知道退伍軍人醫院沒給多少錢。所以她幹麼不待在家？是想表現給誰看？」

「也許——」

「我覺得啊，有的女人就是不想當媽媽。她們想要小孩，想在臉書上放可愛的照片。但她們眞心想要體驗當母親這件事嗎？」

「我想——」

「我告訴妳一件事，那男孩很可愛。我超想咬他一口。如果他們好聲好氣問我，然後只要給我點尊重，我可以無償照顧他，可是千禧世代就是有這個問題！他們心裡缺乏價值！」

等咖啡泡好的時間，她一直說話，抱怨全食超市（太貴）、#Metoo受害者（愛抱怨又爲所欲爲）和日光節約時間（憲法裡可沒提到這個）。我不禁開始想自己登門拜訪是不是錯了。我需要跟人說話，但我不確定米琪會不會聽我傾訴。關於泰迪的怪畫，我自己有個假設，但我不想去煩羅素，也絕不能跟麥斯威爾夫妻說。他們是激進的無神論者，我知道他們絕不會把我的想法放心上。米琪是我最後的希望。

「妳能跟我說更多關於安妮．貝瑞特的事嗎？」

她馬上停下來。

「為什麼問？」

「我只是好奇。」

「不，小公主，妳這是很明確的問題。恕我直言，但妳感覺心事重重。」

我要米琪答應我，絕不向任何人透露（尤其麥斯威爾夫妻），然後我將泰迪最新的畫作放到桌上。

「泰迪在畫不尋常的畫。他說這些想法是幻想朋友告訴他的。她的名字叫安雅，沒人在旁的時候，她會在臥室和他見面。」

米琪看了看畫，臉上蒙上一層陰影。「所以妳為何要問安妮．貝瑞特的事？」

「就是名字很類似。安雅和安妮。我知道小孩有幻想朋友很正常，許多孩子都有。但泰迪說安雅要他畫這些畫。男人拖著女人走過森林、掩埋女人的屍體。而且安雅要泰迪把這些畫給我。」

廚房一片寂靜。我和米琪見面之後，這是最長的一段寂靜。我唯一聽到的是咖啡機的咕嚕聲，和貓咪鐘尾巴規律搖擺的聲響。米琪仔細看著畫，彷彿想看穿這張圖，超越鉛筆痕跡，深入畫紙纖維之中。我不確定她是否完全理解我的意思，於是我進一步解釋：

「我知道這聽起來很瘋狂，但我想說的是，會不會是安雅的靈魂成了這房子的地縛靈，她是不是透過泰迪試著在和我們溝通？」

米琪站起，走到咖啡壺旁，倒了兩杯咖啡。她雙手顫抖，拿著馬克杯回到桌前。我倒了一點奶油，啜了一口，結果那是我這輩子喝過最濃、最苦的咖啡。但我還是喝了。我不想冒犯她。我好希望有人傾聽我的想法，告訴我「妳沒發瘋」。

「這事我有一些研究。」米琪終於開口。「根據歷史，小孩在靈媒領域一向比較敏感。小孩的心靈不像成人一樣充滿障礙。」

「所以——有可能？」

「看情況。妳有跟他父母提過嗎？」

「他們是無神論者。他們覺得——」

「喔，我知道，他們覺得自己比其他人聰明。」

「找他們坐下來聊之前，我想多做一點研究，試著拼湊出全局。也許這些圖畫和安妮·貝瑞特的故事有所重疊。」我身子靠向桌子，說得更快了。我感覺咖啡因喚醒了我的中樞神經系統。我思想更敏銳，脈膊變快。我不再在乎苦味，又喝一口。「根據泰迪所說，畫中的男人偷走安雅的女兒。妳知道安妮有孩子嗎？」

「這問題眞有意思。」米琪說。「但我從頭開始講，答案可能會清楚一點。」她坐到椅子上，讓自己舒服一些，順道扔了塊餅乾到嘴裡。「不過要記得，安妮·貝瑞特在我出生之前就死了。所以這是我從小聽到大的故事，我無法保證內容的眞實性。」

「沒關係。」我又喝一口咖啡。「全都告訴我。」

「你們房子原本的屋主是喬治．貝瑞特。他是杜邦化學公司的工程師，公司在吉布斯頓。他家中有妻子和三個女兒，而他的堂妹安妮在一九四六年，也就是二戰剛結束時搬來這裡。她搬進妳現在住的訪客小屋，把那裡當工作室和招待所。她大概是妳這個年紀，長得非常漂亮，一頭長黑髮，美若天仙。當時美軍從歐洲回來，人人都為她瘋狂，把自己以前的高中情人全拋在腦後。他們日日夜夜都來喬治家，問他堂妹有沒有空聊天。

「但安妮個性害羞安靜，喜歡獨處。她不跳舞，不看電影，她拒絕所有人的邀請。她甚至不上教堂，那時這可是一大問題。她只待在小屋畫畫，或去海頓河谷散步，看有沒有東西能畫。所以全鎮漸漸變得討厭她。有人謠傳她未婚生子，小孩送人領養之後，在原本的村莊身敗名裂，才搬到春溪鎮。後來謠言愈來愈可怕。有人說她是女巫，會引誘所有丈夫到樹林中和他們做愛。」米琪覺得很荒謬，不禁大笑。「因為這就是女人會亂八卦的事，妳知道嗎？我相信這條街所有媽媽也這樣說我！」

她又喝一口咖啡，繼續說：「總之有天喬治．貝瑞特走向小屋，敲了敲門，結果沒人應門。他走到裡面，發現裡面全是血。床上和牆上全都是。他跟我父親說：『連椽條上都是血。』但那裡沒有人。安妮也不見蹤影。喬治報了警，全鎮搜索森林，走過每一條小徑，用拖網拖過溪流，派出搜救犬，用盡一切方法。妳知道他們找到什麼嗎？什麼都沒有。她消失了。故事就這樣。」

「四〇年代之後，有人住在小屋嗎？」

米琪搖搖頭。「我父母說喬治差點把小屋拆了。他不想記得這場悲劇。後來他把小屋改成工具室。我告訴妳過，我五、六〇年代長大時，我們都說那間是惡魔屋。我們很怕那裡，但那只是鄉野民俗故事，或自家後院的民間傳說。我並沒有眞正見過嚇人的事。」

「那下一個屋主呢？喬治死後？」

「喬治死後，他妻子將房子賣給布區和芭比・赫爾奇克。他們當我鄰居四十年。妳和泰迪游的游泳池就是他們建的。我們關係很好，是非常好的朋友。」

「他們有小孩嗎？」

「三個女兒、兩個兒子，沒碰上什麼問題。我跟芭比很熟。如果她小孩有畫死人，一定會告訴我。」米琪又喝一口咖啡。「當然他們很聰明，沒去用訪客小屋。也許麥斯威爾重建時驚動了什麼，釋放出某種帶有惡意的能量。」

我想像自己走向泰德和卡蘿琳，警告他們釋放了邪惡的靈魂。我相信他們馬上會去分類廣告尋找新的保母。那時我該怎麼辦？我要去哪裡？我心跳加速，像卡在空檔加速的引擎，我一手放到胸上。

我必須放輕鬆。

我必須冷靜。

我不能再喝咖啡了。

「可以借用一下廁所嗎？」

米琪指向客廳。「左邊第一道門。燈是拉繩式的，妳開門就會看到。」

浴室又小又擠，有著老式的貴妃浴缸，包在塑膠窗簾裡。我打開燈那一瞬間，一隻蠹魚快速溜過瓷磚，消失在水泥漿的裂縫中。我在洗手台彎身，打開水龍頭，用冷水洗面。我伸手去拿客用毛巾，卻發現毛巾上覆滿一層灰塵，好像數年沒人碰過。門上掛了一件粉紅色毛圈布袍，我拿袖子擦乾臉。

接著我打開米琪的藥櫃，迅速看一下。高中時期，我常到別人家浴室打探，說來你肯定不信，但人們其實都隨便放處方藥品。我常摸走幾顆藥丸，有時就算整罐藥帶走也沒人起疑。我心跳加速，雙腿顫抖，感覺自己彷彿回到高中。米琪的藥櫃像藥局一樣堆滿藥，四層架子上都是棉花棒、棉花球、醫用墊片、凡士林、鑷子、制酸劑和皮質醇軟膏，私密部位用的乳膏已用了半條。裡面還有十多瓶橘色處方藥罐，藥品各式各樣，像立普妥、左旋甲狀腺素、阿莫西林和紅黴素。最最最後面，藏在所有藥物後頭的是我的老朋友：疼始康定。我早料到自己會看到它。這年頭幾乎家家戶戶都有疼始康定，因爲做完小手術之後，大家不一定會吃完整罐止痛藥。這類藥若不見，很少人會發現……

我轉開藥罐蓋子，往裡頭瞧。罐子是空的。這時米琪敲門，我手中藥罐差點掉到洗手台。「妳沖水時可以拉著把手嗎？我馬桶水箱的止水皮有點問題。」

「好。」我跟她說。「沒問題。」

我突然好氣自己東摸西摸，再次墮落。我感覺米琪像是抓到現行犯。都是咖啡的錯，我不該喝那杯咖啡。我將藥罐放回去，轉開水龍頭，大口喝著冷水，希望稀釋身體中的毒素。我好羞愧，戒癮十九個月，結果在老婦人的藥櫃東翻西找。我到底怎麼了？我沖了馬桶，拉著把手等所有水都吸下去。

我回到廚房時，米琪在桌前等我，她拿著一塊都是字母和數字的木板。我發現那是一塊通靈板，但跟我小時候去朋友家玩的薄薄紙板不同。這塊是厚重的楓木板，上頭刻著神祕標誌。看起來不像玩具，更像屠夫的砧板。

「我是想，」米琪說。「如果這幽靈想告訴妳什麼，我們不要透過中間人。我們越過泰迪，直接和她溝通。」

「妳是說降靈會？」

「我比較喜歡稱之爲『聚會』。但不能在這裡。我們到妳小屋效果會比較好。明天怎麼樣？」

「我必須顧泰迪。」

「對，我知道，我們需要泰迪一起。這幽靈依附在他身上。如果他加入我們，我們比較有機會和她說上話。」

「不行，米琪。我不能這樣。」

「爲什麼不行？」

「他父母會殺了我。」

「我去跟他們說。」

「不行、不行、不行。」我跟她說，語氣惶恐。「妳答應我不會告訴他們。拜託，米琪，我不能丟了這份工作。」

「妳幹麼這麼擔心？」

我跟她說面試時家規有寫，我必須以科學爲主，不得提到信仰和宗教。「我不能帶泰迪來降靈會。如果他打噴嚏，我甚至不能說『願上帝保佑你』。」

米琪用手指敲了敲畫。「這些畫不正常，親愛的。那屋子不對勁，有怪事發生了。」

我將畫拿回去，塞到包包中，並謝謝她的咖啡。我心跳再次加快，心悸又開始了。我感謝米琪的建議，打開門要走。「總之別跟他們提到任何事，好嗎？我相信妳會保守祕密。」

她用一塊黑天鵝絨布蓋住木製通靈板。「如果妳改變主意再跟我說。而且我保證妳會回心轉意。」

我八點回到小屋之後，一路熬到凌晨四點還睡不著。我毫無睡意，咖啡絕對是一大錯誤。我試了所有正常的小技巧（深呼吸、喝杯熱牛乳、洗熱水澡）都沒用。蚊子吵得沒完沒了，唯一獲得安靜的辦法就是蓋住頭，露出腳。我對自己好失望。我輾轉難眠，心裡放不下我在米琪浴室的兩分鐘，想找出腦袋哪一刻開始自動導航。我以爲自己克服了癮頭，但顯然我仍是「吸一口什麼都好」的瑪洛莉，還是會為了嗨一發搜刮藥櫃。

我聽到七點的鬧鐘醒來，感覺頭昏腦脹，內心羞愧。我下定決心不再退步。

絕不准再喝咖啡。

絕不再執著於圖畫的事。

絕不再提到安妮．貝瑞特。

幸好我進到大屋子時，有全新的危機轉移了我的注意力。泰迪最喜歡的炭精筆不見了，他到處都找不到。我們走去藝術用品店新買了一組。一回到家，他馬上衝回房，度過他的個人時間。我前一晚幾乎沒睡，全身精疲力盡，於是我走進書房，倒到沙發上。我原本只打算瞇幾分鐘，但又一次，泰迪將我搖醒。

「妳又在睡覺！」

我嚇得跳起來。

「對不起，泰迪。」

「我們要游泳嗎？」

「當然好，穿上泳褲吧。」

我感覺好多了。小睡一下讓我充好電，身心恢復正常。泰迪跑去換泳褲，我看到他把新畫蓋在咖啡桌上。我知道我應該把畫留著。讓他父母去處理。但我忍不住好奇心。我將畫翻過來，而這大概是最後一根稻草。

聽著，我知道世上有各式各樣的父母，有自由派、保守派、無神論的、信仰虔誠的、有控制欲的、工作狂的，甚至有怪獸家長。我知道家長對於如何養育小孩，想法都截然不同。但我盯著這張畫，看到安雅緊閉雙眼，有雙手緊緊掐住她脖子。我想所有父母都會同意，這一定他媽的有病吧？

9

卡蘿琳五點半下班到家，我按捺住心情，不在她一踏進門劈頭就煩她。她很忙，也有其他事要處理。她必須和孩子打招呼，並準備晚餐。所以當她問我今天好不好，我只露出微笑，跟她說一切安好。

我出門去跑步，但因爲前一晚的煎熬，我身體依然好累，跑了三十分鐘就放棄。我走過鮮花城堡，但沒遇到艾卓安和他家人。我回家淋浴，用微波熱了冷凍捲餅，想看一下賀曼電影台。但我心神不寧，無法專心。我腦袋一直想到上一張畫，想到那雙緊緊掐住安雅脖子的手。

我等到九點，確定泰迪回房睡覺後，才拿起最近的三幅畫，走到戶外。我聽到風中傳來低語，發現泰德和卡蘿琳坐在泳池旁，穿著白袍，喝著一瓶酒。他們看起來像遊艇廣告中快樂的夫妻，好像正搭乘皇家加勒比海遊輪展開爲期七天的旅程。卡蘿琳躺在泰德大腿上，他輕輕按摩她肩膀。

「一下下就好。」他說。「讓妳放鬆。」

「我已經放鬆了。」

「那我們要上樓嗎？」

「泰迪怎麼辦？」

「泰迪**怎麼辦**？他睡著了。」

我輕輕走上柔軟的草坪，走到半途，腳跟不小心採到灑水器。腳踝一折，屁股落地，手肘重重打到地板上，我不禁痛得大叫。

卡蘿琳和泰德越過院子跑來。「瑪洛莉？妳還好嗎？」我手握著手肘，痛楚急劇又強烈，我確定自己流血了。但我拿起手來看，只發現自己有瘀青，骨頭沒斷。

「我沒事。我只是跌倒了。」

「我們帶妳到亮一點的地方。」泰德說。「妳站得起來嗎？」

「我需要等一會。」

泰德聽了沒等我。他手穿到我膝蓋下，像抱小孩一樣抱住我站起。他將我抱回泳池邊，輕輕將我放到躺椅上。

「我沒事。」我跟他們說。「眞的。」

卡蘿琳還是檢查了我的手肘。「妳在院子幹麼？妳需要什麼嗎？」

「待會再說。」

這段時間，我仍一直抓著那三張畫，卡蘿琳看到了。「這泰迪畫的嗎？」

這時我不需猶豫了。「他不希望我給你們看。但我覺得你們應該知道。」

卡蘿琳看了畫，她表情垮下來，把畫拿給丈夫。

「這是**你的**錯。」她說。

泰德看第一張畫大笑。「天啊，這人被掐死嗎？」

「對，泰德，她被殺了，屍體還被拖過森林，我不知道我們可愛溫柔的兒子哪來這些可怕的念頭？」

泰德舉起雙手，表示投降。「格林童話啦。」他解釋。「我每天晚上都會唸不同的故事。」

「他讀的格林童話不是迪士尼的版本。」卡蘿琳告訴我。「原始的格林童話非常暴力血腥。妳知道灰姑娘有個場景是邪惡的繼姊試穿了玻璃鞋？在原版中，她為了穿鞋把腳趾切斷。玻璃鞋中全是血。非常可怕！」

「他是男孩子，卡蘿琳。男孩子就愛這種東西！」

「我不管。這不健康。明天我要去圖書館借一些迪士尼童話書。不要有掐死人、謀殺，我要乾乾淨淨、普通級的童書。」

泰德拿起酒瓶，倒一大杯紅酒。「這才是**我心目中**最可怕的事。」他說。「但我懂什麼？我只是孩子的父親而已。」

「我是執業的心理諮商師。」

他們看著我，像等我選邊站，決定誰比較有道理。

「我覺得這不是童話故事。」我跟他們說。「泰迪說這些是安雅告訴他的。他說是安雅告訴他該畫什麼。」

「當然是這樣。」卡蘿琳說。「泰迪知道我們不喜歡這些畫。他知道畫女人被掐死、埋進土裡是不對的事。但如果安雅說沒關係，那他就能畫了。這樣就能形成某種認知失調。」

泰德點頭附和妻子，好像這非常合理，但我不懂她在說什麼。認知失調？

「泰迪說他在畫安雅的故事。他說畫中那人偷走了安雅的女兒。」

「那是格林童話的典型故事。」泰德解釋。「童話有一半的故事都在說小孩走失。像《糖果屋》《吹笛人》《死神教父》——」

「死神教父？」卡蘿琳搖頭。「拜託，泰德。這些故事太過頭了。你不要再這樣。」

泰德又看了一眼畫，最後他放棄了。「好啦，算了。從現在起，我只唸蘇斯博士或理查·斯凱瑞的書。但我不會唸貝安斯坦熊系列*，那是我的底線。」他手放到卡蘿琳肩膀，摟一下她。「妳贏了，親愛的，好嗎？」

他表現得像事情解決了，彷彿一切到此結束，我們該各自回家。但我怕自己不問的話，可能永遠不會有下次機會。「我還有想到另一種可能性。」我跟他們說。「要是安雅是安妮·貝瑞特怎麼辦？」

卡蘿琳聽不懂。「誰？」

* Richard Scarry（1919-1994），美國最受歡迎的童書作家，著作逾一百五十本。貝安斯坦熊系列套書作者為史丹和珍·貝安斯坦（Stan and Jan Berenstain），他們以活潑的方式畫下自己育兒經驗，這套書也成為了美國小學指定讀物。

「在我小屋被殺的女人。一九四〇年代的事。要是泰迪回房度過個人時間，是和她的幽靈在溝通呢？」

泰德大笑，好像我在開玩笑。卡蘿琳又氣呼呼朝他瞪一眼。「什麼？真的假的？妳說像鬼魂那樣嗎？」

現在不能回頭了。我必須把事情解釋清楚：「名字很像。一個安妮，一個安雅。而且妳說泰迪在巴塞隆納都從來不畫畫。但你們一搬回來美國——一搬進這個家——安妮·貝瑞特失蹤的屋子——他像發瘋一樣，變超愛畫畫。這句話是妳說的：『像發瘋一樣。』」

「我當時意思是說他想像力很豐富。」

「但他在臥室跟人說話。我有時站在他門外聽，他在跟人對話。」

卡蘿琳瞇起眼。「妳也聽到鬼說話了嗎？妳有聽到安妮·貝瑞特用哀怨惡毒的聲音，指示我兒子畫畫嗎？」我承認自己沒聽到，卡蘿琳馬上反應，好像這點證明了一切。「因為他在對自己說話，瑪洛莉。這是智力的象徵。天賦異稟的小孩經常如此。」

「但他其他問題呢？」

「問題？泰迪有問題？」

「他會尿床。他每天都穿同一件條紋上衣。他不願和其他小孩玩。現在他畫了一個女人被殺的圖畫。妳綜合起來想一想，卡蘿琳，我不知道。我很擔心。我覺得他應該看醫生。」

「我就是醫生。」卡蘿琳說。太遲了，我這時才意識到自己踩了地雷。

泰德拿起她的酒杯，倒了杯酒。

「親愛的，來。」

她揮手推開。「我完全有能力評估我小孩的心理健康。」

「我知道——」

「眞的嗎？妳聽起來像是不知道這點。」

「我只是擔心。泰迪是個可愛、溫柔又天眞的孩子。但這些畫不像是他畫的。這些畫感覺很髒，很不純潔。米琪覺得——」

「米琪？妳把畫拿給米琪看？」

「她覺得也許你們整修訪客小屋時驚動了什麼。」

「妳找我們之前，先去找米琪？」

「因爲我知道你們反應一定是這樣啊！」

「如果妳是指很理性，那對，妳說的沒錯。我不相信那女人說的任何一句話。妳也不該相信她。她沒救了，瑪洛莉。她是嗑藥嗑到腦袋他媽有問題的瘋子！」

這句話迴盪在我們之間。我從沒聽過卡蘿琳罵髒話。我從沒聽過她用這種話形容毒癮者。

「聽著。」泰德說。「我們很感謝妳的擔憂，瑪洛莉。」他手放到妻子膝蓋上。「不是嗎，親愛的？我們相信溝通時，要對彼此坦白。」

「但我們**不會**把泰迪尿床的事怪到鬼身上。」卡蘿琳說。「妳能理解對吧？那句話會讓我丟了執照。尿床很正常，害羞很正常，假裝有玩伴很正常。而這些畫——」

「媽媽？」

我們全轉身，泰迪站在泳池欄杆另一邊，穿著消防車睡衣，手上拿著哥吉拉玩偶。我不知道他站了多久，聽到多少。

「我睡不著。」

「回去房間再試一次。」卡蘿琳說。

「很晚了，孩子。」泰德說。

他們的兒子看著自己赤裸的雙腳。泳池混濁的藍光照在他身上。他一臉焦慮，彷彿不想獨自回屋子裡。

「去啊。」卡蘿琳告訴他。「我二十分鐘後會去找你。但你必須先自己試試看。」

「喔，兒子？」泰德大喊。「別再畫安雅的畫了，好嗎？你把瑪洛莉嚇壞了。」

泰迪轉向我。他因爲我的背叛，睜大雙眼，一臉受傷。

「不、不、不是。」我跟他說。「沒事——」

泰德拿起那三張畫。「沒人想看到這些，兒子。畫太可怕了。從現在起，畫些好東西，好嗎？像馬或向日葵。」

泰迪轉身，跑過草坪。

卡蘿琳瞪她丈夫。「你**不該**這樣。」

泰德聳聳肩，又喝一口酒。「那孩子遲早要聽實話。他兩個月後開學。妳覺得老師不會有一樣的擔憂嗎？」

她起身。「我們回屋子。」

我也站起來。「卡蘿琳，對不起。我不是故意要冒犯妳。我只是擔心。」

她沒有停下腳步，也沒轉身，她只大步越過草坪，走向房子。「沒關係，瑪洛莉，晚安。」

但顯然我把事情搞砸了。這比她上次罵我還糟。她好生氣，甚至不想正眼看我。我覺得哭很蠢，但我沒法控制自己。

我爲什麼要提到米琪？

我爲什麼不能閉嘴？

泰德將我拉近，讓我頭靠在他胸膛。「聽著，沒事的，妳只是實話實說。但養育子女時，母親永遠是對的。就算她錯也一樣。妳懂我的意思嗎？」

「我只是擔心——」

「擔心的事交給卡蘿琳。她爲你們倆擔心的事夠多了。她非常保護泰迪，妳有發現嗎？我們努力了好久才生下他。花了許多心思，還有折騰——我想她因此感到不安。除此之外，她現在又重返職場——這又是一個讓她有罪惡感的理由！所以每次事情出問題，她都會往心裡去。」

我之前沒這麼想過，但泰德說的很合理。早上卡蘿琳趕著上班時，總讓人感覺她帶著點內疚。也許她甚至嫉妒我能待在家和泰迪烤蛋糕。我只顧著欣賞著卡蘿琳的一切，不曾想過她可能羨慕我。

我設法喘過氣來，不再哭泣。泰德似乎有些著急，想回房查看妻子，但他走之前，我還有件事要麻煩他。我將三幅畫交給他，放下我所有責任。「這些畫你能拿去嗎？這樣我就不用再看到了？」

「沒問題。」泰德將畫折起，然後把畫撕了。「妳永遠不用再看到這些畫了。」

10

昨晚睡得好糟，起床時我感覺好難過。卡蘿琳·麥斯威爾待我這麼好，她歡迎我來到她家；她信任我，將兒子託付給我；她提供我重新展開人生的一切所需。所以看到她這麼氣我，我難以釋懷。我躺在床上，想像一百種道歉的方式，最後我決定自己不能再拖延，必須起床面對她。

我來到大屋，泰迪在廚房餐桌下，他穿著睡衣，玩他的積木。卡蘿琳在廚房水槽前，清洗早餐的碗盤，我請她讓我洗。「還有，我想說對不起。」

卡蘿琳關起水龍頭。「不，瑪洛莉，我才應該對不起。我喝了太多酒，我不該向妳發火。我整個早上都在懊惱。」

她張開雙臂，我們擁抱彼此，兩人不約而同再次道歉。接著我們一起大笑，我知道一切沒事了。

「我們還是歡迎妳來大屋子生活。」她提醒我。「妳可以睡泰迪隔壁的臥房。我只要一天就能整理好。」

但我不想再為她帶來任何麻煩。「小屋很完美。」我跟她說。「我很喜歡那裡。」

「好，但如果妳改變主意——」

我從她手中接過擦碗巾，朝微波爐上的鐘擺頭。時間已經是七點二十七分，我知道卡蘿琳喜歡在七點三十五分前上路，那時路上還不會太塞。「我來收尾。」我跟她說。「祝妳今天順利。」

於是卡蘿琳去上班了，我則開始整理。其實沒什麼好清理，只有幾個杯子、穀片碗和前一晚的玻璃杯。我把碗盤都放進洗碗機後，俯身跪地，爬到餐桌下。泰迪用積木造了一個兩層樓的農家住宅，並在周圍放上塑膠小動物。

「我們在玩什麼？」

「他們是一家人。他們住在一起。」

「我可以當豬嗎？」

他聳聳肩。「妳想的話。」

我拿豬繞過其他動物，並像車子一樣發出叭叭叭的聲音。泰迪平時很愛這種玩笑。他喜歡我讓動物像卡車一樣按喇叭，或像火車一樣汽鏘汽鏘。但今天早上，他只是背對著我。當然，我知道這是怎麼回事。

「泰迪，聽著。我想聊昨晚的事。我覺得你爸誤會我了。所有你畫的圖，我都愛。就算是跟安雅一起畫的也是。我一直都很期待看到你的畫。」

泰迪拿起塑膠小貓，像爬樹一樣爬上桌角。我試著移動到他面前，想和他四目相交，但他轉到另一邊。「我想繼續看你的畫，好嗎？」

「媽媽說不准。」

「但我說可以，沒關係的。」

「她說妳生病了，嚇人的畫會讓妳再生病。」

我聽了瞬間坐直，頭撞到桌底，痛得不得了，接下來幾分鐘我甚至無法動彈。我只能緊閉雙眼，手按住頭。

「瑪洛莉？」

我睜開眼，發現自己終於對上他的目光。他看起來嚇壞了。「我沒事。」我跟他說。「我需要你仔細聽我說。你做的任何事都不會讓我生病。你不需擔心。我百分之百沒事了。」

泰迪讓一匹小馬跑上我的腿，停在我膝蓋上。「妳的頭還好嗎？」

「我頭沒事。」我跟他說，但其實我頭不斷抽痛，感覺腫起來了。「我只需要拿東西冰敷一下。」

接下來幾分鐘，我坐在廚房餐桌前，用三明治袋裝了冰塊，按在頭上。泰迪在我腳邊，拿著各式各樣農場動物玩角色扮演。每隻動物都有各自特殊的聲音和個性。有固執的山羊先生、愛指揮人的母雞媽媽、勇敢的黑公馬和呆小鴨，超過十種角色。

「我不想做家事。」馬說。

「但規定就是規定。」母雞媽媽告訴他。「我們全都必須遵守規定！」

「不公平。」山羊先生抱怨。

故事繼續下去。對話從家事、午餐到穀倉後面森林藏的祕寶。我很訝異泰迪能記得不同的角色和他們的聲音。但當然，這正是泰德和卡蘿琳一直在說的：他們的兒子有很豐富的想像力。就是這樣。

那天下午，泰迪回房度過個人時間時，我等幾分鐘之後，便跟著他上樓。等我把耳朵貼上他房門，他已經在對話了。

「……或者我們可以造城堡。」

「…………」

「或玩鬼抓人。」

「…………」

「不行，我不行。規定不准。」

「……………………………」

「他們說不行。」

「……………………………………………………………」

……………………………………………………………………

……………………………………………………………………

……………………………………………」

「對不起，可是——」

「……………………………………………………………………

……」

「我不懂。」

「…………………………………………………………」

他大笑，好像她提了什麼荒謬的事。「我想我們可以試試看？」

「……………………………………………………………………………………………………」

「我們要怎麼——好、對。」

「……」

「喔，好冷！」

接下來都沒說話聲了，但我仍豎耳去聽房裡的聲音。我聽到窸窣聲。那是鉛筆劃過紙張的聲音。

畫圖？

他又畫圖了？

我走下樓，坐在廚房餐桌前等待。

通常個人時間不會超過一小時，但泰迪在房間待了兩倍的時間。他終於來到廚房時，手上什麼都沒有。

我朝他微笑。「人來啦！」

他爬到餐桌椅子上。「妳好。」

「今天沒畫畫？」

「我可以吃起司餅乾嗎？」

「好啊。」

我替他倒一小杯牛奶，然後把食物都拿到餐桌上。他伸手拿餅乾時，我發現他手掌和手指都有黑色的痕跡。「也許你該洗個手。」我建議他。「你的手看起來有鉛筆痕。」

他不說話，跑到水槽旁洗手。然後他回到桌前，開始吃餅乾。「妳想玩樂高嗎？」

接下來幾天，一切都很正常。泰迪和我玩樂高、演人偶戲、玩黏土、玩神奇熱縮片、畫塗鴉本和玩組合玩具，還去了食品店無數次。他勇於嘗試新食物，也很喜歡品嚐奇怪的異國食物。有天我們還去了衛格曼超市，買豆薯或金柑，吃個味道。

他是我見過最好奇的孩子，他喜歡用值得思考的問題挑戰我：爲什麼會有雲？誰發明衣服？蝸牛怎麼生活？我一直在查手機，讀維基百科。有天下午在泳池，泰迪指著我胸部，問我爲什麼泳裝會凸起來。我沒小題大作。我只說那是我身體的一部分，冷水讓它們變硬了。

「你也有。」我跟他說。

他大笑。「沒有，我沒有！」

「你當然有！每個人都有。」

後來我在戶外淋浴間沖澡時，我聽到他敲了敲門。

「嘿，瑪洛莉？」

「怎麼了？」

「妳**看得到**自己尿尿的地方嗎？」

「什麼意思？」

「如果妳低頭看？妳看得到嗎？」

「很難解釋，泰迪。其實看不到？」

他停頓良久。

「那妳怎麼知道有？」

我很高興我們中間隔著一道門，所以他看不到我大笑。「我就是知道，泰迪。一定有啊。」

那天晚上，我向卡蘿琳提到這件事，她沒笑，反而有點警覺。隔天她回到家，拿了一大疊圖畫書，標題都像《非常正常！》和《我從哪裡來？》。這些書比起我小時候看的更直白。裡面明確定義了肛交、口交和非二元性別的稱呼，並有全彩的圖畫。

我跟卡蘿琳說，這感覺對五歲小孩而言資訊有點太多，但她不同意。她說這是人類基礎生物學，她希望早點讓泰迪學習事實，免得被朋友誤導。

「我了解，但口交呢？他才五歲。」

卡蘿琳瞄了一下我脖子上的十字架，好像在說**那**才是問題。「下次他有問題，記得叫他來找我。我想好好回答他。」

我想向她保證，自己絕對有能力回答泰迪的問題，但她清楚表示，對話到此為止。她已經打開櫥櫃，大聲拿下鍋碗瓢盆，準備晚餐。這是這陣子她第一次沒邀我留下用餐。

兩倍長的個人時間愈來愈頻繁，我不知道泰迪如何度過這段時間。有時我會偷偷到他門外，聽到他對自己說話，對話古怪破碎，聽不出意思。我會聽到他削鉛筆，或從線圈繪圖本撕下紙頁。他顯然仍在畫畫，卻刻意把作品藏起，不讓我和他父母看到。

所以週五下午，我決定要探一探。我等泰迪去上大號，因為那時會有整整十到十五分鐘時間（他坐廁所時要看一疊圖畫書，所以會很久）。我一聽到他鎖上門，便快步衝到二樓。

泰迪房間陽光明亮，卻總是有股尿騷味。房裡有兩扇窗可供俯瞰後院，就算有開中央空調，卡蘿琳仍吩咐我整天將窗敞開，我想是為了讓味道散一散。牆面漆成令人愉快的天藍色，貼著恐龍、鯊魚和《樂高玩電影》的角色海報。泰迪有張床、一個矮書架和一個梳妝檯，你可能覺得簡單搜一搜就結束了。但我知道藏東西的訣竅。我嗑疼始康定的第一年，仍住在家裡，我的藥和用具都藏在房間各處，塞在母親永遠想不到的地方。

我掀開地毯，拿下所有圖畫書，拉出梳妝檯所有抽屜，查看每一吋空間。我搖了搖窗簾，站到他床上，仔細檢查窗簾盒。我到房間角落，翻找堆得像山一般的填充動物。那裡有粉紅色的海豚、破爛的灰色驢子、十幾隻豆豆娃。我將被單拉下床墊，手伸到床墊下，最後我把整個床墊從床框抬起，立了起來，查看地板。

「瑪洛莉？」泰迪透過一樓廁所門大叫。「妳可以幫我拿衛生紙嗎？」

「等我一下！」

我還沒結束。我還沒檢查完衣櫃。我翻過所有無法說服泰迪穿的可愛衣服，像漂亮的有領襯衫、小巧的卡其褲、設計師款的藍牛仔褲、能繫他二十二吋腰的小皮帶。我在衣櫃上層架子看到《妙探尋兇》《老鼠與起司》《抱歉！》三盒桌遊。我確定自己找到了寶藏。但我打開盒子，將東西倒出時，我只看到遊戲的零件和卡片。沒有圖畫。

「瑪洛莉？妳有聽到嗎？」

我將遊戲放回衣櫃，關上門，並確認房間已差不多回復原樣。

接著我從洗衣間拿一捲衛生紙，快步到一樓浴室。「給你。」我跟他說。他將門打開一小條縫，讓我把衛生紙給他。

「妳剛才在哪裡？」他問。

「整理東西。」

「好。」

他將門關上，我聽到門鎖鎖上。

我整個週末都覺得是自己多疑。我沒有泰迪仍在畫畫的證據。他房間的窸窣聲可能是別的聲音。他手上的黑痕可能是種花的泥土，五歲小孩的手本來就是會一直髒髒的。一切順利，那我爲何要擔心？

週一早上，我聽到垃圾車轟隆作響，緩緩開過埃奇伍德街。他們一週會來兩次，週一來收回收，週四來收一般垃圾。我馬上想起自己少檢查一處，泰德二樓書房的垃圾桶。泰迪下樓時一定會經過。他離開房間時，能順手將畫丟在那裡。

我彈下床，慶幸自己睡覺是穿跑步短褲和T恤，我衝出門，越過草坪。青草上都是露水，我繞過屋子側邊時差點滑倒。垃圾車再三戶就到我們家，所以我只剩一分鐘時間。我跑到車道口，每週日晚上泰德會將兩個藍色回收桶拖來這裡，一個裝金屬和玻璃，一個裝紙類和紙箱。我手伸到裡頭，撥開垃圾信件、水電費帳單、外送菜單、信用卡帳單和一大疊郵購型錄：Title Nine運動服、Lands End家居服、L.L.Bean戶外用品、佛蒙特百貨，這些廣告每天都好幾十張。

垃圾車停到我旁邊，一個戴著工作手套的乾瘦男子向我微笑，龍紋刺青盤繞在他二頭肌上。

「有東西掉啦？」

「沒有、沒有。」我跟他說。「你收去吧。」

但他伸手拿回收桶時，裡面的東西一動，我就看到有團皺巴巴的大紙球，邊緣有和泰迪圖畫紙一樣的邊框花紋。

「等一下！」

他將回收桶拿來，讓我拿起紙球，我走上車道回到小屋。

我一到屋內，便先煮開水，替自己泡杯茶。然後我坐下展開一張張圖畫。那感覺就像剝洋蔥。圖畫總共有九頁，我用手掌把所有皺褶壓平。第一張圖不成畫，只是亂塗鴉而已。但我翻看下一張時，筆觸控制變得更好，畫出更多細節。構圖漸漸進步，還畫出光影。那像是繪圖本，記錄著某個奇怪作品的構思過程。畫裡有各種凌亂的圖案，許多都未完成。

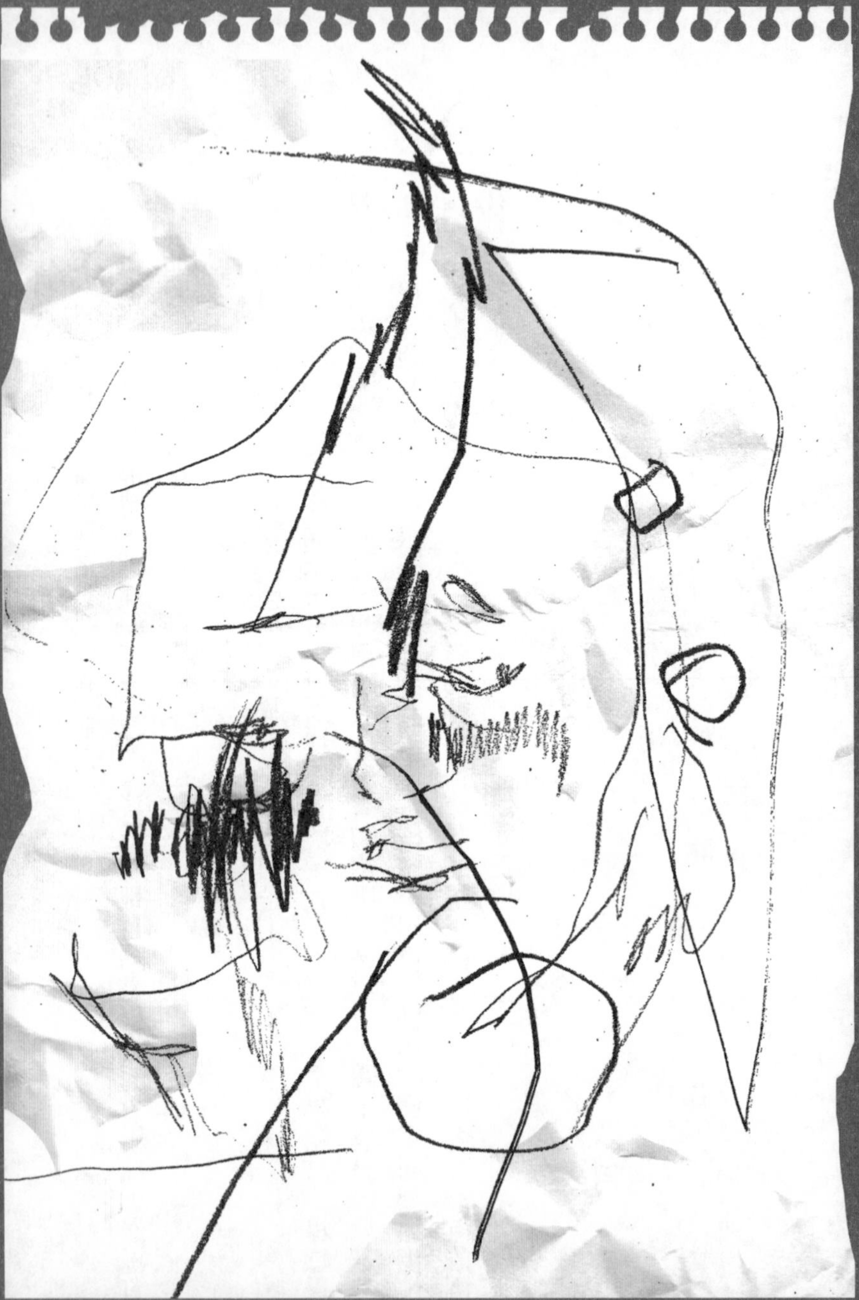

11

對不起，但這眞的不可能是泰迪畫的。連大人都不可能畫這麼好，更別說是一個睡覺要塡充玩具陪伴，數數不超過二十九的五歲小男孩。

但這些怎麼會在回收桶？

泰德畫的嗎？還是卡蘿琳？

麥斯威爾夫妻在閒暇時學畫嗎？

我所有的疑問都導向更多問號，不久之後，我好希望自己沒下床。我眞希望自己讓垃圾車帶走所有線索，現在我就不需要抱著謎團傷腦筋。

週一糊里糊塗過去（樂高、起司通心粉、個人時間、游泳池），但晚上我準備認眞找資料。我淋浴洗髮，穿上卡蘿琳一件美麗的衣服，活潑的藍色中長裙，並有漂亮的白色圖案。接著我走一公里半進城，來到春溪鎭當地獨立書店「說故事的人」。

我驚訝發現書店週一晚上都是人，社區一名作家才剛朗讀結束，氣氛熱絡，像一場派對。大家用塑膠杯喝酒，用小紙盤吃著小蛋糕。我擠過人群才來到童書區，但我內心充滿感謝。我不希望店員來幫我找書。如果他們知道我在找什麼，一定會覺得我瘋了。

我拿了幾本書，從後門出去，來到寬大的磁磚地露台。那裡是個擁擠的咖啡館，四周掛著閃爍的耶誕燈。有個小吧台販賣著點心和飲料，一個非常誠懇的少女坐在高腳椅上，她穿著連身衣，懷裡抱著民謠吉他，唱著〈淚灑天堂〉。我每次聽到這首歌總會想起妹妹的追思會，在現場背景歌單裡一次次循環重播。我也在超市和餐廳聽到過這首歌，即使聽了上千次，這首歌仍能逼出我的眼淚。但現在這女孩的版本比艾力．克萊普頓更明快。又因爲她年輕許多，這首歌好像更讓人感到希望。

我走到咖啡吧台，點了杯茶和茶點，結果我手不夠拿所有東西。而且桌子都滿了，也沒人急著要走。所以當我看到艾卓安坐在雙人桌讀《星際大戰》，我不敢相信自己多幸運。

「我能坐這嗎？」

很好笑。我這次穿著卡蘿琳五百美金的漂亮洋裝，他愣一下，一時沒認出我來。

「好！當然好！瑪洛莉！妳好嗎？」

「我沒想到這裡會這麼多人。」

「這裡一直都很熱鬧。」艾卓安說。「這是春溪鎮人氣第三名的店。」

「前兩名是？」

「第一名當然是芝樂坊餐館。第二名是衛格曼超市的熱食自助吧。」他聳聳肩。

「我們沒什麼夜生活。」

吉他女孩唱完〈淚灑天堂〉，觀眾給她零落的掌聲，但艾卓安大聲鼓掌好久，她朝我們的方向擺出厭煩的表情。「我堂妹蓋比芮拉。」他說。「她才十五歲，妳能想像嗎？她拿著吉他來店裡，他們就給她工作了。」

蓋比芮拉彎向麥克風，說她接下來要唱披頭四的歌，開口便唱起悅耳的〈黑鳥〉。我看一眼艾卓安在讀的書。封面是丘巴卡朝機器人軍團發射雷射，書名以巨大的燙銀字寫著《武技族的復仇》。

「這會好看嗎？」

艾卓安聳聳肩。「妳是指這不算《星際大戰》系列的官方作品嗎？就是這樣才能自由詮釋。妳如果喜歡《伊娃族的復仇》，也會喜歡這本。」

我實在忍不住。我放聲大笑。「你真的很不一樣。你看起來像景觀設計師。全身曬得像來自佛羅里達一樣，指甲縫還有泥土。結果你會去鄉村俱樂部，而且還是星戰宅。」

「我整個夏天都在除雜草，需要一些消遣逃避現實。」

「我了解。我看賀曼電視台也是同樣的原因。」

「真的假的？」

「真的。《烘焙屋疑雲》五集我全看完了。我沒跟多少人說這件事，所以我相信你會替我保密。」

艾卓安在胸前打個X。「我一定守口如瓶。」他說。「妳在看什麼書？」我不需要回答，因為我的書已放在桌上，艾卓安看得到書脊：《反常兒童心理學》和《超自然現象百科》。「這是妳當保母一天放鬆的方式嗎？」

「如果我跟你說讀這些書的原因，你可能會覺得我瘋了。」

艾卓安合上《武技族的復仇》，將書放到一邊，把所有注意力都給我。「我最喜歡的故事都有這種警語。」他說。「願聞其詳。」

「其實眞的說來話長。」

「我現在也沒要去哪。」

「我警告你。我可能會講到書店關門。」

「從頭開始，別跳過細節。」他跟我說。「畢竟所有資訊都可能很重要。」

於是我告訴他我和麥斯威爾夫妻的面試、訪客小屋，以及我和泰迪的日常。我描述了泰迪圖畫的演化，和泰迪房間中奇怪的對話。我跟他說我和米琪及麥斯威爾夫妻討論的事。我問他知不知道安妮·貝瑞特的故事，他向我保證春溪鎮每個小孩都知道安妮·貝瑞特的故事。顯然她是當地著名的鬼魂，隨時會帶走天黑在森林走失的小孩。

聊了快一小時後（他堂妹收好吉他回家，四周客人都走光，只剩下我和艾卓安，咖啡廳店員擦著桌子），我手伸進包包，拿出我最新的發現，回收桶中的圖畫。

艾卓安驚訝地翻過一張張畫。「妳說這是泰迪畫的？五歲的泰迪？」

「那紙是從泰迪的繪圖本撕下的。我聽到他在房間畫畫。他出來時手上都是鉛筆痕。我唯一能想到的是——」我點了點《超自然現象百科》。「也許他和別人通靈。也許是安妮·貝瑞特的靈魂。」

「妳覺得泰迪被鬼附身了嗎？」

「沒有。這不是《大法師》。安妮沒有想毀了泰迪的靈魂，或占據他的身體。她只借用他的手。她在個人時間趁他一人在房間時利用他。剩下的時間，她完全沒有干擾他。」

我頓了頓，等艾卓安大笑或冷嘲熱諷，但他沒說什麼，於是我向他說出我剩下的推論：「安妮．貝瑞特是很厲害的藝術家。她懂得畫圖技巧。但這是她第一次用**別人的手**做畫。所以她前幾次嘗試很糟糕，只是亂塗亂畫。但畫幾頁之後，她愈畫愈好。她更能控制，畫也變得更細膩。質感、光影都掌握了。她在練習用她的新工具——也就是泰迪的手。」

「那圖畫紙為什麼會扔在垃圾桶裡？」

「也許是安雅扔的，也許泰迪扔的，我不確定。關於畫圖的事，他現在不大和人分享。」

艾卓安再看圖畫一次，這次他更仔細研究。他把幾張畫倒過來，從塗鴉中找尋更深沉的意義。「妳知道這些畫讓我想到什麼嗎？《重點》雜誌中的益智尋寶圖。畫家會在背景藏東西。例如房子的屋頂其實是雙靴子、一塊披薩或冰球棍，妳記得嗎？」

我知道他說的尋寶圖（我和妹妹以前很愛玩），但我覺得這些畫更直接。我指著畫中痛苦大哭的女人。「我覺得這是自畫像。我覺得安妮在畫她被謀殺的故事。」

「有個簡單的方法可以證實。我們去找安妮．貝瑞特真正的照片。將她和畫中的女人比較。看是否吻合。」

「我已經查過了。網路上都沒有。」

「妳眞幸運，我母親夏天會在春溪鎭公共圖書館工作。他們有城鎭歷史資料庫。整間地下室都堆滿各種史料。要說安妮．貝瑞特的照片在哪，一定就在那裡。」

「可以請她幫忙嗎？她會介意嗎？」

「妳在開玩笑嗎？她天生是做研究的料。她是老師，兼職當圖書館員。如果我跟她說，妳在研究當地歷史，她會是妳最好的新朋友。」

他向我保證他明天一早就會問她，我感覺好多了，現在我的問題有人能分擔了。

「謝謝你，艾卓安。我很高興你沒有覺得我瘋了。」

他聳聳肩。「我覺得我們必須考慮到所有可能性。『當你把一切不可能的情況都排除之後，那剩下的，不管多麼離奇，也必然是事實。』這是星際爭霸戰第六集史巴克說的話，但他是引用夏洛克．福爾摩斯的名言。」

「我的天啊。」我跟他說。「你眞的很宅耶。」

天黑後，我們一起走回家，人行道上只有我們。社區感覺安靜祥和，十分安全。艾卓安當起導遊，指著一間間房子，向我介紹高中最惡名昭彰的同學，像開爸媽休旅車的傢伙，或拍丟臉抖音影片後來轉學的女生家。我感覺他好像認識春溪鎭所有人，他的高中歲月彷彿是串流平台上一齣浮誇的肥皂劇影集，裡面人人面容姣好，而足球校隊比賽的結果會改變人的一生。

這時他指向角落一間房子，告訴我那是崔西・班塔姆的家。

「我該知道這個人嗎？」

「她是獅子夫人隊的得分後衛。那是賓州大學女子籃球隊。我以爲妳們認識。」

「賓州大學很大。」我跟他說。「有五萬個學生吧。」

「我知道，我只是以爲所有運動員都去一樣的派對。」

我沒馬上回答艾卓安。他給了我一個坦承的完美機會。我應該告訴他，那是一個蠢玩笑，我遇到陌生人都會玩這遊戲。在我們關係進一步之前告訴他眞相，我覺得他可能會理解。

但是，我一說眞相，就必須全盤托出，無法隱瞞。如果我告訴他，我其實從沒上過大學，我就必須解釋過去幾年的經歷。我還沒準備好，何況我們現在聊得正熱絡，我不可能現在提。於是我只換了個話題。

我們來到鮮花城堡，但艾卓安說要陪我走回家，我沒拒絕。他問我的出身，並驚訝我小時候在南費城長大，我家窗外就看得到市民銀行球場。「妳聽起來不像費城來的。」

我盡力模仿了電影《洛基》男主角的費城腔：「唷，艾卓安！你以爲我們全都這樣說話啊？」

「不是口音。我是說妳表現自己的方式。妳好正向。妳不像其他人一樣厭世。」

喔，艾卓安，我心裡想。**你眞的太天眞了。**

他問：「你父母仍在南費城嗎？」

「只剩我媽。我父母在我小時候分開，我爸搬去休士頓。我幾乎不認識他。」

這都是眞的，所以我的回答還算眞誠，但後來艾卓安問我有沒有兄弟姊妹。

「只有一個。貝絲。」

「她是姊姊還妹妹？」

「妹妹。她十三歲。」

「她會去妳的比賽嗎？」

「會。開車單趟三小時，但如果是主場，我母親和妹妹都一定會來。」我哽咽了。

我不懂自己爲何要說這些。我想誠實以對，擁有眞實的關係，卻繼續堆疊更多謊言。但我和這個可愛英俊的除草男孩走在月光下的人行道時，我會情不自禁沉浸在幻想中。我眞正的過去感覺好遙遠。

我們終於來到麥斯威爾家時，四周一片漆黑。時間已過十點半，所有人都已熟睡。我們順著石板路繞過屋側，屋子後頭更黑，只有泳池閃爍的藍光照亮我們的路。

艾卓安瞇眼望著後院，在樹影間尋找小屋。「妳的屋子在哪？」

我也看不到。「在樹林那邊吧。我門廊有留燈，但可能燈壞了。」

「嗯。眞怪。」

「會嗎？」

「聽過妳剛才說的故事之後？我不知道喔。」

我們越過草坪，走向小屋，艾卓安在草坪上等，我走上階梯來到門廊。我轉動門把，但門仍鎖著，於是我拿出鑰匙。我突然感謝卡蘿琳堅持要我把迷你電擊棒扣在鑰匙圈上。「我先進去看一下，你介意等我一下嗎？」

「沒問題。」

我打開門，走進去，按了按門廊電燈開關。燈絕對壞了。但屋裡頭的燈沒問題，小屋看起來和我出門時一樣。廚房和浴室都沒事。我甚至跪下來，快速看一下床底。

「都沒事嗎？」艾卓安大喊。

我走到屋外。「沒事。我只需要一盞新燈泡。」

艾卓安答應找到安妮．貝瑞特的消息會聯絡我。我目送他越過後院，繞過屋側，消失在視線中。

我轉身進到小屋，腳掃到一塊扭曲的灰色石頭，大小像網球一樣。我低頭發現我腳下有紙，那裡有三張皺巴巴的紙張，石頭是用來壓紙的。我背對小屋正門，彎腰將三張紙拿起。

接著我到屋裡，鎖上門，坐在床邊，一張張看。那就像泰德．麥斯威爾撕碎的三張畫。他信誓旦旦說我永遠不用再看到的畫。只是這些畫現在出自不同人之手。三張畫變得更黑暗、更細膩。紙上用鉛筆跟碳精筆塗了厚厚的一層，紙張畫到起皺，滿是折痕。一個男人在挖墳。一個女人被拖過森林。有個人從非常深的洞底向上看。

12

隔天早上，我走到大屋子，泰迪拿著小文書夾和鉛筆，正經八百地在玻璃拉門前等我。

「早安，歡迎光臨我的餐廳。」他說。「有多少人要用餐？」

「一位，先生。」

「請跟我來。」

廚房餐椅上擺放著他所有的塡充動物玩具。

泰迪帶我坐到哥吉拉和藍大象之間。他替我拉椅子，給我紙巾。我聽到卡蘿琳在樓上，在房間瘋狂來回走動。聽起來她出門又晚了。

泰迪充滿耐心站在我旁邊，拿著文書夾和筆，準備替我點餐。

「我們沒有眞的菜單。」他說。「妳想吃什麼，我們都能準備。」

「那我想吃炒蛋。配培根、鬆餅、義大利麵和冰淇淋。」

他聽了大笑，所以我又繼續開玩笑。

「還有紅蘿蔔、漢堡、章魚和西瓜。」

他咯咯笑得彎下了腰。他每次都笑到讓我覺得自己是《週六夜現場》的凱特·麥金儂*，舉手投足都是笑點。「沒問題！」他說，接著他搖搖晃晃走到玩具箱，將塑膠玩具拿到我盤子上。

家用電話響起，卡蘿琳朝樓下喊：「讓那通電話進答錄機，謝謝，我沒時間接！」三聲之後，答錄機接起，錄下留言：「早安！這是春溪國小的黛安娜．費洛……」這是當週第三則訊息，卡蘿琳衝進廚房，在她掛上前趕緊接起。「喂，我是卡蘿琳。」她朝我露出受不了的表情，像是在說：「你能相信這鬼學校系統嗎？？」，接著便把電話拿進書房。泰迪這時將盤子端來，上面都是玩具：塑膠蛋、塑膠義大利麵和好幾球的塑膠冰淇淋。我搖搖頭，假裝生氣。「我剛才明明有點培根！」

泰迪大笑，又跑去他玩具箱，拿了一條塑膠培根。我試著偷聽卡蘿琳的對話，但她沒說什麼。聽起來像泰迪個人時間在房間的對話，主要是另一人在講話。她只說「對、對」「當然」和「不會，謝謝妳。」

我假裝大口吃著塑膠食物，像飼料槽前的胖豬。我發出許多抽氣和哼叫聲，逗得泰迪哈哈大笑。卡蘿琳拿著無線電話進到廚房，把電話放回底座。

「剛才打來的是你新學校的校長。」她跟泰迪說。「她等不及要見到你了！」然後她給他一個大大的擁抱，親他一口，並匆忙走出門，因爲時間已是七點三十八分，她遲到太久了。

我「吃完」早餐之後，用假錢付帳，問泰迪他想做什麼。我猜他今天眞的很想玩演遊戲，因爲他想再去魔法森林玩。

我們沿著黃磚路和飛龍之道走到皇家河，然後我們爬上巨豆莖的樹枝，來到三公尺高的地方。其中一根樹枝中間有個小洞，泰迪認眞在洞裡塞滿小石頭和尖木條。那是我們的武器庫，以免我們被哥布林攻擊。

「哥布林不能爬樹，他們手太短了。」泰迪解釋。「所以我們可以躲在樹上，扔石頭打他們。」

我們早上沉浸在遊戲中，不斷更新和即興創作。魔法森林中，所有事情都充滿可能，毫無限制。泰迪停在皇家河岸邊，說我應該喝下河水。他說河水有魔力，能保護我們，不讓我們被抓。

「我在小屋已裝好一加侖的河水。」我跟他說。「我們回家再分你喝。」

「太好了！」他歡呼，之後隨即跑下小徑，繼續尋找下一個發現。

「對了，」我在他身後喊，「我發現你留給我的圖畫了。」

泰迪回頭微笑，等我繼續說。

「你留在我門廊的圖畫。」

「哥布林的畫嗎？」

「不是，泰迪，安雅被埋起來的畫。畫得眞好。有人幫你嗎？」

---

*凱特．麥金儂（Kate McKinnon, 1984-），美國知名喜劇演員，曾獲得艾美獎，從二〇一二至二〇二二年持續擔任經典喜劇節目《週六夜現場》的固定班底。

他一臉困惑。好像我沒告知他，逕自改變了遊戲規則。

「我再也不畫安雅了。」

「沒關係。我沒生氣。」

「可是我沒畫。」

「你把畫放在我門廊。用石頭壓著。」

他雙手一揮，十分煩躁。「我能不能玩正常的魔法森林？拜託？我不喜歡這樣。」

「好。」

我發現自己可能不該此時切入話題。但我們回家吃完中餐後，我也不想再提了。

我炸了雞塊，泰迪上樓度過他的個人時間。我等了一會，然後跟他上樓，耳朵貼到他房門。我聽到鉛筆劃過紙頁的**唰唰聲**。

下午稍晚，羅素打來邀我吃晚餐。我前一晚出了門，今天仍覺得很疲倦，所以我問他能不能延後，但羅素說他接下來兩週要去度假，一定要約今晚。「我在妳家附近找了一家餐廳。芝樂坊餐館。」

我差點大笑，因爲羅素對飲食健康要求非常高。他幾乎只吃蔬食和蛋白質，沒有醣和澱粉，頂多偶爾會吃角豆薯片，喝有機蜂蜜。

「芝樂坊餐館？眞的假的？」

「我已經訂好位子了。七點半。」

於是卡蘿琳回家之後，我洗了澡，穿上洋裝，我正要踏出門時，我拿起泰迪最近的畫。然後停在門口，猶豫不決。在書店向艾卓安解釋來龍去脈之後，我知道事情要解釋清楚得花上一個小時。所以我決定把畫留在家裡。我希望羅素爲我感到驕傲。我希望讓他看到我是一個強大、有能力的女人，在戒癮過程中茁壯。於是我將畫收在床頭櫃裡。

芝樂坊餐館一如往常，餐廳空間大，裡面人庭若市，充滿活力。服務生帶我到餐桌，羅素已經到了。他穿著海軍藍運動服和他最愛的HOKA牌球鞋，那是他參加紐約市馬拉松穿的。「妳來了！」他擁抱我，然後上下打量我。「發生什麼事，昆恩？妳看起來累壞了。」

「謝了，教練。你看起來也很好。」

我們坐到位子上，我點了杯氣泡礦泉水。

「我說眞的。」他說。「妳睡得好嗎？」

「我沒事。小屋晚上有點吵。但我還在適應。」

「妳跟麥斯威爾夫妻說了嗎？也許他們可以想辦法。」

「他們有說我可以去住大屋的客房。但我剛剛說了，我沒事。」

「妳不休息就無法訓練。」

「只是昨天睡不好。我發誓。」

我想把話題轉移到菜單，每道菜下面都有卡路里和營養資訊。「你看到那不勒斯義大利麵了嗎？那有兩千五百卡。」

羅素點了烤雞田園沙拉配油醋醬。我點魅力漢堡配地瓜薯條。我們聊了一下他接下來的假期。他會和朵琳去拉斯維加斯兩週，朵琳是一名個人教練，是他在基督教青年協會認識的朋友。但我看得出來，他仍心事重重。我們吃完之後，他又把話題轉回我身上。

「所以春溪鎮怎麼樣？匿名戒癮會怎麼樣？」

「這裡人比較老，羅素。你別對號入座喔。」

「妳每週都去參加嗎？」

「不用。我現在很穩定。」

我感覺得出來他不喜歡我的答案，但他沒開砲。

「朋友呢？妳有跟人見面嗎？」

「我昨天跟一個朋友出去玩。」

「妳在哪遇到這女生的？」

「這**男生**是羅格斯大學學生，他夏天回家度假。」

我的輔導員瞇起眼，一臉擔憂。「約會有點早，昆恩。妳才戒癮十八個月。」

「我們只是朋友。」

「他**知道**妳戒癮嗎？」

我酸溜溜說：「廢話，羅素，我們一見面就大聊吸毒的事。我還告訴他我搭優步時差點藥物中毒，也說了我以前夜夜睡火車站。」

他聳聳肩，好像本來就該討論這些事。「我輔導過許多大學生，瑪洛莉。那些校園生活——兄弟會、暴飲狂歡——他們是毒癮者的溫床。」

「我們是在書店度過非常安靜的夜晚。喝喝氣泡水、聽聽音樂。然後他走路送我回麥斯威爾家。我們度過一段很不錯的時光。」

「下次妳見到他，應該告訴他眞相。這是妳的身分，瑪洛莉，妳必須接受。妳等愈久會愈難開口。」

「這就是你今晚邀我的原因嗎？來對我訓話？」

「不是，我邀妳來這裡，是因爲卡蘿琳打電話給我。她擔心妳。」

這句話來得令我措手不及。「眞的？」

「她說妳一開始表現很棒，說妳是個發電機，昆恩。她對妳表現非常滿意。但過去幾天，她說她覺得有點變化。我每次聽到這種事——」

「我沒有在用藥，羅素。」

「好，很好，這樣很好。」

「她說我用藥嗎？」

「她說妳表現很奇怪。她看到妳早上七點到外面翻她家垃圾桶。那又是怎麼回事？」

我這時才知道，卡蘿琳肯定是從房間窗戶看到我了。「沒事。我不小心把東西丟了。我想撿回來。沒什麼大不了。」

「她說妳在講幽靈的事。妳覺得她兒子可能被鬼附身？」

「沒有，我從來沒這麼說。她誤解我了。」

「她說妳跟隔壁嗑藥的鄰居變成好朋友。」

「你說米琪？我只跟米琪講過兩次話。四週裡兩次。這樣就叫好朋友？」

羅素要我把聲音放低。就算餐廳吵鬧，隔壁桌的人都已轉頭來看。「我是來幫妳的，好嗎？妳有沒有想跟我說的事？」

我眞的能告訴他嗎？我眞的能坦承我對安妮・貝瑞特的擔憂嗎？不行，我不能說。因爲我知道我的擔憂聽起來很荒唐。而我只希望我的輔導員能爲我感到驕傲。

「我們來看甜點。我想點巧克力堅果起司蛋糕。」

我把菜單板拿給他，但他沒接下。「別換話題。妳需要這份工作。如果妳被解雇，妳沒法回安全港。他們的候位名單比妳手臂還長。」

「我不會回安全港。我一定會拿出優異表現，好好工作，讓卡蘿琳向所有鄰居提到我時，讚不絕口。夏天結束時，她一定會留我。不然我會在春溪鎮的另一個家庭找到工作。我是這樣打算。」

「那家的父親怎麼樣？泰德呢？」

「他怎麼了？」

「他人好嗎？」

「很好。」

「有太好嗎？會不會毛手毛腳？」

「你剛才是說毛手毛腳嗎？」

「妳知道我在說什麼。有時男人會忘記界線。或他們知道界線在哪，但他們不在乎。」

我回想起兩週前他教我游泳的事，那天晚上泰德稱讚我的刺青。我記得他曾將手放到我肩膀上，但那又不是抓我屁股。「他沒有毛手毛腳，羅素。他很好，我很好，我們全都很好。拜託，我們可以點甜點了嗎？」

這次，他勉強接下菜單。「我們要點哪個？」

「巧克力堅果。」

他翻到菜單背面看營養資訊。「一千四百卡？妳在開我玩笑嗎？」

「還有九十二克的糖。」

「老天，昆恩。想必每週都有人死在這間餐廳。他們走下車，馬上心臟病發。停車場應該隨時要有醫護人員準備急救。」

服務生看到羅素在看甜點了。她是個少女，笑容可掬，充滿活力。「看來有人想點起司蛋糕。」

「我不可能。」他說。「但我朋友要吃。她健康又強壯，並有著美好的下半輩子。」

吃完甜點，羅素堅持開車載我回麥斯威爾家，免得我黑夜中走在公路上。我們停到屋子前，時間快九點半了。

「謝謝你請的起司蛋糕。」我跟他說。「希望你假期順利。」

我打開車門，羅素攔住我。

「聽著，妳確定妳沒事？」

「你要問我幾次？」

「那妳告訴我為什麼妳在發抖。」

為什麼我在發抖?!

因為我很緊張。我怕走回小屋，在門廊看到更多圖畫。那就是我在發抖的原因。

但我不會跟羅素解釋。

「我剛才吃了五十克的飽和脂肪。我身體快休克了。」

他一臉狐疑。這是輔導員常見的兩難。你必須相信學員，表現出信任，並對他們的戒癮過程充滿信心。但他們表現奇怪時（盛暑夜晚在車內顫抖），你必須扮黑臉。再難開口，你都必須多問兩句。

我打開他的手套箱，裡面全是試紙。「你想驗我嗎？」

「不用，瑪洛莉。當然不用。」

「你看來很擔心。」

「對，但我相信妳。這些試紙不是給妳用的。」

「讓我驗吧。讓我證明我沒事。」

他後座地板放了一串紙杯，我伸手拿一個。羅素從手套箱拿了試紙，我們一起下車。其實我只是希望有人陪我走回小屋。我害怕自己一人回家。

又一次，後院一片漆黑。我還沒換門廊壞掉的燈泡。「我們要去哪？」羅素問。「妳的小屋在哪？」

我指向樹林。「在那裡，你待會會看到。」

我們走近之後，我漸漸看到小屋的輪廓。我鑰匙已拿在手上，所以我順手試按一下電擊棒，電擊棒發出響亮的劈啪聲，像閃電一樣照亮後院。

「天啊。」羅素說。「那是什麼鬼東西？」

「卡蘿琳給我電擊棒。」

「春溪鎮犯罪不多。妳要電擊棒幹麼？」

「她是個媽媽，羅素。她會擔心。我答應她把電擊棒扣在鑰匙圈上。」

電擊棒有個小LED燈，所以我照一下小屋門廊。那裡沒有新的石頭和圖畫。我打開門鎖，打開燈，讓羅素進小屋。他目光掃過全屋，假裝欣賞我的布置，但身為輔導員，羅素經驗老道，我知道他同時留意各種蛛絲馬跡。「這地方眞不錯，昆恩。這是妳自己整理的嗎？」

「不是，麥斯威爾夫妻在我搬進來前整理的。」我從他手中接過紙杯。「給我一分鐘。當自己家。」

你可能會覺得很噁心，好好吃完一頓晚餐，回家卻要尿到紙杯裡，然後把杯子拿給好朋友，讓他檢查尿液。但如果你去過勒戒所，很快就會習慣。我走進廁所，認分做好該做的。然後洗好手，拿著樣本回來。

羅素焦慮地等著我。我的客廳也是臥室，我想他覺得有點尷尬，好像他違反了輔導員和學員的界線。

「我這麼做是因爲妳主動要求檢測。」他提醒我。「我其實沒那麼擔心。」

「我知道。」

他將試紙浸入杯中，停留一下，將試紙浸溼，然後把試紙放在杯子上方，等待結果。他又聊了一下他的假期，說要是膝蓋撐得住的話，他希望能走到大峽谷的底部。但我們不需久等。測試結果要是陰性會呈一條線，陽性會呈兩條線。陰性的結果總是很快浮現。

「如妳所說，妳非常乾淨。」

他拿起紙杯，走回浴室，把尿沖進馬桶。然後他把紙杯捏扁，和試紙一起深深塞到垃圾桶裡。最後他用熱水，慢條斯理、有條不紊地洗手。

「我爲妳感到驕傲，昆恩。我回來再聯絡妳。兩週之後，好嗎？」

他離開之後，我鎖上門，換上睡衣，肚子都是美味的起司蛋糕，並爲自己感到驕傲。我的平板電腦放在廚房充電，時間尚早，所以我想乾脆看個電影。但我走到流理台拿平板電腦時，我看到我害怕的圖畫了。圖畫沒用石頭壓在門廊，而是用磁鐵貼在我的冰箱上。

我將圖畫從冰箱一把抓下，磁鐵喀啦喀啦掉落在地。紙頁潮溼皺起，還有一點溫度，好像剛從烤箱拿出來。我把圖翻面蓋到桌上，這樣我就不用看到了。

接著我快步繞了小屋一圈，將所有窗戶鎖上。今晚會很悶熱，可能難以成眠，但是看到圖畫之後，我不想冒險。我將地毯捲起，檢查地上的活門。活門仍緊緊釘死。接著我將床拖到小屋另一邊，用它來擋住門。如果有人想開，門會撞到床腳板，把我驚醒。

就我判斷，圖畫貼在我冰箱上有三個可能：

一、**麥斯威爾夫妻**：他們一定有我小屋的鑰匙。圖畫可能是泰德或卡蘿琳畫的，然後（趁我和羅素吃晚餐時）他們其中一人進入我的小屋，將畫貼在冰箱上。但為什麼？我想不到可信的理由，他們兩人都沒理由這麼做。我負責他們小孩的安全和幸福。他們為何要操控我？讓我覺得自己瘋了？

二、**泰迪**：也許這五歲的小孩從父母那偷了備份鑰匙，然後偷溜出房間，跑過後院，拿畫進我小屋。但這推論要成立，你也必須相信泰迪是藝術天才，他原本只會畫火柴人，隔不到幾天，如今卻能畫出光影十分寫實的立體畫。

三、**安雅**：泰迪的個人時間都會自己待在房裡，我完全不知道裡頭發生什麼事。萬一安雅真的控制他呢？附身在他身上，用他的手畫下圖畫。然後設法「帶著」畫好的圖畫來到我小屋？

我知道、我知道，第三個假設聽起來太瘋狂了。

但我反覆思考三個假設，並拿來互相比較之後，最不可能的解釋感覺最有可能。

那天晚上我輾轉難眠。我努力逼自己入睡時，想出了一個可以證明的辦法。

13

隔天中餐，我下樓到麥斯威爾家的地下室，打開一個個紙箱。地下室堆滿他們未拆封的搬家紙箱，我才拆三箱就找到我的目標。

我知道麥斯威爾夫妻一定有嬰兒監視器，我很高興監視器看起來非常先進。發送器用的是高畫質攝影機，除了夜間紅外線偵測之外，還配有正常與廣角鏡頭。接收器則有個大螢幕，像精裝書一樣大。我將東西放到鞋盒帶上樓。回到廚房時，泰迪在等我。

「妳在地下室幹麼？」

「只是東摸西摸。」我跟他說。「我們來吃一點義大利餃。」

我趁他忙著吃中餐，偷溜上樓，並到他房間找地方藏監視器。我發現我如果想知道圖畫從何而來，就必須親眼**目睹**。我必須知道個人時間他在房裡發生的事。

但藏監視器不容易。監視器又大又笨重，難以隱藏。更糟的是，它必須插電。但我發現可以藏在泰迪堆積如山的填充玩具裡。我將監視器小心埋好，鏡頭藏在史奴比和維尼熊之間。我確定監視器插好電，準備傳送影像，然後我親吻脖子上的十字架，祈禱泰迪不會注意到。

我回到廚房，陪泰迪吃完中餐。他今天話很多，一直抱怨去剪頭髮的事。泰迪討厭去理容院，他說他想跟膽小獅子一樣留長頭髮。但我都沒在聽，我太緊張了。終於要解開各種疑惑了，但我不確定自己已準備好面對答案。

過了彷彿好幾個鐘頭，泰迪吃完中餐，我讓他上樓去度過個人時間。接著我快步到書房，將接收器插電。泰迪的房間在我正上方，所以聲音和畫面都非常清楚。鏡頭正對他的床，也看得到房間地板。這兩處是他最可能坐下來畫畫的地方。

我聽到房間門打開並關上。泰迪從右側進到鏡頭，走到書桌，拿起繪圖本和鉛筆盒。接著他跳上床。我同時聽到接收器**和**天花板都傳出輕輕「碰」一聲，好像立體音響一樣。

泰迪坐在床上，背靠著床頭板，雙腿彎著，繪圖本放在膝蓋上。他在床頭櫃擺好一排鉛筆。然後他拿出小型的削鉛筆機，能把鉛筆屑收進在透明塑膠圓盒的那種。他將鉛筆旋轉（沙沙沙），然後拿出來，看了看筆尖，覺得不夠尖。他又把筆插回去（沙沙），並覺得差不多了。

我別開頭一會（大概喝一口水的時間），回過頭來時，影像變得斷斷續續。畫面不時會凍結，跳過幾幀，好像跟不上聲音一樣。我聽到某種尖銳的聲音，但畫面停在泰迪伸手拿鉛筆。

接著有個輕柔的聲音傳來，幾乎是耳語：「你好。」

緊接著是一陣靜電沙沙聲。影片向後跳，然後又凍結一下。影像變得模糊不清，畫質非常差。泰迪從繪圖本抬起頭，望向房間門口，注意著鏡頭外的人或事物。

「我在削鉛筆。」他說著，然後大笑。「鉛筆？畫畫啊。」

又一段更長的沙沙聲，聲音起落的節奏讓我覺得像呼吸一樣。話筒劈啪作響，然後畫面又向後跳。現在泰迪正對著鏡頭，他的頭變兩倍大。感覺像是遊樂園驚奇屋的哈哈鏡，他的身體拉長扭曲，手臂像短短的小蹼，但臉非常巨大。

「小心。」他輕聲說。「慢慢來。」

沙沙聲變更大。我想把聲音調小，但旋鈕毫無作用。聲音愈來愈大聲，最後我四周都聽得到，好像聲音從喇叭蔓延，充滿整間書房。影像又向後跳，泰迪大字形躺在床墊上，雙手張開，全身痙攣，我聽到天花板傳來床砰砰砰的聲音。

我衝出書房，繞過玄關，從樓梯奔上二樓。我伸手轉動泰迪房間的門把，但門把動也不動，卡住了，或被鎖住了。

或也許有什麼握住了門把。

「泰迪！」

我用拳頭搥門。然後我向後退，像電影裡看到那樣用腳踢，但我只害自己腳好痛。我試著用肩膀撞門，結果痛到我抱著肩膀倒在地上。

這時我發現自己看得到泰迪房內的狀況。門下有個兩公分的縫。我側躺下來，頭靠著地板，閉上一眼，從縫中偷看，一股氣味撲鼻而來。像面對排氣管一樣，刺鼻濃重的尿騷味從房間吹出。我瞬間滿口都是那臭味，趕緊滾開來，不住咳嗽喘息，我像被噴辣椒水一樣握著喉嚨，滿臉淚水，心跳快到破錶。

我躺在走廊，擦著鼻水，想趕快振作，等我努力坐起，我聽到門把齒輪傳來細小的喀啦一聲。

等我掙扎站起，打開門，再一次被惡臭嗆到。那是股尿騷味，氣味濃厚，像淋浴後的蒸氣一樣瀰漫在房中。我用上衣掩住口鼻。

泰迪似乎不受臭味影響，也沒注意到我的大喊。他坐在床上，右手拿著鉛筆，繪圖本放在他大腿上。他畫得很快，並在紙頁上畫下粗重的黑線條。

「泰迪！」

他沒抬頭，彷彿完全沒聽到我聲音。他手不斷移動。紙頁一片烏黑，畫出黑夜的天空。

「泰迪，聽著，你還好嗎？」

他仍不理我。我走近他的床，腳踩到一個填充動物玩具，毛絨小馬發出尖銳的汽笛聲。

「泰迪，看我。」

直到我把手放到他肩膀，他才終於抬頭，我看到他雙眼全白，瞳孔向上轉到眼皮之中，但他手仍不斷畫著。

我抓住他手腕，內心吃了一驚，他皮膚發燙，手臂充滿力量。他通常身體像布娃娃一樣放鬆柔軟。我常開玩笑說他骨頭一定是空心的，因爲他輕到我能把他抱起轉圈。但現在他皮膚下有股詭異的能量，感覺像是全身肌肉繃緊，有如一隻小比特犬，準備攻擊。

一瞬間，他雙眼恢復原狀。

他朝我眨眼。

「瑪洛莉？」

「你在幹麼？」

他發現自己拿著鉛筆，馬上把筆放開。

「我不知道。」

「你剛剛在畫圖，泰迪。我一直在看。你全身都在顫抖，就好像癲癇發作了一樣。」

「對不起——」

「別道歉。我沒生氣。」

他下唇顫抖。

「我眞的眞的對不起！」

「跟我說發生了什麼事！」

我知道自己在大叫，但我忍不住。眼前的一切讓我嚇壞了。

地上有兩張圖，第三張圖還在繪圖本上，畫到一半。

「泰迪，聽我說。這女孩是誰？」

「我不知道。」

「這是安雅的女兒嗎？」

「我不知道！」

「你爲什麼在畫這些？」

「我沒有，瑪洛莉，我發誓！」

「那爲什麼這些在你房間？」

他深吸一口氣。「我知道安雅不是眞的。我知道她不是眞的在這裡。有時我會夢到我們一起畫畫，但我醒來，房間沒有任何一張圖畫。」他把繪圖本扔到房間另一邊，好像他不想承認它存在。「應該不會有圖畫才對！我們只是在做夢！」

我理解剛才發生的事了。安雅一定是在泰迪醒來之前，把畫拿出房間，所以他不需要看到這些圖畫。結果我進來，打斷他們平常的過程。

這一切對泰迪來說已無法承受，他嚎啕大哭，我將他擁入懷中，他的身體恢復柔軟放鬆。他感覺又像個正常的小男孩。我發現自己在逼他解釋他不理解的事，我要求他解釋不可能的事。

他右手抓著我，我看到他小巧的手指全是鉛筆留下的汙痕。我緊緊抱著他，讓他冷靜下來，向他保證一切不會有事。

但其實我不確定。因爲我知道泰迪其實是左撇子。

14

那天晚上，艾卓安來了，我們一起研究所有的圖畫。總共有九張，三張放在我門廊，三張貼在我冰箱上，還有三張是我今天從泰迪房間拿到的。艾卓安一直重新排列，試著排出正確的順序，彷彿只要照某種神奇的順序，就能看出整個故事。但我一下午都在思考，我仍搞不懂圖畫想表達什麼。

時間已近傍晚，太陽快下山。後院空氣灰濛，森林全是閃爍的螢火蟲。透過廚房的窗戶，我看到卡蘿琳在把碗盤放入洗碗機，她在為晚餐收拾，而泰德則在樓上哄兒子睡覺。

艾卓安和我並肩坐在小屋階梯，擠在一起看圖畫，我們的膝蓋幾乎貼在一起。我跟他說我拿嬰兒監視器的實驗，我看到泰迪沒用眼睛看，卻一直畫圖，也不是用他的慣用手。艾卓安理應說我瘋了（我知道自己的故事**聽起來**有多瘋狂），所以他認真看待時，我大大鬆了一口氣。他將畫拿到眼前，咳了咳。「天啊，眞的有夠臭。」

「那是泰迪臥房的味道。有時很臭，但不會一直這麼臭。卡蘿琳說他會尿床。」

「我覺得這不是尿。記得上個夏天，我們在伯靈頓郡接了工作嗎？靠近松林泥炭地？有個人雇我們去清理空地。那塊地有半畝大，野生植物亂七八糟長，雜草生得比妳還高，我們還得拿著砍刀劈草。那裡的垃圾各式各樣，令人難以想像，像舊衣服、啤酒瓶、保齡球瓶等，凡是想像得到的怪東西都有。但最糟的是一頭死鹿。那時是七月中，但我們受雇清理，就必須想辦法將屍體裝袋移走。我不會細講，瑪洛莉，但那真的很噁心。我永生難忘——電影裡常聽到這句，但是真的——那味道好可怕。可是這些圖畫的味道就跟那味道一樣。」

「我該怎麼辦？」

「我不知道。」他拿起那疊畫，遠遠放到一旁，好像坐太近會不安全。「妳覺得泰迪還好嗎？」

「我不知道。真的很奇怪。他的皮膚發燙。我摸他時，他感覺也不像泰迪，他像是……別的。」

「妳跟他父母說了嗎？」

「告訴他們什麼？『我覺得你們兒子被安妮．貝瑞特的幽靈附身了？』我已經試過，他們大抓狂。」

「但現在不一樣了。妳有證據。這些新圖畫。就像妳說的。泰迪沒人幫忙畫不出這些畫。」

「但我無法證明安雅有幫他。我無法證明她溜進我的小屋，把畫貼在冰箱上。聽起來太瘋狂了。」

「那不代表不是事實。」

「你不了解他父母。他們不會相信我。我需要繼續調查，我需要眞正的證據。」

我們喝著氣泡水，分食一大碗微波爆米花。這是我臨時擠出的零食。我覺得自己待客不周，但艾卓安似乎不介意。他向我報告春溪公共圖書館目前的情況。他母親已開始搜尋檔案庫，但暫時沒任何斬獲。「她說檔案一團亂。地契、舊新聞全混在一起。她說需要再一週。」

「我不能再等一週，艾卓安。這東西——不管是幽靈或鬼——她進到我的小屋了。有幾個晚上，我覺得她監視著我。」

「什麼意思？」

我還沒找到描述這感受的方式。我感覺周圍有股詭異的擾動，有時伴隨高頻率的鳴叫聲。我好想提到賓州大學的實驗，問艾卓安有沒有聽過「目光覺察」。但我不想提，因爲話題可能會帶到我的過去。我已對他說了許多謊言，我仍在尋找最好的方式坦白。

「我有個主意。」他說。「我爸媽在車庫弄了個小公寓。現在沒人住。也許妳能跟我們住個幾天，並繼續在這裡工作。在事情清楚前，妳至少能有個安全的地方睡覺。」

我想像自己向麥斯威爾夫妻解釋，並告訴五歲的泰迪，我是因爲不敢住在他家後院，所以要搬出去。

「我不會離開。我是他們雇來照顧泰迪的，我會待在這裡，照顧他。」

「那讓我在這過夜。」

「你是開玩笑吧。」

「我睡地上就好。不會亂來，只是以防萬一而已。」我看著他，天色已漸漸變黑，但我很確定他臉紅了。「如果安妮．貝瑞特的鬼魂溜進妳小屋，她會絆到我，把我吵醒，那時我們便能一起和她溝通。」

「你是在嘲笑我嗎？」

「沒有，瑪洛莉，我只是想幫忙。」

「不准有人在這過夜。這是他們的家規。」

艾卓安壓低聲音：「我每天早上五點三十分會起床。我可以在麥斯威爾夫妻醒來前溜走。他們絕不會察覺。」

我想說好。我很希望能和艾卓安聊到深夜，我眞的不希望他回家。但阻止我的是眞相。艾卓安仍覺得自己是在幫瑪洛莉．昆恩，一個獲得獎學金的越野賽選手和大學生。

他不知道我是另一個瑪洛莉．昆恩，一個前毒蟲和廢物。他不知道我妹妹過世，母親不和我聯絡，我失去了世上對我最重要的兩個人。我無法告訴他。我甚至無法向自己承認這一切。

「好啦，瑪洛莉，答應我。我很擔心妳。」

「你完全不了解我。」

「那跟我說。告訴我，我該知道什麼？」

但我不能現在告訴他，因爲我現在比之前更需要他。我必須再隱瞞我的過去幾天。等雨過天晴，我保證會對他坦承一切。

他輕輕將手放到我膝上。

「我喜歡妳，瑪洛莉。讓我幫妳。」

我發現他鼓起了勇氣，主動出擊。已經好久沒人試著親吻我。而我好希望他親我，但同時我也不希望他親我，於是我只坐在原地，動也不動，看著他緩緩傾身靠近。

這時院子另一頭，大屋子的玻璃拉門打開，卡蘿琳・麥斯威爾走到外頭，手裡拿著一本書、一瓶酒和一個高腳杯。

艾卓安抽身，清了清喉嚨。

「喔，時間晚了。」

我起身。「對。」

我們越過後院，繞過大屋子側邊，沿著石板路走向麥斯威爾兩台車寬的大車道。

「如果妳改變主意再跟我說。」艾卓安說。「但我覺得妳不用擔心。」

「爲什麼？」

「這個東西——不管是幽靈或鬼——妳有見過她嗎？」

「沒有。」

「妳有聽過她的聲音嗎？奇怪的哀叫或聲響？半夜低聲傾訴？」

「從來沒有。」

「她有亂動妳東西？讓畫落下、用力關門或把燈打開？」

「沒有，從來沒有。」

「沒錯。她如果想要嚇妳，機會非常多。不是她不行，就是她不想。因此，我覺得她是想和妳溝通。我覺得之後會拿到更多畫，等我們把畫都拿到手，就能夠了解她想表達什麼。」

他說的對嗎？我不知道。但我很感謝他語氣冷靜，充滿信心。他讓我感覺所有問題都在掌握之中。

「謝謝你，艾卓安。謝謝你相信我。」

我走回小屋，卡蘿琳從露台叫我。「我看到妳交新朋友了。希望我沒把他嚇跑。」

我越過院子走向她，才不用放大音量。「他是妳的景觀工人，他為草坪王工作。」

「喔，我知道，我幾週前遇過艾卓安。就在妳搬進來之前。泰迪非常喜歡他的割草機。」她喝一口酒。「他很可愛，瑪洛莉。哎唷那雙電眼！」

「我們只是朋友。」

她聳聳肩。「不關我的事。但從這裡看，感覺你們兩個坐很近。」

我感到自己臉頰發燙。「也許有點太近？」

她合上書，將書放到一旁，要我過去坐下。「他是什麼樣的人？」

我說他住在離我們三條街的地方，他在父親的公司上班，並在新布藍茲維的羅格斯大學讀書。「他喜歡看書。我在書店遇到他。他好像認識春溪鎮所有人。」

「有看到地雷嗎？他有缺點嗎？」

「我目前覺得沒有。星戰宅算嗎？我是說，如果他穿全套星戰服裝去參加活動，我也不會訝異。」

卡蘿琳大笑。「如果那是他最大的缺點，那我會扮成莉亞公主撲倒他。妳什麼時候要再跟他見面？」

「我不確定。」

「也許可以換妳出招。下次邀他來家裡頭。你們可以在游泳池游泳，或一起野餐。我相信泰迪會很樂意跟他一起游泳。」

「謝謝妳。」我跟她說。「我考慮看看。」

我們靜靜坐一會，舒服享受平靜的夜晚，然後卡蘿琳伸手拿起書。那是一本平裝書，書頁全是折角，頁面寫滿筆記。封面是伊娃全裸站在伊甸園，手伸向蘋果，而毒蛇潛伏在一旁。

「那是《聖經》嗎？」

「不是，這是詩。《失樂園》。我大學時很愛，但我現在連一頁都讀不下去，再也沒耐心看了。當媽媽真的讓我注意力很難集中。」

「我小屋有《哈利波特》第一集，是從圖書館借來的，想唸給泰迪聽，但妳要的話可以借妳。」

卡蘿琳露出笑容，好像我說了什麼有趣的事。「我想我回屋子裡好了。時間不早了。晚安，瑪洛莉。」

她進屋子，我花點時間越過院子，走向小屋。我再次聽到海頓河谷傳來腳步聲，大概又是鹿、喝醉的青少年或死人，誰曉得。但那些聲音再也不會令我害怕了。

因爲我覺得艾卓安說的對。

我不需要害怕安雅。

她沒有想傷害我。

她沒有想嚇我。

她是想告訴我什麼。

我覺得是時候跳過中間人了。

15

隔天早上，我跟泰迪說艾卓安要來家裡，一起參加午餐游泳池派對，我們要準備盛大的野餐饗宴，會有烤雞三明治、義大利麵沙拉、水果沙拉和新鮮檸檬汁。泰迪驕傲地將所有東西搬到游泳池邊，我撐起露台陽傘，讓我們能在吃飯時有遮蔭。

我已大致告訴艾卓安今天的計畫，他答應會照顧泰迪，而我和米琪會用通靈板和安雅溝通。他中午準時來到家裡，身穿泳褲和羅格斯大學紅衣騎士隊的紅色T恤，泰迪跑過游泳池邊去歡迎他。雖然泰迪不到一百二十公分，他還是想辦法打開了兒童安全門。他又化身成餐廳經理，歡迎艾卓安來到我們的餐廳，領著他坐到桌邊。

艾卓安讚嘆滿桌的食物。「我眞希望我能待在這吃一整天！但老大只給我一小時。超過時間，他就會來找我，那對我們來說都很不妙。」

「我們趕快吃，這樣才能游泳。」泰迪跟他說。「那樣我們可以在水裡玩鬼抓人！」

我不斷叮嚀艾卓安，反覆提醒他，泰迪手臂一定要套著浮力圈，就算在淺水區，水對他來說仍太深了。我緊張到吃不下，目光一直瞄向小屋，米琪已在那邊準備「聚會」一小時。她不確定計畫會不會成功。她說，泰迪能和我們坐在通靈板旁最理想。但她覺得讓泰迪在二十公尺左右的地方，也算是夠近了。我最後勉強同意這安排。

泰迪急著想游泳，他三明治只吃一半就說不餓了。艾卓安知道我迫不及待了，於是他快速吃一吃，一手將泰迪抱起。

「準備好了嗎？泰先生？」泰迪開心尖叫。

接下來比較棘手：

「泰迪，我讓艾卓安顧你一下好不好？我必須去小屋做點事情。」

如我所料，泰迪馬上瘋掉。他跑到泳池另一邊，雙手像瘋子一樣亂揮。他一聽到艾卓安（是艾卓安啊!!）要陪他玩，興奮得要命。

「拜託小心照顧他。不能讓他離開視線，一秒都不行。如果他發生什麼事——」

「我們不會有事。」艾卓安保證。「我擔心的是妳。這是妳第一次用通靈板嗎？」

「國中畢業之後第一次。」

「小心點，好嗎？如果需要幫忙記得大叫。」

我搖搖頭。「別靠近小屋，就算你聽到我們大叫，也別來。我不希望泰迪發現我們在幹什麼。如果他告訴他父母，他們會氣炸。」

「但出問題怎麼辦？」

「米琪說她做過上百次了，她說這非常安全。」

「要是米琪錯了呢？」

我向他保證一切沒問題，但我覺得自己不算有信心。米琪今天打了我手機六次，警告我各種重要的預防措施和限制。她不准我穿戴珠寶，不准噴香水，不准我化妝、戴帽子和圍巾，也不准穿露腳趾的鞋。每次對話，她都聽起來愈來愈瘋。她解釋她用大麻「解放」神經傳導路徑，我只擔心她大麻抽太多，變得太過神經質。

泰迪衝來，撞上艾卓安膝蓋，差點把他撞進泳池裡。「好了嗎？可以游泳了嗎？」

「你們好好玩。」我跟他們說。「我一會就回來。」

等我到小屋，米琪已準備完畢。我流理台上放著一疊工具書，她在窗前掛上厚布，遮擋住陽光。我打開前門，眨眼習慣黑暗，我發現她偷偷朝外看艾卓安脫襯衫。

「哇哇哇。妳是從哪找到這紅衣騎士的帥哥？」

少了割草工具，她似乎認不出艾卓安，沒發現他是幾週前她口中說的強暴犯。

「他就住在這條街上。」

「你信任他照顧那孩子？我們不會受到打擾吧？」

「不會有事。」

我關上門，感覺像將自己封進墳墓。空氣瀰漫燒鼠尾草的木質氣味。米琪解釋這會減少惡意靈魂的干擾。她點了六根祭祀用的白蠟燭，讓我們有足夠的光。黑布蓋在我流理台上，木通靈板放在中間，四周有一圈細小的結晶粉末。「海鹽。」米琪說。「預防措施，這算有點過度，但因爲是妳第一次，我不想冒險。」

我們開始前，米琪問她能不能看我收到的所有圖畫。我這時已累積好幾張畫，那天早上，我醒來發現小屋地板上有三張新畫，似乎是從前門底下塞進來的。

米琪看到那女人的輪廓，似乎特別在意最後一張畫。她指向地平線的剪影。「朝她走過來的人是誰？」

「我覺得她是在遠離她。」

米琪打個寒顫，然後抖了抖身子。「我想我們只能問她了。妳準備好了嗎？」

「我不知道。」

「妳需要去廁所嗎？」

「不用。」

「妳手機關了嗎？」

「關了。」

「那妳準備好了。」

我們對坐在桌前。我們之間放了第三張椅子留給安雅。在那間昏暗的小屋中，我彷彿離開了春溪鎮。更貼切的說，我感覺自己同時在春溪鎮，也不在春溪鎮。空氣不大一樣，變得沉滯，難以呼吸。我仍聽得到泰迪大笑，艾卓安大喊：「炸彈開花！」泳池水花四濺嘩啦嘩啦，但每一絲聲音都微微受到扭曲，像是電話訊號不良。

米琪在通靈板中間放上一塊心形的小乩板，要我把手指放到上頭。乩板底部有銅製的小輪子，輕輕一碰乩板就會滑開。「手放穩，別亂推。」米琪說。「讓工具自己動。」

我手指收回，試著放鬆。「對不起。」

米琪將手指放在乩板另一邊，然後閉上雙眼。

「好，瑪洛莉，我們要開始溝通了。我會和她接上，等我們和她連上線，我會讓妳問問題。現在閉上眼睛，放輕鬆。深呼吸，用鼻子吸氣，嘴巴吐氣，清淨心靈。」

我很緊張，並有點不自在，但米琪的聲音令人安心。我學她，模仿她的動作和呼吸。線香放鬆我的肌肉，讓我心神安定。我每天的擔憂和煩惱，像泰迪、麥斯威爾夫妻、跑步和戒癮，一切都漸漸煙消雲散。

「歡迎，靈魂。」米琪說，我被她音量嚇到，全身向後縮。「這是個安全的地方。我們歡迎妳的到來。我們邀請妳來和我們對話。」

小屋外頭，我仍聽得到泳池傳來的聲響。兩人瘋狂踢水和水波四濺的聲音。但我專注精神，忽略那些聲音。我放鬆肌肉，手指尖放在乩板上，盡量不出力下壓。

「安妮．貝瑞特，我們希望和安妮．貝瑞特說話。」米琪說。「妳在嗎，安妮？妳聽得到我們嗎？」

我坐在硬木椅背的椅子愈久，愈注意身體周圍的感受。座椅撐著我屁股、椅背橫槓抵著我肩胛骨。我看著乩板，等待有無一絲動靜出現。鼠尾草發出劈啪聲響。

「那安雅呢？安雅在嗎？妳聽得到我們嗎，安雅？」

我眼皮沉重，不覺閉上眼睛。我感覺自己像陷入催眠，或像一天結束的狀態，我躺在溫暖的床上，蓋著被子，準備進入夢鄉。

「妳在嗎，安雅？妳願意和我們說話嗎？」

沒回答。

我再也聽不到後院的聲音了。我唯一聽到的是米琪沉重的呼吸。

「讓我們幫助妳，安雅。拜託。我們在聽。」

這時有個東西掃過我的後頸。彷彿有人經過我椅子後方。我轉頭，但沒人在那。但我望回通靈板時，我感覺有人在我身後，並在我上方彎下身。柔軟長髮落在我的臉頰和肩上。緊接著有個無形的力量放到我手上，一股輕柔推力將乩板向前推。輪子發出細小的聲音，像老鼠發出一聲輕叫。

「歡迎妳，靈魂！」米琪朝我微笑，我發現她對此時發生的事毫不知情。她顯然感覺不到我身後的變化。「感謝妳回應我們的召喚！」

後頸傳來溫暖的氣息，我皮膚起雞皮疙瘩。我手和手腕上的壓力變得更大，那股力量緩緩繞個弧，將乩板移過通靈板。

「是安雅嗎？」米琪問。「和我們對話的是安雅嗎？」

通靈板上有標準字母和數字零到九，最上面的角落寫著「是」和「否」。我像旁觀者一樣，遠遠看著乩板停在字母I上一會，然後移動到G和E。米琪四根手指都放在乩板上，但她另一隻手拿著鉛筆，在筆記本上記錄：I－G－E？她額頭冒汗，並望了我一眼，搖搖頭，不屈不撓繼續追問。

「慢慢說，靈魂。」她說。「我們時間很夠，很希望能了解妳。妳是安雅嗎？」

乩板移動到N，接著是X和O。

「妳身體不要往前。」米琪低聲嘟噥，口氣十分惱怒，我發現她在對我說話。

「什麼？」

「不要往桌子靠啊。妳別推，瑪洛莉。」

「**我**沒有。」

「在椅子上坐好，挺起身體。」

我心下慌亂，不想跟她爭辯或說出眞相。我不想打斷現在發生的事。

「靈魂，我們歡迎妳說出妳的話！我們樂見妳想分享的任何訊息。」

我手上壓力增強，乩板動得更快，掃過通靈板，停在一個個隨機的字母上，像是一連串的靈異雜訊：L－V－A－J－X－S。米琪繼續記錄這一切，但她似乎愈來愈煩躁，因爲結果只像是一串字母大雜燴。

木製的乩板充滿能量，咚咚作響，像小動物害怕時加快的心跳。它在通靈板上四竄，米琪一手已來不及記錄。空氣悶熱，令人難以呼吸，我雙眼泛淚，不知道爲何我的煙霧警報器沒有響起。這時米琪抬起手指，乩板繼續移動。我手將乩板推過通靈板，乩板飛出桌邊，喀啦一聲落到地上。米琪起身大發雷霆。「我就知道！都是妳在推！從剛才到現在都是妳在推！」

我手上的重量突然消失，我回過神來。房間再次變得清晰。時間是星期三，十二點四十五分，我聽到艾卓安在後院數著：「六秒鐘、七秒鐘……」米琪狠狠瞪著我。

「安雅動的。不是我。」

「我看到妳動了，瑪洛莉。我看到了！」

「八秒鐘！」

「安雅動我的手。她引導著我。」

「這不是睡衣派對，這不是遊戲。這是我的職業，我非常認真！」

「九秒鐘！」

「妳浪費我的時間，白白浪費我一整天！」

突然天光照入房中。我小屋的門打開，泰迪站在門廊，朝黑暗的室內偷看。他一根手指放到嘴唇上，要我們安靜。艾卓安從後院大喊：「十秒鐘！不管你好了沒，我來了！」

泰迪躲到小屋中，靜靜關上門。然後他望向小屋四周，驚訝地看著白蠟燭、遮住的窗戶，還有流理台上的一圈海鹽。「妳們在玩什麼？」

「親愛的，這個叫通靈板。」米琪說，她邀他來看。「只要適合的人拿到，這就是和死人溝通的好工具。」

泰迪望向我，和我確認，好像他不相信米琪說的是真的。「真的嗎？」

「沒有、沒有、沒有。」我已經站起身，帶他走回門口。「那只是個玩具，只是個遊戲。」我不希望泰迪告訴父母親降靈會的事。「我們只是在玩扮家家酒。都不是真的。」

「這是千眞萬確的。」米琪說。「如果妳尊重它的力量，並認眞看待的話。」

我打開門，看到艾卓安越過院子，沿著海頓河谷的樹林搜尋泰迪。「這裡。」我大喊。

他慢跑過來，泰迪從我身旁跳開，遠遠跑到草坪上，他仍一心玩著躲貓貓，不想被抓到。

「對不起。」艾卓安說。「我叫他待在游泳池周圍。希望他沒有破壞什麼。」

「早就被破壞了。」米琪說。她一一收拾東西，捻熄蠟燭，拿起線香盤。「小屋裡沒有靈魂。從來就沒有。這只是她爲了引起注意亂編的故事。」

「米琪，妳別亂說！」

「我用這通靈板幾百次了，從沒有發生過這種事。」

「我向妳保證——」

「向妳的紅衣騎士保證，好嗎？靠在他肩膀上哭泣，也許他會爲妳感到難過。但別再浪費我時間了。」

她將書塞進包包，然後氣呼呼經過我。她走下小屋階梯時差點跌倒。

「發生什麼事？」艾卓安問。

「安雅出現了，艾卓安。她就在小屋裡。我向你保證，我感覺得到她站在我上方。移動我的手臂。但她劃出的字母亂七八糟。我們什麼字都拼不出來，結果在這節骨眼，米琪發飆了。她開始朝我大吼大叫。」

我們站在門廊，看米琪搖搖晃晃越過草坪。她一會偏向左方，接著又彎回右邊，無法走一直線。

「她沒事吧？」艾卓安問。

「她抽得很嗨，但那大概是她通靈的程序。」

泰迪垂頭喪氣越過院子走來。他似乎理解發生壞事了，大人不開心。他語帶期待問：「有人想追我嗎？」

艾卓安很抱歉，但他說自己必須走了。「我必須回去，不然老大會發飆。」

「我可以追你。」我跟泰迪說。「等我一下下。」

泰迪顯然不想聽到這答案。他拖著腳步走向泳池露台，生起我倆的氣。

「妳不會有事吧？」艾卓安問。

「我沒事。我只希望泰迪不會對他父母透露——」

但我相信他一定會講。

16

泳池派對之後，泰迪上樓度過個人時間，我待在樓下書房。或許我並不想知道他在樓上幹麼，或許我不多問的話，對我比較好。

下午，我們在魔法森林散步走了好久。沿著黃磚路走到飛龍之道，下到皇家河，我試著幫瑪洛莉公主和泰迪王子編新故事。但泰迪王子唯一想聊的是通靈板的事。通靈板需要電池嗎？板子怎麼找得到死人？能找到**所有的**死人嗎？能找到亞伯拉罕・林肯嗎？我一直說「我不知道」，希望他失去興趣。結果他還問了買通靈板要多少錢？能不能自己製作？

卡蘿琳在和平常一樣的時間下班回家，我匆匆出門長跑，只想離開家，釋放壓力。我回到家已將近七點鐘，泰德和卡蘿琳在我門廊等我。我一看到他們的臉，就知道他們全知道了。

「跑得順利嗎？」泰德問。

他語氣輕鬆，好像他不希望氣氛太沉重。

「還可以。跑了大約快十五公里。」

「十五公里，眞的嗎？好厲害。」

但卡蘿琳沒興趣閒聊。「妳有什麼想跟我們說的嗎？」

我感覺像被拖到校長室，逼著把口袋東西全掏出來。我唯一想到的辦法是裝傻：「怎麼了？」

她將一堆紙塞給我。「我晚餐前找到這些畫。泰迪不想給我看。他想藏，但我逼他拿出來了。現在給妳看這些畫，請告訴我現在不該解雇妳的理由。」

泰德把手放上她手臂。「妳不要反應過度。」

「你不要裝好人，泰德。我們付錢叫瑪洛莉照顧我們的小孩。結果她把小孩丟給園丁雇，自己去玩通靈板，而且還是跟隔壁的毒蟲。你說我這樣算反應過度？」

圖畫不像留在我門廊和冰箱上那種烏黑陰森的圖畫。而是泰迪一向會畫的火柴人。畫中有我和另一個氣呼呼的女子，顯然是米琪，兩人面對一個長方形，長方形中間有字母和數字。

「我就知道！」

卡蘿琳瞇起眼。

「知道什麼？」

「安雅在場！在降靈會！米琪罵我亂推乩板，但其實是安雅！是**她**動的。泰迪看到她了。這幅畫能證明！」

卡蘿琳一臉困惑。她轉向泰德，他舉起雙手，要我們都冷靜下來。「我們一起深呼吸，好嗎？我們好好對彼此解釋現在講的這些話。」

BX03
A
14011

當然他們很疑惑。他們沒見到我見到的一切。他們沒看到圖畫當然不可能相信我。我打開門，請他們跟我進小屋。我拿出那疊圖畫，把畫整齊擺放到床上。「你們看這些畫。紙張你們認得出來，對吧？那是泰迪繪圖本的紙？上週一，我在門廊上看到三張圖畫。我去問泰迪，他說自己沒有畫那些畫。隔天晚上，我去和羅素吃晚餐。我小屋的門確定是鎖好的，但我回家時，又有三張畫貼在我冰箱上。所以我在泰迪臥房藏了攝影機——」

「妳說**什麼**？」卡蘿琳問。

「嬰兒監視器。放在你們家地下室的。我在個人時間透過放在他房裡的攝影機，看到他畫畫。」我指向接下來三張畫。「我看到他畫下這些。他用的是右手。」

卡蘿琳搖搖頭。「對不起，瑪洛莉，但妳說的是個五歲小男孩。我們全都同意，泰迪很有天分，但他絕不可能——」

「你們不懂我的意思。這些畫不是泰迪畫的。是安雅。安妮・貝瑞特的靈魂。她到泰迪房間找他，像操弄傀儡一樣利用他。她不知如何控制了他的身體，畫下這些圖畫，拿到我的小屋。因爲她想告訴我事情。」

「瑪洛莉，別急。」泰德說。

「我們試著舉行降靈會，希望安雅不要再煩泰迪。我希望直接和她溝通，別再讓泰迪捲入其中。但不知哪裡出了差錯，降靈會沒有用。」

我停頓一下，並替自己倒杯水，大口喝下。「我知道這一切聽起來很瘋狂。但你們需要的證據全在這裡。你們看這些畫，呈現的內容很一致，在說一段故事。拜託你們幫我釐清這一切。」

卡蘿琳坐到椅子上，臉埋到雙手之中。泰德設法坐直，好像準備下定決心要搞定這件事。「我們承諾過會幫妳，瑪洛莉。我很高興妳對我們坦承一切。但在搞清楚這些畫的意思之前，我們必須先同意幾點，好嗎？最重要的一點是，鬼魂並不存在。」

「你無法證明鬼不存在。」

「不存在當然無法證明！把這件事反過來想吧，瑪洛莉——妳也拿不出安妮・貝瑞特鬼魂真實存在的證據。」

「這些圖畫就是我的證據！她畫在泰迪的繪圖紙上。如果不是她畫的——如果安妮沒有神奇地把畫放進我小屋——畫怎麼會在這裡？」

我發現卡蘿琳注意力飄向我床邊的小桌，那裡放了我的手機、平板電腦、聖經——還有泰迪一個月前，我剛開始來麥斯威爾家工作時給我的空白繪圖本。

「喔，拜託。」我跟她說。「妳覺得是**我**畫的？」

「我沒有說。」卡蘿琳說。但我看得出她腦袋在轉動，想辦法理出頭緒。畢竟我不是常會失憶嗎？泰迪有一盒鉛筆上週不是不見了嗎？

「我們來問你們的兒子。」我跟他們說。「他不會說謊。」

我們沒多久便越過院子，上樓進到泰迪的房間。他已經刷好牙，換上消防車睡衣。他趴在床旁邊，正在建造一座積木房屋，並在屋裡的房間中放滿塑膠農場的動物玩具。我們以前從沒這樣跑來找他。三人來勢洶洶進到他房間，充滿壓迫感。他馬上察覺到事情不對勁。

泰德走到床邊，撥了撥他頭髮。「嘿，大寶貝。」

「我們要問你一件重要的事。」卡蘿琳說。「我們需要你老實回答。」她拿起圖畫，散放在地上。「這是你畫的嗎？」

他搖搖頭。「不是。」

「他不記得自己有畫。」我跟她說。「因爲他處於昏睡狀態，像麻醉之後半睡半醒一樣。」

卡蘿琳跪在兒子旁，開始玩塑膠山羊，語氣試著保持輕鬆。「安雅有幫你畫這些畫嗎？她有告訴你要怎麼做嗎？」

我盯著泰迪，想對到他的眼神，但他不肯看我。「我知道安雅不是眞的。」他跟父母說。「安雅只是幻想的朋友。安雅絕不可能眞的畫畫。」

「她當然不能。」卡蘿琳說。她手摟了摟他肩膀。「你說的一點都沒錯，親愛的。」

我覺得自己快發瘋了。彷彿人們都故意忽視顯而易見的眞相，好似突然之間大家決定二加二等於五。

「但你們都聞到這房間的味道，對吧？看看四周。窗戶都開了，中央空調在運作，他床單很乾淨，我今天才洗的，我每天都有洗，但這裡總是有股臭味，像硫磺或氨水。」卡蘿琳用眼神警告我，但她放錯重點了。「不是泰迪的錯！是安雅！這是她的味道。這是腐臭味，是——」

「別說了。」泰德跟我說。「總之別說了，好嗎？我們知道妳很難過。我們聽到妳的話了，好嗎？但如果我們要解決這個問題，我們需要處理的是事實。絕對的事實。我坦白跟妳說，瑪洛莉。我沒有聞到這房間的氣味。我覺得泰迪的房間聞起來非常正常。」

「我也是。」卡蘿琳說。「他房間的氣味沒有問題。」

現在我確定自己發瘋了。

我感覺泰迪是我唯一的希望，但我仍無法讓他看向我。「拜託，泰迪，我們聊過這件事。你知道這味道，你跟我說過是安雅。」

他只搖搖頭，咬著下唇，突然之間，他落下淚水。「我知道她不是眞的。」他跟母親說。「我知道她是我幻想出來的。我知道她是假的。」

卡蘿琳伸手抱住他。「你當然知道。」她邊說邊安撫他，然後她轉向我。「我覺得妳應該離開。」

「等一下——」

「不。我們聊夠了。泰迪需要上床睡覺，妳必須回妳的小屋去。」

看到泰迪大哭，我發現她可能是對的，我已無能爲力。我收起圖畫，離開房間，泰德跟著我下到一樓。

「他對你們說謊。」我跟泰德說。「他說你們想聽的話，這樣他才不會被罵。但他心裡根本不相信。他不敢正眼看我。」

「也許他只是害怕看妳。」泰德說。「也許他是怕說出眞相，妳會生氣。」

「所以接下來呢？你和卡蘿琳會解雇我嗎？」

「不會，瑪洛莉，當然不會。我想我們今晚先冷靜一下。整理各自的思緒，好不好？」

這樣好嗎？我不知道。我覺得我不想整理思緒。我還是相信自己是對的，他們錯了，我已經拿到謎團大部分的拼圖，現在只需照順序慢慢拼起。

泰德擁抱我。

「聽著，瑪洛莉。妳在這裡很安全。妳沒有任何危險。我絕不會讓任何事發生在妳身上。」

我剛跑完步，身上仍都是汗（我相信我一身汗臭），但泰德將我擁入懷中，用手摸著我頭髮。沒多久，我的感覺從安心變得詭異。我感覺到他溫暖的呼吸吹過脖子，我感覺他身體每一吋都貼到我身上，我不確定自己要如何脫離。

但這時卡蘿琳大步走到走廊。泰德彈開，而我朝反方向走去，溜出後門，以免再碰到他的妻子。

我不知道剛才發生什麼事，但我想泰德是對的。

有人今晚絕對要冷靜一下。

17

我回到小屋，手機收到艾卓安的訊息，訊息只有三個字：好消息。我回電給他，手機響一聲他就接起。

「圖書館找到資料了。」

「資料是指，找到安妮．貝瑞特的照片嗎？」

「更好。找到一本她的畫作。」我聽到電話背景的聲音，男男女女有說有笑，艾卓安好像在酒吧裡。

「你方便見面嗎？」

「好，但妳必須過來我爸媽家。他們今天邀朋友來吃晚餐，我答應要和他們一起用餐。但如果妳來的話，我就不用陪他們了。」

我身上還穿著運動服，也還沒拉筋，我剛跑完十四公里多，又渴又餓。但我說我三十分鐘後過去。一天不拉筋也不會死。

我又喝了一杯水，簡單吃個三明治，去沖個澡。三分鐘之後，我換上卡蘿琳最美的衣服，一件薄荷綠的迷你裙，上頭有白色滿天星花朵圖案。然後我趕去鮮花城堡。

開門的不是他父母，而是艾卓安，我心裡鬆了口氣。他穿著十分休閒，很適合去鄉村俱樂部。他穿粉紅色polo襯衫搭配繫上皮帶的卡其褲，並有把衣服紮好。

「來得正好。」他說。「我們剛好在吃甜點。」接著他靠近低聲說：「對了，我父母想知道我們爲什麼會對安妮．貝瑞特有興趣。所以我說妳在小屋找到一些畫，藏在木地板下。我說妳想看看是不是安妮．貝瑞特畫的。比起解釋事實，撒個小謊比較容易。」

「我懂。」我跟他說，而且我眞的懂，比他所知還感同身受。

鮮花城堡比麥斯威爾家大不少，但裡面感覺小而溫暖，更有親切感。所有房間布置著修道院風格家具，牆面掛著家族照和美國中南部地圖，感覺他們一家人住在這好幾年了。我們經過一架鋼琴和古董櫃，裡面全是陶藝品，每扇窗前都有綠色觀葉植物。我好想停下參觀每樣東西，但艾卓安大步走入吵雜的餐廳，裡面有十幾個中年人。他們坐在桌前，桌上放著酒杯和甜點盤。同時間有五組人在對話，沒人注意我們進門，後來艾卓安揮舞雙手，才讓他們把注意力轉過來。

「大家，這是瑪洛莉。」他說。「她夏天當保母，替埃奇伍德街上一個家庭工作。」

桌子尾端，伊格納西歐拿起酒杯向我敬酒，紅酒灑在他的手和手腕上。「她是十大聯盟運動員！賓州大學長跑選手！」

這些人的反應好像我是小威廉絲，並且剛贏得溫布頓網球錦標賽。艾卓安的母親蘇菲亞拿著一瓶馬爾貝克紅酒繞著桌子，替大家斟酒，接著她一手放到我肩膀，面露同情。「對不起，」她說，「他有點achispado。」

「她是說有點醉了。」艾卓安幫我翻譯，然後他指向餐廳每個人，介紹我認識。名字太多，我一個都記不得。那裡有春溪鎮消防局長，有一對女同性戀伴侶在鎮上開麵包坊，還有住對面的一對夫妻。

「妳說妳是來拿圖書館的書。」蘇菲亞說。

「對，我不想打擾——」

「沒事，我認識這些人三十年了。我們對彼此都沒什麼好說的了！」她朋友大笑，蘇菲亞拿起檯子上的一個資料夾。「我們去院子聊。」

她打開拉門，我跟她來到我這輩子見過最華麗的後院花園。當時已經七月中，所有花朵都已綻放：藍色的繡球花、亮紅色的百日菊、黃色的萱草、還有一叢我不曾見過的異國花朵。花園中有一張張長椅，地上鋪著踏腳石，拱道上爬滿牽牛花。那裡有供鳥戲水的水盆、石磚路和一排排比我還高的向日葵。花園中間的杉木露台上放有桌椅，露台可俯看鯉魚池，旁邊有個柔美的小瀑布。我眞希望自己有空欣賞這一切。我感覺自己像是來到迪士尼樂園，但我看得出來，對艾卓安和蘇菲亞來說，這只是他們的後院，不値得大驚小怪。

我們走到露台，艾卓安用手機應用程式調亮天花板的派對燈。我們全坐下，蘇菲亞切入正題。

「這個研究主題不容易。第一個挑戰是這故事非常古老，所以網路上沒有資料。第二個挑戰是安妮．貝瑞特恰巧死於二戰後，當時報紙仍只關注歐洲的事。」

「當地新聞呢？」我問。「春溪鎮有日報嗎？」

「《先驅報》。」她點頭說。「發行時間是從一九一〇到一九九一年，但我們倉庫失火，縮微膠片都毀了。一切化為煙塵。」她收攏手指又快速張開，示意一切煙消雲散，我看到她左前臂有個小刺青：一根長莖玫瑰，圖案優雅有品味，但仍令我訝異。「我先在圖書館找《先驅報》的紙本資料，但一無所獲，紙本檔案最早只能查到一九六三年。我原以為我的研究到此為止，但同事建議我去當地作者櫃架看看。鎮上的人只要有人出書，我們都會有一本館藏。算敦親睦鄰吧。那些多半是懸疑小說或回憶錄，但有時也有當地歷史。就是這樣我才找到這本書。」

她手伸進資料夾，拿出非常薄的一本書，比較像小冊子，大概三十多頁，以卡紙為封皮，以有點生鏽的工業用粗訂書針訂起。封面看起來像舊型手動打字機所印：

安妮·C·貝瑞特作品集
一九二七—一九四八年

「這本沒登錄在電腦系統中。」蘇菲亞繼續說。「我覺得這本書五十年來沒人借過。」

我將書拿到眼前。它有一股酸臭的霉味，彷彿書頁都腐爛了。「為什麼這麼小？」

「她堂兄自己花錢出版。只送給家人和朋友而已，我猜有人捐了一本給圖書館。第一頁有喬治．貝瑞特的字跡。」

封皮感覺年老脆弱，像乾燥的外殼，隨時會在我手中粉碎。我小心打開書，開始讀裡面的手寫字：

一九四六年三月，我堂妹安妮．凱薩琳．貝瑞特離開歐洲，來美國展開新生活。本於基督徒的善意，我和妻子珍邀請「安妮」來和我們生活。我和珍沒有兄弟姊妹，我們很期待有個親戚能住到家中——有人能一起幫忙養育我們三個女兒。

安妮來到美國時年僅十九歲。她非常美麗，但像許多年輕女孩，她也非常天眞。我和珍費盡苦心，將安妮介紹給春溪鎮上的人認識。我是鎮議會的委員，也在聖馬可教堂服務。我妻子珍則投入當地女子俱樂部。我們最親近的朋友都十分歡迎我堂妹，多次好心邀約她參與活動，但安妮全拒絕了。

她個性傻，喜歡獨處，形容自己是個藝術家。她空閒時間都在小屋畫畫，或在我們住家後的森林赤腳散步。有時我會看到她四肢著地，像動物一樣，觀察毛毛蟲或聞花朵。

我們供安妮住在小屋，所以珍列了張清單，讓她每天負責些家事。那些家事多半沒做好。安妮無意成爲家中一分子和社區一分子，甚至不願加入「偉大的美國大融爐實驗」。

對於安妮的選擇，我有許多不認同之處。我經常警告安妮，她行爲不負責任，甚至不道德，她所有錯誤的決定總有一天會得到報應。雖然我知道事實證明我說中了，但我並不爲此感到開心。

一九四八年十二月九日，我堂妹遭人攻擊，從我們家後面的訪客小屋被綁走。我寫下這段話時，事情已發生快滿一年，當地警察研判安妮已喪命，恐怕屍體就埋在我家後方三百畝地的某處。

悲劇發生後，春溪鎮許多鄰居都前來爲我們祈禱，表達支持和陪伴。我印出這本書，是爲了表達我對他們的感激。雖然我和堂妹想法有所分歧，但我一直相信她充滿創造力，這本書紀念她微小的成就。本書囊括了安妮·凱薩琳·貝瑞特逝世前所遺留下的所有作品。我也標上了我所知道的畫名和完成時間。願這些畫作能爲安妮短暫且哀傷的人生留下一筆。

喬治·貝瑞特
一九四九年十一月
於紐澤西春溪鎮

我開始翻過書頁。書中都是拍攝安妮畫作的模糊黑白照片，名爲《水仙花》和《鬱金香》的作品充滿歪七扭八的長方形，一點都不像花朵。名爲《狐狸》的這張則是畫著一條條斜線。書中沒有一張畫寫實，全都是抽象的形狀，顏料四處揮灑塗抹，像是教會園遊會會出現的旋轉畫。

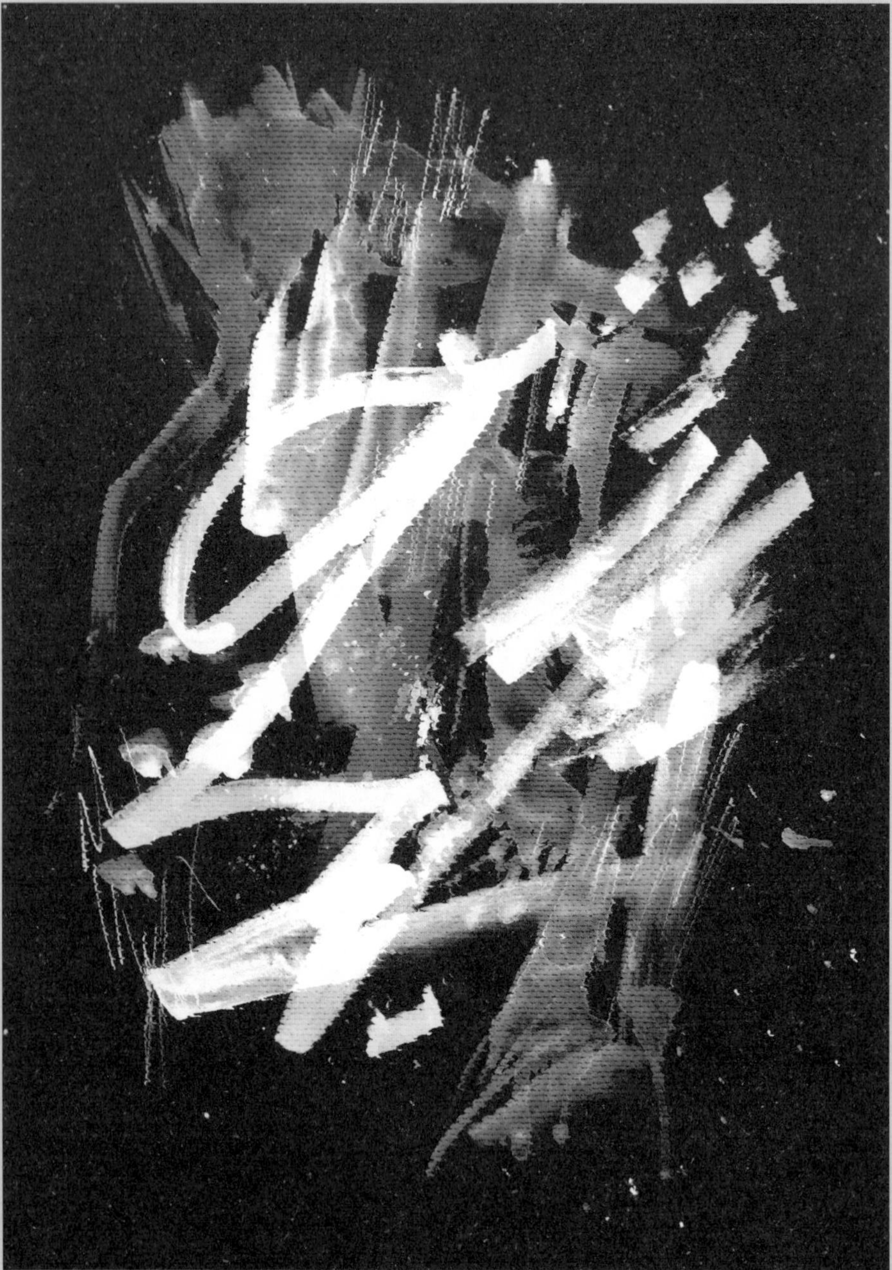

我大失所望。「這些畫看起來和我在小屋發現的畫截然不同。」

「但畫作是一回事，手稿又是另一回事。」蘇菲亞說。「有時藝術家會用不同的媒介呈現不同的風格，或喜歡混合風格的。我最喜歡的畫家葛哈·李希特*，一生都同時創作抽象畫和寫實畫。也許安妮也兩者都畫。」

「如果眞是如此，這本書無法回答我的問題。」

「啊，不過等一下。」蘇菲亞說。「我還有個東西要給妳看。昨天我去了法院一趟，因爲他們會存檔舊遺囑。那裡有許多公眾檔案，可供查閱。人死後願意公開多少資訊，妳知道一定會嚇一跳。」她打開資料夾，拿出兩張模糊的影本。「我不覺得安妮·貝瑞特會有遺囑，她太年輕就過世了，但我找到了喬治·貝瑞特的遺囑。他在一九七四年過世，把一切都留給妻子珍。接下來事情變得非常有趣。珍後來去了佛羅里達，待在那裡生活到一九九一年。她過世後，把大多數財產都留給女兒。但她也留下五萬美元給姪女，俄亥俄州亞克朗的桃樂絲·珍·坎貝爾。好，妳知道我爲什麼驚訝嗎？」

我一瞬間恍然大悟，察覺了書裡介紹詞的矛盾處。「因爲珍和喬治並沒有兄弟姊妹。喬治在介紹詞中是這麼說的。」

---

*葛哈·李希特（Gerhard Richter, 1932-）德國視覺藝術家，同時有抽象創作和寫實主義的攝影作品，並被視為當代最重要的德國藝術家。

「沒錯！所以這位神祕的姪女是誰？她是哪裡來的？我在想：要是珍覺得這女孩是姪女，會不會她其實是堂妹的小孩？這孩子會不會來自安妮『不負責任』和『不道德』的行爲？我不禁想：也許事情不只是喬治所說的那樣。也許珍覺得自己有義務照顧這女孩。」

我在腦中算了算。「如果桃樂絲在一九四八年出生，她還不算老。現在可能還活著。」

「確實如此。」蘇菲亞將一小張紙推過桌面。上面名字寫著「桃樂絲・珍・坎貝爾」，還有十個數字的電話號碼。「那是俄亥俄州亞克朗的區碼。她住在退休社區，社區名叫休息港灣。」

「妳跟她說過話嗎？」

「讓妳錯過打這號碼的機會？我才不要呢。瑪洛莉，我非常好奇誰會接電話。但我更想知道妳接下來的發現。」

「謝謝妳。這太棒了。」

屋裡傳來玻璃杯敲破的聲音，接著是哄堂大笑。蘇菲亞望向兒子。「我想你父親又在說黃色笑話了。我要趕快進去，免得他讓我丟臉。」她起身。「但再跟我說一下，妳爲什麼對這一切有興趣？」

「瑪洛莉在小屋發現一些畫。」艾卓安說。「藏在她小屋木地板底下。我們講過了。」

蘇菲亞大笑。「Mijo（西文：兒子），你從四歲起就不會說謊，現在又更爛了。今天早上你跟我說瑪洛莉是在櫃子裡找到畫的。」

「櫃子的地板下。」艾卓安說。

蘇菲亞望了我一眼，眼神像是在說：你相信這孩子嗎？「如果你們不想跟我說，沒關係。但我要提醒你們兩個小心一點。如果你們想出手揭開別人家族的祕密，可能會有人把你們手咬斷。」

我想馬上打給桃樂絲，但現在已是晚上十點，時間晚了，艾卓安建議我早上打可能比較妥當。「她可能睡了。」

我知道他說的對，但我沒耐心了。我需要新資訊，而且要快。我跟他說我和麥斯威爾夫妻之前的衝突。「我把安雅的畫給他們看。我跟他們說，圖畫一直出現在我的小屋。但他們不肯相信我，艾卓安。我是說，他們當然不相信我！這一切聽起來太瘋狂了。我知道這聽起來很瘋狂。卡蘿琳覺得搞不好圖是**我**畫的，好像我爲了引起注意，編出這一切。」

「我們會證明妳說的是眞的。」艾卓安說。「但我們首先要進屋子，吃點吉拿棒。」

「爲什麼？」

「因爲超級好吃，會讓妳忘記所有煩惱。相信我。」

我們回到屋內，發現這場晚宴變得更熱鬧了。音響放著四十大熱門單曲，每個人都到了客廳，伊格納西歐看來又更醉了。他示範起鬥牛舞，說是年輕時學的，意外的是蘇菲亞居然陪著他，在一旁抖著裙子，並在他帶領下配合起舞。客人都在鼓掌歡呼，艾卓安只搖著頭，難爲情又不知所措。「每次他們找朋友來都這樣。」他說。「我爸很誇張。」

我們從冰箱拿了兩罐氣泡水。艾卓安裝了一盤吉拿棒，淋上巧克力醬，帶我到外頭，繞花園參觀。他說他父親整理花園三十年，這是他個人的凡爾賽花園。

「凡爾賽是什麼？」

「皇宮啊？法國那座？」

他似乎很訝異我從沒聽過，但我能說什麼？南費城人話題不會聊到法國貴族。不過我不想被當白痴，所以我繼續說謊。

「喔，**凡爾賽**啊。」我大笑說。「我沒聽清楚。」

我們走在小徑中，艾卓安向我介紹花園各種祕辛，紅雀家族的巢築在酸櫻桃樹上。那裡有聖母瑪利亞的聖壇，能供一人禱告。鯉魚池畔的瀑布旁有張木長椅。我們坐在那，一起吃著吉拿棒，並剝下一點餵魚。池裡有七、八隻魚，在水面張合著嘴。

「這眞的是個很特別的地方。」

艾卓安聳聳肩。

「我覺得像麥斯威爾家那樣有游泳池會比較快樂。」

「哪有，這比較好。你很幸運。」

我感覺他手放到我腰際，我轉身看他時，他親吻了我。他雙唇香甜，有肉桂和巧克力味，我想將他拉近，我想再次親吻他。

但首先，我必須告訴他眞相。

我手放到他胸膛。

「等一下。」

他停下來。

他看著我雙眼，等待著我。

對不起，但我不知該如何啓齒。這場景太完美了。柔美的小燈在四周閃爍，瀑布聲彷彿音樂，濃郁的花香令人醉心。又是一個我不忍心打破的完美時刻。

顯然我已無法回頭。對艾卓安說謊就夠糟了，但現在我又對他父母說謊，甚至他父母的朋友。這些人一旦知道眞相，絕對不可能接受我。我和艾卓安不可能有機會發展關係。我們就像泰迪遊玩時的肥皀泡泡，亦幻亦眞、飄浮於空、輕如鴻毛，注定破滅。

他發現事情不對勁，身子向後退開。

「對不起。我想我誤會了。但如果我多說些話，講快一點，我們可以假裝剛才什麼都沒發生，對吧？」他起身，一臉不好意思。「我們車庫有乒乓球，妳想打嗎？」

我牽起他的手，將他拉回長椅上。這次換我親吻他。我手放在他心上，靠著他身體，坦率表達我的感受。

「不，」我跟他說，「我不想離開這裡。」

但我最後還是離開了。

晚宴大概十點半結束。我們坐在花園陰影下的長椅，聽到車門關上，引擎點火，客人從圓形的車道開走。

艾卓安和我在花園待到半夜。最後屋裡的燈全關了，感覺他父母上了床，我感覺差不多要走了。

艾卓安說要送我回家。我跟他說沒關係，只有幾條街的距離，但他堅持。

「這裡不是南費城，瑪洛莉。春溪鎮的街道天黑後很危險。」

「我鑰匙圈上有電擊棒。」

「遇到開小型廂型車的酒醉媽媽可沒用。送妳回去我會比較安心。」

社區很安靜。街上空無一人，一棟棟房屋都漆黑無光。我們一離開花園，我便感覺魔咒被打破了。我看到麥斯威爾家時，馬上想起之前的問題，想起我真正的身分。我再次感覺自己必須誠實以對。也許我可以鼓起勇氣，坦承一切。不是今晚。但我至少想說句真話。

「我很久沒有交男朋友了。」

他聳聳肩。「我**從來沒**交過男朋友。」

「我只是說，我們不該那麼急。在我們了解彼此之前，先放慢步調。」

「妳明天晚上要幹麼？」

「我認眞的，艾卓安。關於我，你可能會發現一些你不喜歡的事。」

他牽起我的手，握了握。「我想知道關於妳的一切。我想轉系主修瑪洛莉．昆恩，盡可能了解這門學問。」

我心裡暗忖，喔，你根本一無所知。你眞的一無所知。

他問我有沒有吃過布里奇特．福伊餐廳，那是他在費城最喜歡的餐廳。我說我六週沒去費城了，我不急著回去。「那普林斯頓怎麼樣？我說普林斯頓那座城市，不是大學。那裡有家非常好吃的西班牙小酒館。妳喜歡吃塔帕斯嗎？我要不要先訂位？」

我們這時已走過麥斯威爾家的院子，站在我的小屋外，我當然說好，並跟他說我五點三十分能出發。

接著我們再次親吻，如果我閉上雙眼，便能假裝我們又回到城堡花園，我是瑪洛莉．昆恩，越野賽明星選手，有著美好的未來，在世上無憂無慮。我身體靠著我的小屋。艾卓安手伸入我頭髮，另一手摸著我的腿，滑入我洋裝，我不知道自己該如何告訴他眞相。我眞的說不出口。

「這不叫放慢步調。」我跟他說。「你現在該回家了。」

他雙手離開我身體，向後退開，深吸一口氣。「我明天再來。」

「五點三十分。」我跟他說。

「那時候見。晚安，瑪洛莉。」

我站在門廊，目送他走過院子，消失在黑夜中，我知道自己一定要告訴他眞相。我決定明天在普林斯頓吃完晚餐時，告訴他一切。到時就算他不高興，也無法一走了之，他必須開車送我回家。那時候，也許我能說服他給我第二次機會。

於是我打開小屋門鎖，點亮燈時，我發現泰德·麥斯威爾躺在我床上。

18

他坐起來，雙手遮著燈光。「老天，卡蘿琳，把燈關了行不行？」他聲音比平時低八度，有濃濃的睡意。

我站在門口。

「我是瑪洛莉。」

他從手指間向外看，驚訝地發覺自己在我的小屋裡，躺在我床上，蓋我的被子。「喔，老天。喔，幹。對不起。」他雙腳盪下，從床上站起，但馬上失去平衡。他扶住牆，等房間停止轉動。泰德爛醉如泥，他似乎沒注意自己沒穿外褲。他靠著牆，身著polo衫和一件黑色四角內褲。灰色的卡其褲扔在床腳，像是他上床前才脫掉的。

他說：「不是妳想的那樣。」

泰德看起來彷彿在被警察搜身。他雙腿張開，雙手抵在牆上。

「我去找卡蘿琳吧？」

「不要！天啊，不行。」他轉向我。「我只需要——喔，天啊，不行。」他回頭對著牆，穩住自己身體。「妳能替我倒杯水嗎？」

我走進小屋，關上門。我走向水槽，用我給泰迪的塑膠小杯裝水。杯子上畫著北極熊和企鵝。我拿杯子到泰德身旁，聞到他渾身酒氣。他全身都是蘇格蘭威士忌味和汗臭味。他接過杯子喝水，結果水全灑到他脖子和胸前。於是我又倒一次水，這次他設法將水倒入嘴中。但他身體仍靠著牆，好像他還無法承受地心引力。

「泰德，不如你留在這？我去大屋子。我可以睡沙發。」

「不用、不用、不用，我必須回去。」

「我真的覺得我應該去找卡蘿琳。」

「我現在好多了。喝了水比較舒服了。妳看。」

他站直身子，搖搖晃晃向我走了幾步，然後他雙手開始亂揮，拚命平衡。我抓住他的手，扶他到床腳。他重重坐到床墊上，手一直抓著我，直到我坐到他旁邊。

「給我五分鐘。」他保證。「愈來愈好了。」

「你想多喝點水嗎？」

「不用，我不想吐。」

「要不要吃泰諾止痛藥？」

我想找個理由起身遠離他，所以我走進浴室，拿了三顆低劑量的阿斯匹靈咀嚼錠。我把藥放到泰德滿是汗的手掌，他乖乖吃了藥，並用牙齒咬碎。

「卡蘿琳和我大吵一架。我只是需要一個空間，整理思緒。我看妳燈關了。我以爲妳在外頭過夜。我不是故意要睡著的。」

「我懂。」我跟他說，雖然我其實不懂。我完全不懂他爲何要爬上我的床。

「妳當然懂。妳是非常有同理心的人。所以妳會是個非常稱職的母親。」

「我還不是個母親。」

「妳會是稱職的母親。妳心地善良，懂得關心他人，妳會將小孩放在第一位。這不難。妳穿卡蘿琳的洋裝嗎？」

他目光遊移到我身體，我躲到流理台後面，幸好我們之間能隔著流理台。「她上個月給我幾件衣服。」

「二手衣、舊衣服。妳值得更好的，瑪洛莉。」他含糊說了些話，但我都聽不清楚，除了最後一句：「妳被困在這鳥地方，外頭還有個大好世界。」

「我喜歡這裡。我喜歡春溪鎮。」

「因爲妳沒去過別的地方。如果妳旅行過，如果妳去過惠德比島，妳就能明白。」

「那是哪裡？」

他解釋，那是太平洋西北邊的群島。「我大學時有個夏天就待在那裡。我人生中最快樂的夏天。我在牧場工作，一整天享受陽光，晚上我們會坐在沙灘喝紅酒。沒有電視、沒有螢幕。只有美好的人群和大自然，還有妳見過最壯麗的景色。」

他看到床上的卡其褲，似乎發現這是他的褲子，應該要在腿上。他抖了抖褲子，拿到腳邊，結果褲子馬上落地。我發覺自己必須幫他。我跪在他前面，將褲子打開扶好，讓他先穿一腳，再穿另一腳。他把褲子拉到屁股，然後望著我的雙眼。「我向妳發誓，瑪洛莉，如果妳親眼見到普吉特海灣，妳五分鐘內就會忘了春溪鎮。妳會發現春溪鎮不過是個鳥地方，是個牢籠。」

我其實沒在聽他說的話。如果你從小在南費城長大的話，就會遇到許多醉漢，也會懂得他們大多數說的話都是胡言亂語。沒有一句有意義。

「春溪鎮很美。你在這裡過著美好的生活，有美好的家庭和美麗的妻子。」

「她睡在客房。她不肯碰我。」

泰德含糊說著，低頭看著褲子，所以我能假裝沒聽到。

「你有個很美麗的房子。」我繼續說。

「她買的。不是我。世界這麼大，要我選，我絕不要住這裡。」

「什麼意思？」

「卡蘿琳的父親非常有錢。我們要住哪都行。曼哈頓、洛杉磯、隨便都行。但她想住在春溪鎮，所以我們就來春溪鎮了。」他說得像事情他完全無法掌控。「別誤會，瑪洛莉。她是好人。她很善良。爲了泰迪，她什麼都做得到。但這不是我想要的人生。我沒答應要過這樣的生活。」

「要不要再幫你倒點水？」

他搖搖頭，好像我沒聽到重點。「我不要妳照顧我。我是說讓**我**來照顧**妳**。」

「我了解。我會考慮看看。但現在你應該回家。卡蘿琳可能在擔心了。」

泰德愈來愈語無倫次。他提到塞內卡湖、紅酒鄉和逃離一切等等。他設法自己站起，然後提起卡其褲，扣好鈕釦。「我們應該把褲子燒了。」

「明天吧。」我跟他說。「我們明天燒掉。」

「但不要在小屋裡。」他指著牆上的煙霧警報器。「妳這裡全是磁珠和管路配線，所以非常脆弱。非常不穩定。不要自己修理。找我幫忙。」

我打開小屋門，泰德跌跌撞撞走到門廊，設法平安走下三個階梯，站到草坪上，然後他轉身面向黑夜，走向大屋子。

「晚安。」我從後頭喊。

「再看看。」他回我。

我關好門上鎖。我看到床頭櫃上有揉成一團的衛生紙。我用紙巾把衛生紙拿起，塞到垃圾桶最底下。然後我拉下被子，拆下床單，發現床上還有三個胸罩。我不知道胸罩怎麼會在我床上，我也不想知道。明天我會全拿去洗，並忘記這一切。

我沒有其他床單，只好用浴巾鋪在床墊上，再躺上去。其實沒有聽起來那麼不舒服。我唯一要做的是閉上雙眼，便會回到美麗的城堡花園，有著溫柔的瀑布和瀰漫甜美花香的拱道。對我來說，什麼都無法破壞今晚。不論是和卡蘿琳爭吵降靈會，甚至是泰德闖進我小屋裡也一樣。入睡前，我乞求神原諒我向艾卓安說謊。我祈求祂會幫助我，找到正確的方式向他坦白。我祈禱艾卓安能忽略我過去的荒唐事。他會看到現在的我，而不是過去那個麻煩精。

19

隔天早上，我進到大屋子，看到卡蘿琳和泰德穿著上班的服裝，坐在屋角輕食區。卡蘿琳在喝茶，泰德喝著黑咖啡，他們沉默不語看著彼此。我發現他們在等我。

「妳可以來一下嗎？」卡蘿琳問。「泰德有話想說。」

泰德狀態糟透了。他明顯宿醉，應該要待在樓上，躺在床上，或跪倒在浴室抱著馬桶。「我想爲我昨晚失態道歉。那眞的讓人完全無法接受——」

「泰德，沒關係。我已經忘了。」

卡蘿琳搖搖頭。「不，瑪洛莉，我們不會假裝這沒發生過。我們必須面對並承認昨晚發生的一切。」

泰德點點頭，盡責地繼續說，好像在背誦聲明稿。「我的行爲傲慢失禮，非常不尊重人。我爲自己的行爲感到羞恥，我一定會深深反省，自己爲何濫用權力。」

「我接受你們的道歉。」我跟他們說。「你們不需要再說了。我們繼續生活，我會感覺比較好，好嗎？」

泰德望向卡蘿琳，她聳聳肩。好吧。

「謝謝妳的諒解，瑪洛莉。我保證不會再發生了。」

他起身拿起公事包，搖搖晃晃走向玄關。過一會，我聽到前門重重關上，他的車引擎啓動。

「他怕妳會告我們。」卡蘿琳解釋。「妳能跟我說發生了什麼事嗎？用妳自己的話？」

「卡蘿琳，我向妳保證沒什麼。昨天晚上，我去艾卓安家。他父母辦了一場晚宴。我半夜之後才回來，結果就看到泰德在我小屋裡。他喝醉了，說是你們大吵一架，他需要一個安靜的地方冷靜下來。」

「我以爲他在樓下。睡在沙發上。」

「我一回到家，他就說他很抱歉，然後馬上走了。就這樣。」

「他有說我們吵架的內容嗎？」

「沒有，他只說妳是個好人。心地善良。他說妳會爲家人做任何事。」

「還有嗎？」

「就這樣。他胡言亂語，有提到某座島？他大學時代有一年夏天待在那裡？」

「『在陽光下工作，在星星下睡覺。』」卡蘿琳說，我發現她在學丈夫說話，有點嘲笑的意味。「他只要喝醉，就會提到惠德比島。」

「我不介意。我給他喝點水，還有幾顆低劑量阿斯匹靈，我打開門，他就走了。事情就這樣。」

她看著我的臉，好像在找蛛絲馬跡。「接下來的問題，我很難爲情，但因爲嚴格來說妳是我的員工，所以我覺得我必須要問。他有沒有不規矩？」

「沒有。完全沒有。」

我是說，我當然可以說在我回家前，他脫了褲子，翻了我的內衣褲抽屜，還在我床上不知做了什麼。但那有什麼意義？可憐的卡蘿琳看起來已經夠難受，泰德也道歉了。我覺得多說沒意義。我也當然不會因此辭職。

「卡蘿琳，我向妳保證，他沒有碰我，連伸手都沒有。」

她吐出一大口氣。「泰德今年夏天就五十三歲了。我相信你聽過男人的中年危機。他們開始質疑自己過去的所有選擇。除此之外，他的生意也不大順，自尊心受到打擊。他希望秋天能雇用一批新人，但看起來不大妙。」

「公司多大？」

她露出耐人尋味的表情。「他希望公司有四十人，但現在只有泰德一人。那是個一人公司。」

只有泰德？我以爲他是在市中心高樓大廈的大公司工作，身邊全是祕書，座位有高級電腦，巨大玻璃窗能俯瞰黎頓豪斯廣場。「他跟我說，他和餅乾桶餐廳合作過，還有洋基蠟燭。那些全都是大公司。」

「他和他們開過會。」卡蘿琳解釋。「他去不同的公司，提供管理網站的服務，指導他們電子商務。但單憑一人很難說服大客戶。」

「他有提到同事，麥克還是艾德之類的。他說他們會一起吃中餐。」

「對，他們全都在同一個共享辦公室，大家會去那裡月租辦公桌。泰德需要在城裡有個郵寄信箱。他的工作著重在給人好印象，表現出自己比實際上更爲重要。他今年夏天壓力很大。昨天晚上，我想妳看到了表面第一道裂痕。」

她聲音哽咽，我發現她不只擔心泰德，也擔心婚姻和整個家。我眞心不知道該說什麼。幸好我聽到泰迪的腳步聲，他從樓上走下來。卡蘿琳坐直身子，用紙巾拭去淚水。

泰迪拿著iPad進到廚房。他手指滑著螢幕，iPad發出刺耳吵雜的爆炸聲。

「嘿，泰迪！你在玩什麼？」

他目不轉睛盯著螢幕。「媽媽昨晚給我這個。這原本是爸爸的，但現在是我的。」

他拿起塑膠杯，從水槽裝水。他沒再說話，拿著杯子和iPad進到書房。

「泰迪暫時不畫畫了。」卡蘿琳解釋。「因爲造成各種誤會，我們覺得他需要培養新興趣。App Store裡有一大堆教育資源，包括數學遊戲和發音學習，甚至還能學外語。」她越過廚房，打開冰箱上泰迪碰不到的櫥櫃。「我把他的蠟筆和麥克筆收到這裡。泰迪拿到iPad很興奮，所以我覺得他根本沒發覺。」

我知道當保母的第一個要點是絕不要質疑母親，但我不禁覺得這是個錯誤。泰迪很享受畫圖，我覺得不該剝奪他畫圖的權利。更糟的是，我感覺這全是我的錯，因爲我一直提到安妮．貝瑞特的事。

卡蘿琳看出我的難過。「這是個實驗。等幾天看看，也許這能幫助我們了解發生的事。」她關上櫥櫃門，彷彿事情已定。「但告訴我艾卓安家的晚宴，妳玩得開心嗎？」

「非常開心。」我也很開心能換個話題，而且打從我一下床，便一直想著我們晚餐的約會。「我們今天還要一起出去。他想載我去普林斯頓，去一間西班牙小酒館吃塔帕斯。」

「喔，小酒館很浪漫。」

「他五點半會來接我。」

「那我會早點回家。給妳多一點時間準備。」這時她看一下時間。「哇，我要出門了。我眞爲妳高興，瑪洛莉！今晚一定會很好玩！」

卡蘿琳離開後，我發現泰迪坐在書房，玩《憤怒鳥》遊戲玩得入迷。他用手指拉巨大彈弓，發射一隻彩色的鳥去撞一排豬豬占領的木板和鋼筋建築。每次進攻都會響起一陣刺耳的鳴叫、爆炸聲、撞擊聲、燃燒劈啪響和伸縮笛聲。我坐在泰迪對面，雙手拍在一起。「所以我們早上要做什麼？去魔法森林散個步？還是來烤餅乾？」

他聳聳肩，氣呼呼滑著螢幕。「隨便。」

有隻鳥沒擊中目標，泰迪皺起眉頭，對結果不滿。他彎身更靠近螢幕，好像想鑽到裡頭。

「好嘛，泰迪。把遊戲放一邊。」

「我還沒玩完。」

「媽媽說這是個人時間玩的。她不希望你整個早上都玩。」

他轉到另一邊，用身體保護著iPad。「再升一級就好。」

「一級要多久？」

結果一級需要半小時。泰迪玩完之後請我幫iPad充電，這樣晚點電池的電才夠。

我們早上在魔法森林裡亂逛。我想替泰迪王子和瑪洛莉公主編一個全新的冒險，但泰迪唯一想聊的是憤怒鳥的策略。黃鳥最適合攻擊木建築。黑鳥可以破壞水泥牆。白鳥下蛋後會加速。那其實不算對話，他只是在背誦一串事實和資料，像是要把規則牢記在腦中。

我在落葉中看到一道銀光，便跪下來看。那是一支箭的前半截。有羽毛的後半截不見了，所以只剩鋁製的箭桿和金字塔形的箭尖。

「這是魔法箭。」我跟泰迪說。「這是用來殺哥布林的。」

「好酷。」泰迪說。「然後綠鳥是迴力鳥。牠攻擊會有兩倍傷害，所以我喜歡先用綠鳥。」

我提議我們走到巨豆莖，把箭放到我們的武器庫。泰迪說好，但他感覺心不在焉，好像他只是在殺時間，等早上時間耗完就能回家。

我讓泰迪自己選中餐想吃什麼，但他說他隨便，所以我做了烤起司三明治。他大口吃著三明治時，我提醒他，他的個人時間不一定要玩iPad，也許玩樂高、積木和農場動物都會很好玩。他看我一眼，彷彿我是想騙他放棄他應得的權利。

「謝謝，但我玩遊戲就好。」他說。

他拿著iPad回房，幾分鐘之後，我爬上二樓，耳朵貼在他房門。沒有低聲細語，沒有一半的對話，房中只有泰迪偶爾的笑聲，還有拉彈弓、鳥叫和建築爆炸的聲音。他聽起來笑得樂不可支，但他的快樂莫名令我感到難過。一夜之間，像是一道開關，我覺得某種神奇的感覺消失了。

我下樓拿出手機，打給休息港灣退休社區。我跟櫃台說我在找住他們社區的一名成員叫桃樂絲．珍．坎貝爾。電話轉過去後響了好幾聲，最後進入語音信箱。

「嗯，嗨，我叫瑪洛莉．昆恩。妳不認識我，但我想請妳幫幫我？」

我發現自己不知道該如何解釋我的問題，我應該要在打電話前先練習的，但現在太遲了，我必須走一步算一步。

「我想知道妳母親是不是叫安妮．貝瑞特，住在紐澤西的春溪鎮。是的話，我很希望能和妳說說話。請妳回電給我，好嗎？」

我留下電話號碼，並掛上電話，我感覺像碰到死胡同。我覺得自己永遠不會接到她的電話。

我洗好午餐餐盤，拿著清潔海綿到廚房各處，清理桌面，想做點有用的事。對於這份工作，我如今有種深深的無力感，好像每天卡蘿琳都能有新的理由將我解雇，於是我決定做些額外的工作。我把地板掃好拖好，擦乾淨微波爐內部。我打開吐司機，清乾淨麵包屑。我打開水槽，把嵌入式給皂機的洗手乳裝滿，然後站到椅子上，擦去吊扇的灰塵。

做這些小家事讓我感覺踏實多了，但我想卡蘿琳不會注意到。我感覺自己需要完成一件更積極的大工程，讓她一眼便能發覺。我走進書房，躺在沙發上，思考自己所有選項，最後想到一個完美的主意：我會帶泰迪去超市，買上一大堆食物，並替他父母準備驚喜晚餐。我會把食物放在烤箱保溫，讓他們一回家就能馬上上桌。我甚至會擺好餐具，他們連根手指都不用動，只要直接走進家門，坐下來享用美味的食物，感謝我是家中的一份子。

但我還沒付諸行動，還來不及坐起，列出購物清單，便睡著了。

我不確定怎麼回事。我其實並沒有特別累，原本只想閉目養神一會。但接下來，我只知道自己夢到童年的一個場所，那是一個家庭經營的遊樂園叫童話國。童話國興建於一九五〇年代，主題是所有經典童話和鵝媽媽童謠。小孩可以爬上巨豆莖，拜訪三隻小豬，從窗戶朝「住鞋子裡的老奶奶」招手，老奶奶是個雙眼無神的木偶，會咿呀作響，一格格動作。

在我夢裡，我和泰迪走過旋轉木馬，他興奮不已，求我幫他拿著所有鉛筆和蠟筆，這樣他才能去搭遊樂設施。他把整盒筆塞進我手裡，我根本拿不住，鉛筆全落到我腳邊。我試著把筆收到口袋，因爲我不可能全都拿在手上。等我把筆全收好，泰迪不見了。人潮太多，我弄丟他了。我的夢瞬間變成惡夢。

我開始奔跑，穿梭在遊樂園之中，推開其他父母，四處搜尋，喊著泰迪的名字。童話國全是五歲的孩子，背影看起來都一模一樣，每個人都可能是泰迪，我找不到他。我拉住一對夫妻，求他們幫助我，但他們一臉驚愕。「這是**妳的**責任。」他們說。

「我們爲什麼要幫忙？」

我別無選擇，只好打給麥斯威爾夫妻。我不希望告訴他們泰迪走丟了，但事態緊急。我拿出手機打給卡蘿琳時，我突然看到他了！就在遊樂園另一頭，坐在小紅帽的木屋階梯上。我擠過人群，盡可能加快腳步。但等我來到木屋，坐在那裡的不再是泰迪。是我妹妹貝絲！她穿著黃色T恤和褪色的牛仔褲，黑白格紋Vans滑板鞋。

我跑去抱住她，將她從地上抱起。我不敢相信她在這裡，她還活著！我抱緊她，害她開始大笑，牙齒上的矯正器反射著陽光。「我以爲妳死了！我以爲我害死妳了！」

「別蠢了。」她說。

我的夢好眞實，我甚至聞得到她的味道，是椰子和鳳梨香味，像她和好朋友以前會去買的鳳梨可樂達入浴球，她們常去普魯士王購物中心高價的嵐舒保養品店買。她解釋那場意外是一個大誤會，我這麼久時間都在白怪罪自己。

「妳確定妳沒事？」

「廢話，瑪洛莉，我要說幾次，我沒事。現在可以去玩充氣彈跳屋了嗎？」

「好啊，貝絲，好！什麼都好！妳想玩什麼都行！」

但這時泰迪回來了，他拉著我的手臂，輕輕將我搖醒。我睜開雙眼，我躺在書房沙發，泰迪把iPad拿給我。

「又沒電了。」

我很確定他搞錯了。我中餐才剛剛幫iPad充電，電池充飽的。但我坐起來時，發現書房光線變得好暗。陽光已不再從朝北的窗戶照入。壁爐上的時鐘顯示五點十七分，但搞錯了吧，這不可能。

我拿起手機，確認時間眞的是五點二十三分。

我睡了四小時。麥斯威爾夫妻隨時會回來了。

「泰迪，發生什麼事？你爲什麼沒叫醒我？」

「我打到三十級了。」他驕傲說。「我解鎖了八張新的羽毛卡！」

我雙手烏黑。手指和手掌全是黑色煤灰，像是我剛才在花園挖土一樣。我大腿上有一小塊寫到底的鉛筆。地上散落著更多鉛筆、麥克筆和蠟筆。那全是卡蘿琳收進櫥櫃的藝術用具。

這時泰迪睜大雙眼，看著書房四周，不敢置信。

「媽媽一定會氣死。」

我隨著他目光望去，牆上全被畫滿。細膩的塗鴉一塊塊緊密相連，從地板延伸到天花板。

「泰迪，你爲什麼要畫成這樣？」

「我？**我**什麼都沒做！」

他當然沒有。他辦不到！他不夠高！雙手全是煤炭和石墨的也不是他。我走過書房，近一點去看。我很肯定這是安雅的畫。牆上全都是畫，並利用了窗戶、空調和燈光開關之間的空間。

「瑪洛莉？妳還好嗎？」

他拉著我的衣角，我不好。

我一**點**都不好。

「泰迪，聽我說。我們必須在爸媽回家之前解決這件事。你房間有橡皮擦嗎？粉紅色的大橡皮擦？」

他看著一地的鉛筆、蠟筆和麥克筆。「我有的都在這。但我不該再用這些了。在我們弄清楚事情之前。」

總之太遲了。我聽到汽車開進車道的聲音。我向外看，外頭不只是泰德和卡蘿琳，艾卓安也來了。他把景觀工程的貨車停到屋前。現在我應該要穿上卡蘿琳夏日洋裝，準備去普林斯頓好好約會。

「上樓，泰迪。」

「為什麼？」

「因為我不希望你在這裡。」

「為什麼？」

「拜託你上樓好嗎？拜託。」咖啡桌上有條USB線，我拿給他。「你自己去房間替

iPad充電。」

「喔，好吧。」

泰迪拿起iPad和充電線跑出書房，好像偷了東西一樣。我聽到他一雙小腳登登登跑上樓，進了房間。

我聽到前門打開，門縫刷掃過瓷磚發出輕微摩擦聲。我聽到卡蘿琳在跟艾卓安說話，歡迎他進門。「你們晚餐要吃什麼？」

「一間很好吃的西班牙小酒館。」他說。「他們的香辣茄醬馬鈴薯超好吃。」

「嗯哼，那道菜是怎麼做的？」泰德問。

「麥斯威爾先生，那有點像薯條，但會是你這輩子吃過最好吃的薯條，我保證。」

我知道我必須攔住他們，設法讓他們先有心理準備。我走到廚房，卡蘿琳問艾卓安有沒有想喝什麼。冰箱上的櫥櫃仍開著，裡面的東西都被拿出來，但卡蘿琳還沒發現。

艾卓安帥得令人心碎。他看起來像才剛從淋浴間走出。他頭髮有點溼溼的，穿著輕鬆俐落，一件深色牛仔褲和一件筆挺的白色襯衫。我開口前，沒人發現我走進廚房。

「出事了。」

卡蘿琳盯著我。「瑪洛莉？」

「妳手上是什麼？」泰德問。

艾卓安快步走到我旁邊。「妳沒事嗎？」

我知道他是我唯一的希望。

他是唯一**可能**相信我的人。

「這聽起來很瘋狂，但我發誓我說的是眞的。泰迪上樓度過個人時間，我因爲覺得累，躺在沙發休息一下。我想我是要閉目養神幾分鐘。然後不知怎麼的——我不知道怎麼辦到的——安雅的靈魂附到我的身上。」

卡蘿琳瞪著我。「什麼？」

「我知道。我知道這聽起來很瘋狂。但我睡覺時，她讓我拿出所有鉛筆、麥克筆和蠟筆。」我指向冰箱上空無一物的櫥櫃。「因爲妳拿走所有畫紙，她讓我畫在牆上。她無法附身泰迪，所以她附身在我身上。」

艾卓安一手摟住我的腰。

「嘿，沒關係。妳現在安全了。我們會一起解決。」

卡蘿琳推開我，大步衝入書房，我們全跟著她。她大抽一口氣，難以置信盯著牆。

「泰迪在哪？」

「在他房間。他沒事。」

卡蘿琳看向丈夫。他快步走上樓。

我試著和卡蘿琳講下午發生的事。「他一點去房間。個人時間，全照妳所說，讓他帶著iPad去。他直到十分鐘前才下樓。就在妳回家的時候。」

「四小時？」她問。

我給艾卓安看我右手，手上全是石墨、煤灰和水泡。「我是左撇子，像泰迪一樣。不可能是我畫的。這些畫就跟出現在我小屋的畫一樣。」

「對，沒錯！風格一模一樣！」他拿出手機，繞著房間，拍下這許多畫。「我們要做的第一件事是和其他圖畫比較。看我們能不能排出順序。」

「不對。」卡蘿琳說。「我們第一件要做的是用藥檢驗。現在。不然我會報警。」

艾卓安望著她。「用藥檢驗？」

「眞不敢相信我讓妳單獨和我孩子在一起。眞不敢相信我竟然相信妳！我到底在想什麼？」

「我沒有用藥。」我跟她說。我想壓低聲音，彷彿這段對話能像視窗變小那樣，讓艾卓安忽略掉。「我向妳發誓，卡蘿琳，我很正常。」

「那妳就不用怕檢驗。剛開始在這裡工作時，妳答應每週能抽驗。妳自己答應的。時機可以讓我們任選。」她抓住我手腕，檢查我手臂有沒有針孔。「可惜我們沒早點開始。」

泰德從二樓下來，他使個眼神，告訴卡蘿琳泰迪很平安。同時艾卓安試著告訴卡蘿琳，她完全誤會了。

「麥斯威爾太太，我不懂妳在說什麼，但瑪洛莉沒有用藥。妳眞的覺得她吸食海洛因，還能獲得運動員獎學金嗎？賓州大學馬上會把她從校隊踢掉。」

全場一片沉默，氣氛尷尬，我發現卡蘿琳在給我機會解釋。我淚水盈眶，因爲事情不該是這樣的。

「好，等一下。」我跟他說。「因爲事實是，我沒有完全對你坦承。」

艾卓安的手臂仍摟著我，但他的手鬆開了。「什麼意思？」

「我原本今晚要告訴你眞相。」

「妳在說什麼？」

我至今仍難以啓齒。

我至今仍不知從何開始解釋。

「瑪洛莉沒有讀賓州大學。」泰德解釋。「她過去十八個月都在勒戒機構度過。那是個中途之家。她曾濫用處方止痛藥和海洛因。」

「還有其他她根本不記得的藥物。」卡蘿琳補充。「腦袋需要時間才能復元，瑪洛莉。」

現在艾卓安完全沒抱著我了。剩我掛在他身上，像隻難過又可悲的大怪物，像隻寄生蟲。他甩開我，直直看著我的臉。

「這是眞的嗎？」他問。

「我沒有用藥。」我跟他說。「我跟你發誓，艾卓安。我下週二就戒癮二十個月了。」

他向後退一步，好像我推了他一把。卡蘿琳把手溫柔放到他肩膀。「這對你來說一定很難接受。我們以爲瑪洛莉對你坦誠說出她的過去，我們以爲她有告訴你眞相。」

「沒有，完全沒有。」

「艾卓安，我在退伍軍人醫院治療過許多毒癮者。他們都是好人，我們的目標是幫忙他們重回社會。但有時時機不對，有時我們會不小心在患者還沒準備好時，讓他們回到社會上。」

我抬頭望向卡蘿琳，怒不可抑。「這**根本不是**現在的情況！我沒有用藥。我他媽的也沒幻覺！我向妳保證，卡蘿琳。這房子不對勁。安妮・貝瑞特的鬼魂纏著妳兒子，現在她纏著我，這是她的訊息。」我指著房間四周的牆面。「這是她的故事！」

我知道我一定面目狂亂，滿口像在胡言亂語，因爲艾卓安困惑地打量著我。他看起來像是第一次見到我。

「但其他是眞的嗎？」他問。「妳住過中途之家？妳吸過海洛因？」

我羞愧到無言以對，但他能從我的表情看到答案。艾卓安轉身走出書房，我想追上他，但卡蘿琳擋住我。

「讓他走，瑪洛莉。別讓他更難受了。」

我轉向窗戶，看艾卓安走過石板路，他表情扭曲，一臉痛苦。他走到車道一半，開始邁開步伐，好像等不及要逃離我。他坐進黑色皮卡貨車，開車離去。

我轉頭看卡蘿琳，她手中拿一個塑膠杯。

「來。我們把事情解決。」

她陪我走到廁所。我進到裡面，伸手要關門，但她阻止我，搖搖頭，好像擔心我會設法在尿液動手腳，或是我隨身帶著乾淨的尿液，以防萬一。我脫下短褲，蹲到馬桶上時，卡蘿琳至少轉開了頭。我已經驗過上百次，要怎麼裝得乾淨，我十分熟悉。我能一滴不漏，裝滿一百二十毫升的杯子。我把杯子放到水槽邊緣，拉上短褲，洗淨雙手。水瞬間變成黑色，水槽裡都是殘渣。我用肥皂搓洗手指和手掌，但石墨像墨水一樣印在我皮膚上，像洗不去的汙點。

「我在書房等妳。」卡蘿琳說。「我們等妳來才會驗。」

我洗完手，潔白無瑕的洗手台留下一圈灰黑的汙漬。又一件令我有罪惡感的事。

我試著用衛生紙擦乾淨，然後用短褲擦乾手。

我回到書房，卡蘿琳和泰德坐在沙發上，我的尿液放在咖啡桌，底下墊著一張紙巾。卡蘿琳給我看一個仍包在塑膠膜裡的藥物檢驗組，證明沒有作弊。然後她打開包裝，拿出五張試紙，將它們浸入杯中。

「聽著，我了解你們為何這麼做，但絕不可能是陽性，我向你們發誓。我戒癮維持二十個月了。」

「我們想相信妳。」卡蘿琳說，然後她望向牆上所有圖畫。「但我們必須理解今天在這裡發生的事。」

「我已經告訴你們發生什麼事了。安雅附身在我身上。她像傀儡一樣操控我。這些不是我畫的！是她畫的！」

「如果我們要好好談論這件事，」卡蘿琳說，「就必須保持冷靜，不能對彼此大吼大叫。」

我深吸一口氣。「好。沒問題。」

「妳來這裡工作之前，關於妳的過去，我們和羅素聊了很久。他告訴我們妳受過的煎熬——妳有過假記憶，甚至失憶——」

「這次不一樣。我再也沒有記憶的問題了。」

「妳知道幾天前，泰迪有一盒鉛筆不見了。他哭著來找我。他很難過，因爲他到處都找不到。不久之後，這些圖畫神奇地出現在妳的小屋。難道妳不覺得特別巧嗎？」

我低頭看向塑膠杯。時間才過一分鐘。要知道結果，現在還太早。

「卡蘿琳，我連線條都畫不直。我只在高中上過一堂美術課。我還拿C⁺。那些畫不可能是我畫的。我沒那麼厲害。」

「我的病人也經常這麼說：『我不可能靠畫畫拯救自己！』但後來他們嘗試藝術治療，結果出乎意料的好。他們會畫出不可思議的作品，克服心中的創傷，消化他們仍無法面對的眞相。」

「這不一樣。」

「妳看畫中的女人。她很年輕，身材高大。她有運動員的體格。她甚至在**跑步**，瑪洛莉。她沒讓妳想到誰嗎？」

我懂她在說什麼，但她錯了。

「那不是自畫像。」

「這是象徵性的表現。一種視覺隱喻。妳失去了妹妹，妳心裡難過，慌張失措，拚命想讓她回來——但一切都太遲了。她已落入死亡之谷。」她走過書房，將我的注意力放到一張張畫上。「然後一個天使來幫助她了——以隱喻來說，有點太明顯，對吧？天使帶著貝絲走向光芒，而妳無法阻止他們。貝絲已經到另一邊了，她永遠不會回來。妳懂的，瑪洛莉。這一切全畫在牆上。這不是安雅的故事。這是**妳的**故事，也是**貝絲**的故事。」

我搖搖頭。我不想把貝絲扯進來。我甚至不希望聽到卡蘿琳說她的名字。

「我們知道發生什麼事。」她繼續說。「羅素告訴我們妳的故事了，事情很令人難過，瑪洛莉。發生了那種事，我很遺憾。我知道妳背負著沉重的罪惡感和極大的悲傷。但如果妳不去正視這些感受——如果妳一直壓抑——」她比了一下我的作品。「它們會像加壓蒸氣，瑪洛莉。它們會找到裂縫，設法衝出。」

「其他圖畫怎麼說？被勒死的女人？」

「抽象概念實體化。」卡蘿琳說。「也許是悲傷或毒癮。表達藥物對妳身體的束縛。」

「那女人被拖進森林的畫呢？」

「也許有人把妳拖入危險之中？輔導員或心靈導師？像羅素？」

「那他爲何把我埋起來？」

「他不是在埋妳，瑪洛莉。他在讓妳**自由**。把妳從海洛因堆中挖掘出來，帶妳回到社會。妳看看妳自己！」

卡蘿琳將檢驗紙轉過來，讓我看到結果。五張試紙分別檢驗大麻、鴉片、古柯鹼、安非他命和冰毒。全都是陰性。

「戒癮二十個月。」泰德說。「幹得好！」

「我們眞心爲妳感到驕傲。」卡蘿琳說。「但看來妳還必須更努力，對不對？」

我不知道該說什麼。

我同意安雅的畫和我的過去有相似之處，並令人疑惑。

沒錯，我曾失憶，也曾有過假記憶，並經歷了所有毒癮者都會遭遇的心理問題。

但我小屋裡還有十二張陰森的圖畫，那全都出自一個人之手。

「安雅畫的。不是我。」

「安雅是幻想的朋友。泰迪知道她是幻想的。他明白她其實不存在。」

「泰迪很害怕，而且很困惑，他只是在重述你們教他的一切。我知道你們教育程度高，你們覺得世上沒有你們搞不懂的事。但關於這些圖畫，你們錯了；關於這房子的事，你們也錯了；你們甚至錯怪泰迪了。這麼詭異的事就發生在你們眼前，你們還否認！」

我這時已忍不住，情不自禁大吼，但泰德和卡蘿琳很鎭定。我發現他們已拒絕聽我說話，他們已經準備好拋下這一段。

「我想我們能尊重彼此看法不同。」卡蘿琳告訴我。「也許她是鬼魂，也許她是罪惡感。那不重要，瑪洛莉。最重要的是，妳丟下我們的兒子四個小時，我再也無法信任妳來照顧他。」

泰德附和說：「人生總是需要改變。」而卡蘿琳表示，我們要把這一刻當作人生的岔路，或一個契機，讓所有人變得更好。

兩人聽起來態度非常正向，充滿支持和鼓勵，以致我花了點時間才理解我被解雇了。

20

我回到小屋十分鐘，手機響了。

是羅素。他在拉斯維加斯和大峽谷之間的沙漠，從國道六十六號一間小型汽車旅館打來。電話收訊不佳，中間一直有劈里啪啦的雜訊。

「昆恩！怎麼了？」

「我想我被解雇了。」

「不對，妳確實被解雇了！卡蘿琳傳了妳瘋狂的藝術創作。到底發生什麼事？」

「房子有問題，羅素。感覺有某種幽靈。她一開始找上泰迪，現在找上我了。」

「幽靈？」羅素大多時候都精神飽滿，充滿熱情。但突然之間，他聽起來有點疲倦，還有一點點失望。「妳說鬼嗎？」

「我沒用藥。卡蘿琳驗過了。」

「我知道。」

「這次不是平常的幻覺。這是——」

一陣靜電音打斷我們，一時間我擔心電話斷訊了。後來他聲音再次出現。

「妳應該去參加戒癮會。妳那裡幾點？六點半？週五晚上？去天主贖世主堂試試。

我記得他們七點開始。」

「我不需要參加戒癮會。」

「妳有朋友能聯絡嗎？可以陪妳的朋友？我不希望妳今晚一個人。」我猜他能從我的沉默中知道，沒人能幫助我。「好吧，聽著。我要回去了。」

「不要！」

「沒關係。反正我也不喜歡這裡。天氣超糟。跑步都必須在室內跑步機。要是到外面跑十分鐘，熱浪會讓人心臟病發。」

他解釋自己需要兩、三天才能回來。他現在正在去大峽谷中途，所以他必須開回拉斯維加斯訂新機票。

「所以也許週日會到，最晚週一一定會到。妳只要撐到週一，好嗎？朵琳和我會去接妳。妳可以跟我住幾週，我們會請醫生檢查身體，然後一起想個替代方案。」

「謝謝你，羅素。」

我放開手，讓手機滑落到地，並且閉上雙眼。我知道自己應該下床，去參加戒癮會，或至少替自己做晚餐。但小屋外面開始下雨，這是夏天突如其來的雷陣雨。狂風讓屋頂不斷搖晃，雨水如瀑從我窗戶流下。我被困在小屋中，真希望自己能打電話給誰。我害怕接下來的漫長週末，我要一人獨自等待羅素來接我。我僅有的朋友都在安全港，但我好羞愧，根本不敢告訴他們我做的事。

當然，我去安全港以前也有朋友。只是我刪除了通訊錄裡所有的名字和電話，不過要找到他們很容易。費城距離春溪鎮坐地鐵不過三十分鐘。如果我去肯辛頓大道，我知道會遇到許多熟面孔，那群老朋友都會很高興見到我，並歡迎我回家。我帳戶裡有一千兩百美元。我可以收一收東西離開，這裡絕不會有人想念我。

除了泰迪。

泰迪一**定會**想念我，我知道他會。

還沒道別之前，我不能拋下他。

我必須多待一會，解釋清楚，讓他知道這一切不是他的錯。

於是我待在我的完美小屋，這是我住過最舒適的地方，它像是一間裝修豪華的展示屋，提醒著我失去的一切。風雨交加，腦袋內的嗡嗚比以往更劇烈。好像腦袋裡全是蚊子。

我把頭埋到枕頭裡尖叫，但那聲音卻安靜不下來。

那天晚上，我先睡了十小時，然後又睡兩小時，最後總共睡了十四小時。每次醒來我一想起發生什麼事，就又縮進被子裡，直到自己朦朧睡去。

週六早上十點，我起床，拖著身子進到淋浴間。沖完澡之後，我感覺有好一點吧，我想。然後我走到外頭，我看到門廊有張紙條壓在石頭下。

喔，我的老天啊，我心想，**我真的瘋了**。

但那只是卡蘿琳寫的紙條。

親愛的瑪洛莉，

我和泰德帶泰迪去海邊玩。我們跟他說妳要搬走了，他當然很難過。我們希望去一趟海灘，走走木棧道，玩些遊樂設施能讓他忘記悲傷。我們天黑才會回來，妳可以用游泳池和院子。

另外：羅素今早打來更新消息。他訂了明晚的紅眼班機，他週一早上大約十點到十一點之間會到。

我們希望明天下午舉辦餞別會，感謝妳和我們相處的時光，一起游泳、享用晚餐和甜點。方便的話，大概三點開始。如果妳有任何需要，或只是想聊天，歡迎打電話聯絡。這段過度期，我願爲妳提供任何幫助。

愛妳的卡蘿琳

我走到大屋子，想喝點柳橙汁，但我在電子按鍵輸入密碼時，密碼無效了。這也是理所當然的事。泰德和卡蘿琳只能放心讓我使用後院，我之前把屋子牆面畫得亂七八糟，他們不可能讓我回到屋裡。

我知道自己應該去跑個步。我知道自己出門跑個幾公里，心情會好一點。但我覺得好羞恥和丟臉，我不敢走出後院，也不敢在社區露面。我想像自己騙人的事已傳遍大街小巷，春溪鎮所有人都知道我的祕密。我走回小屋，倒了一碗燕麥圈，然後我想到自己沒牛奶了，只好直接用手拿著吃。我拿著平板電腦躺到床上，點開賀曼電影台，瀏覽一部部電影，但突然之間，每一部電影都變得好虛假，難看又噁心，裡面充滿錯誤期待和狗屁至極的圓滿結局。

我才看十分鐘《愛鞋女子的聖誕節》，便聽到門廊傳來腳步聲，接著響起輕輕敲門的聲音。我猜可能是米琪來爲降靈會那天的行爲道歉。我大叫：「我在忙。」然後把平板電腦聲音調大。

艾卓安的臉出現在窗邊。

「我們必須聊聊。」

我從床上跳起來，打開門。「對，我們眞的要聊一聊，因爲——」

「不要在這裡。」他說。「我的貨車停在前面。我們兜個風。」

他沒說我們要去哪，但我們一開上二九五號州際公路入口匝道，我馬上就知道了。我們切入快速流動的車陣，並轉向七十六號公路往西，越過華特．惠特曼大橋，從德拉瓦河岸的船塢和河港上方掠過。我們要去南費城。艾卓安要帶我回家。

「你不需要這樣。把貨車調頭。」

「我們快到了。」他說。「再五分鐘。」

現在沒有美式足球賽，費城人一定都出城了，因爲高速公路上一路順暢，都沒塞車。艾卓安從奧勒岡大道匝道下，他一直瞄ＧＰＳ定位系統，但到這一帶，我就算蒙著眼都能替他指路。我仍熟悉每條路、每個停車再開標誌和交通號誌。以往那些商店全都還在，像速食店、起司三明治店、亞洲超市和手機零售店，還有高中畢業後，兩個同學直接去上班的運動酒吧兼脫衣俱樂部。沒人會把我以前的社區和春溪鎮搞混。這裡路面坑坑疤疤，人行道都是碎玻璃和雞骨頭。但許多排樓裝了新的鋁板牆，看起來比我印象中好，彷彿大家在努力維護市容。

艾卓安在第八街和桑克街口停下。我猜他在網路上找了我家地址，因爲我們就停在我以前稱爲家的矮小排樓正前方。磚牆重補過水泥，窗板重新上了漆，我們以前白碎石的「院子」現在有一片翠綠草坪。正門旁有個男子在梯子上，他戴著工作手套，清除雨水溝的枯葉。

艾卓安打入P檔，開雙黃燈。我高中之後就沒再見過我的鄰居，我怕被人看到。房子全靠在一起，任何人都可能打開門，走到外頭，目瞪口呆看著我。

「拜託開走吧。」

「這是妳長大的地方嗎？」

「你本來就知道了。」

「梯子上那人是誰？」

「我不知道。開走，好嗎？」

梯子上的人轉身看我們。他是個禿頭中年男子，身高不高，穿著費城老鷹隊的球衣。「你們有事嗎？」

我從來沒見過他。也許我母親請了工人來清理。更可能的是，她把房子賣了，這人是新的屋主。我揮個手，表示不好意思，並轉向艾卓安。「如果你現在不開走，我自己下車走回春溪鎮。」

他打入Ｄ檔，我們開過紅綠燈。我指揮他穿過街道，前往富蘭克林．Ｄ．羅斯福紀念公園，那是南費城的知名景點，大家會去野餐、辦生日會和拍婚紗照。小時候，我們都叫那裡「大湖」，因爲那裡有許多池塘和潟湖。最大的湖叫青草湖，我們找了一個能觀覽湖景的長椅。地平線那一端，灰色的天空下，我們看到九十五號州際高架公路，六線道的車子呼嘯著朝機場前進。我們沉默半晌，兩人都不知從何開口。

「獎學金的事我沒有說謊。」我跟他說。「十年級，我五公里成績是十五分二十三秒。我是賓州女子組第六快的選手。你可以去查。」

「我已經查過了，瑪洛莉。我們第一天見面，我回家就找遍了費城的每個瑪洛莉．昆恩。我找到妳所有的高中成績。那些都足以證明妳說的話。」接著他大笑。「但推特上什麼都沒有，社群媒體也沒有。我覺得沒關係——神神祕祕的女孩。羅格斯大學的女生二十四小時都泡在ＩＧ這些社群媒體上，放出一張張光鮮亮麗的照片，追求他人稱讚。但妳不一樣。我以爲妳很有自信。我完全沒想到妳是在隱藏事情。」

「我多半是很誠實的。」

「**多半**？什麼意思？」

「我只會對我的過去說謊。別的不會。安雅的圖畫也是。我對你的感情也絕不會說謊。我發誓我原本就下定決心，昨天晚餐中要告訴你真相。」

他不發一語，只盯著湖面。附近有小孩在玩飛行器，看起來像個小飛碟，上面有八個疾速轉動的螺旋槳，飛過頭頂時會像一大群蜜蜂嗡嗡作響。艾卓安等我繼續說，他現在是給我機會坦承。我深吸一口氣。

「好，總之——」

21

我所有問題都是從單純的薦骨疲勞性骨折開始，那是脊椎底部一塊三角型的骨頭。那是在高中十二年級九月的事，醫生建議的治療方式是休息八週，當時正巧是越野賽季剛開始。這是個壞消息，但不算是災難。這傷在年輕女跑者身上很常見，輕易便能痊癒，也不會影響賓州大學的獎學金。醫生幫我開了疼始康定止痛，一天兩次，四十毫克的藥錠。大家都說我十一月就會康復，來得及參加冬季競賽。

我仍去參加所有練習，搬器材，幫大家記錄成績。但我心裡很難受，我應該要在場上，現在卻只能在邊線看隊友訓練。何況，我閒著也是閒著，母親又希望我多做點家事。於是我花更多時間待在家，煮飯、打掃、採買和照顧妹妹。

母親一手把我們帶大。她身材矮小，體重過重，一天抽一包菸。她在慈善醫院做批價收費員，所以她非常了解健康的風險。貝絲和我總希望她戒菸，所以我們會偷拿她的新港牌香菸，把菸藏到沙發下或其他不起眼之處。不過她都乾脆出門去買包新的。她說那是她的調適機制，要我們別管她。她經常提醒我們，我們沒有祖父母、叔伯、姑姑、阿姨、她也絕不會有第二任丈夫，所以我們三人必須照顧彼此。那是我們從小聽到大的一句話：支持彼此。

一年有三到四次的週六，醫院會「突襲式強制加班」，找母親去整理所有人都搞不懂的帳目。週五晚上，母親接到電話，並告訴我們她隔天要上班。她要我開車載妹妹去童話國。

「我？為什麼？」

「因爲我答應要帶她去。」

「那週日帶她去。妳週日放假。」

「可是貝絲想帶晨光一起去，晨光只能週六去。」

晨光是我妹妹最好的朋友，她是個怪咖，染一頭粉紅色頭髮，臉頰畫了貓鬍鬚。她和貝絲都在動畫社。

「我明天有比賽！在福吉谷。我三點才會回來。」

「比賽別去了。」母親說。「妳又沒有要跑。田徑隊不需要妳。」

我想向母親解釋，我到場能激勵隊友，但她不買單。「妳開車載貝絲和晨光去。」

「她們年紀太大了，不能去童話國！那是兒童遊樂園！」

「她們是爲了搞諷刺才去的。」母親打開後門，點一根菸，將煙吹出紗窗。「她們知道自己年紀太大了，所以才想去。」她聳聳肩，好像做這件事合情合理。

隔天早上，十月七日星期六，晨光來到我們家，她穿著黃色T恤和褪色牛仔褲，衣服上有個閃亮的獨角獸圖案。她吃著一袋長條酸軟糖，並問我要不要吃。我搖搖頭，說我寧可去死。貝絲下樓來，她穿著同樣的獨角獸T恤和牛仔褲。顯然她倆事先約好穿一樣的衣服，這全是今天奇異怪咖冒險的一部分。

我堅持在早上九點出門。我的計畫是在隊友跑步時開上公路，然後一到童話國便打去問結果。但晨光被蜘蛛咬，一直覺得很癢，所以中途繞去沃爾格林藥局買過敏藥，耽誤了半小時，九點三十才過華特．惠特曼大橋，九點四十五分才開上大西洋城高速公路。三車道的汽車不顧一切以時速一百三十公里衝向紐澤西海岸。我搖下窗戶，將電台聲轉大，蓋掉貝絲和晨光在後座的嘻鬧。她們一路吱吱喳喳，不斷打斷對方，壓過對方聲音。我的手機放在前座的中控台，並用點菸器充電。音樂聲之中，我聽到手機簡訊一聲又一聲的通知聲。我知道可能是我朋友蕾西，她能傳五句話絕對不會只傳一句。我面前的車道都沒車。我低頭去看手機，螢幕上都是傳來的訊息：

我的媽呀

OMG

！！！！！

妳絕對不相信誰第三名

儀表板的時鐘寫九點五十八分。我知道女子組比賽一定已經結束，蕾西盡好本分，向我報告成績。我再看一下路況，一手拿起手機，輸入密碼，小心打了回答：快告訴我。

螢幕旁有三個閃點，代表蕾西在回覆。我記得電台中紅髮艾德唱的內容是關於山上的城堡。我記得瞄了後照鏡一眼。有台休旅車跟在我後面，近到快撞到我的保險桿了，於是我想都不想就加速，想讓兩車之間多點距離。透過鏡子，我看到貝絲和晨光在分一條長條酸軟糖。她們像《小姐與流氓》裡的狗一樣從兩端吃。她們咯咯笑瘋了，我記得自己在想：她們到底有什麼毛病？這是正常十幾歲少女的行為嗎？然後我手中的手機震動，蕾西回訊息了。

接著便是週三，我在紐澤西瓦恩蘭醫院醒來。我左腿斷了，三根肋骨斷裂，身體接著六個螢幕和機器。母親坐在病床旁，拿著一本線圈筆記本。我試著坐起，卻動不了。我好困惑。她開始說著不合理的話：高速公路有一台腳踏車……有一家人在休旅車後頭拖著海灘用具，結果有台越野腳踏車鬆脫……所有車都緊急繞開躲避。我問：「貝絲呢？」她表情直接垮下。這時我才知道她的惡耗。

我前面的駕駛鎖骨斷了。我後方休旅車的所有人都有不同程度的輕傷。這場意外中，晨光幸運毫髮無傷。妹妹是唯一過世的，但醫生說我差點也保不住命。大家都馬上說不是我的錯，我不需要怪自己。大家都怪載越野腳踏車的家庭。幾個警察有來醫院看我，但他們不怎麼認眞偵訊。車子翻滾時，我的手機飛出窗外。不是在撞擊下粉碎，就是消失在高速公路側邊高大的紫色野花叢中。到底是誰第三名，我一直都不知道。

兩週後，我出院了，醫生開了新處方讓我繼續吃疼始康定，並叮嚀「痛苦時再使用」，但我每天從起床到入睡，分分秒秒都感到痛苦，止痛藥能稍微模糊痛覺，我求醫生再開新的處方給我，讓我撐過萬聖節、感恩節、耶誕節，但二月時我已經行走正常，他們便不再開藥給我。

那種折騰是前所未有的難受。這也是大家不了解疼始康定的一點。或至少，我們那時候其實並不了解。好幾個月來，藥物改變了我的腦，奪去我的痛苦接收器，現在我要生存下去就必須有疼始康定。我無法睡，食不知味，上課也無法專注。沒人警告我會有這種事。沒人告訴我，我會遇到這種煎熬。

這時我開始依賴同學，要他們去浴室或父母的浴室找藥。你要是知道多少人家裡有疼始康定，肯定會嚇一跳。同學都拜託過一輪之後，我找到某個朋友的男友認識的人，然後開始向藥頭買疼始康定，其實到這裡爲止都還說得通。畢竟這藥是醫生要我吃的，我買的是藥，不是毒品。但藥價非常高昂，一個月內，我積蓄全花完了。過了悲慘的三天之後，我全身冒冷汗，頭暈反胃，這時我新認識、有在用藥的朋友向我介紹一種更便宜、更合理的替代品。

海洛因聽起來讓人害怕，但它感覺和疼始康定類似，價格卻便宜許多。唯一的缺點是要學習如何使用針筒。幸好有許多YouTube的教學影片（特別標示爲糖尿病患教學），教我如何找到血管並在對的時機輕輕拉回推桿，確認針頭接觸血液。我一弄明白，事情便從糟糕變成一場無法挽回的災難。

我差點高中畢不了業，幸虧老師好心，同情我的遭遇。但所有教練都心裡有數，賓州大學也設法沒收了獎學金。他們把事由怪罪在車禍和受傷，表示不論如何復健，我都不可能在秋天準備好。我不記得自己感到失落，我甚至不記得自己接到消息。等他們通知母親，我已天天在北自由區鬼混，在三十八歲的新朋友艾薩克家的沙發上過夜。

高中之後，有很長一段時間，我活著就是為了嗑藥，不然就是設法拿到錢買更多藥。什麼藥都好。如果搞不到疼始康定和海洛因，有什麼我就吃什麼。我母親花了許多時間和錢想幫我，但我年輕貌美，而她年老、破產又胖。她根本救不了我。有天她搭上十七號公車，結果心臟病發。救護車載她到醫院前，她差點丟了性命。而我甚至是在六個月後才知道這件事，那時我已順利在勒戒所落腳，想打電話告訴母親這好消息。

我後來又打電話回家幾次，但她再也不接了，於是我留下冗長的語音訊息，胡亂說些話，承認意外全是我的錯，並為一切道歉。這時我已在安全港生活，完全戒除毒癮，但當然她不相信我。換作是我，我也不相信自己。終於有一天，有個男人接起電話。他說他叫東尼，他是母親的朋友，並告訴我她再也不想聽到我的消息。而下次我打電話過去，電話已變成空號。

我和母親斷了聯絡已有兩年。我其實不確定她過得如何。不過，我知道我有許多事必須感恩：我感謝自己不曾染上ＨＩＶ或肝炎；我感謝自己不曾被強暴；在Uber司機的車後座昏倒時，我感謝她用納洛酮救了我；我感謝法官將我送去勒戒所，而不是監獄；我感謝能遇上羅素，他答應當我的輔導員，鼓勵我再次跑步。沒有他的幫忙，我絕不可能走到這一步。

艾卓安沒有打斷我問問題。他只是讓我一直說，最後來到我的重點：「我永遠會爲了以往發生的事有罪惡感。大家都怪載越野腳踏車的駕駛，但要是我有注意——」

「妳沒法確定的，瑪洛莉。也許妳閃得過，也許閃不過。」

但我知道我是對的。

我一直知道自己是對的。

如果我回到過去，再次經歷一切，我會直接變換車道、急轉彎或緊急煞車，一切就不會有事。

「我們以前會睡一間房，我剛才有提到嗎？我們不愛睡上下鋪，所以天天跟母親抱怨。我們跟她說，我們是社區唯一同房睡的小孩。我們根本是在亂扯！總之我出院之後，母親載我回家，我走上樓——」接下來我甚至說不出口。我無法告訴他少了貝絲，房間變得太安靜。沒有她的呼吸聲和被子窸窣的聲響，我根本睡不著。

「一定很難受。」艾卓安說。

「我好想念她，每天都想。也許這就是我對你說謊的原因，艾卓安，我不知道。但我發誓其他事我都沒有說謊。我的感受是眞的，圖畫的事也是眞的。我不記得自己有畫圖，但我猜我畫了。我知道這是唯一合理的解釋。我週一會離開春溪鎮，去跟我的輔導員住幾週。把頭腦弄清楚。我真的是神經病，對不起。」

聊到此時，我希望艾卓安會說些什麼。也許不是「我原諒妳」，我知道這太過奢求，但至少認可我掏心掏肺，這還是我在戒癮會外第一次和他人分享我的故事。

結果他只起身說：「我們該走了。」

我們越過草坪，走向停車場。有三個小男孩在艾卓安貨車旁玩，他們用手當槍，射著幻想的子彈。我們靠近時，他們全跑過鋪柏油路的停車場，像瘋子一樣揮舞手臂，歡呼大叫。他們讓我想到兒童遊樂場的那些男孩子。他們大概都五、六歲大，個性跟泰迪截然不同，泰迪安靜又內向，隨時都想拿起圖畫書和繪圖本。

艾卓安一語不發，直到我們上了貨車。他發動引擎，打開空調，但沒打檔上路。

「聽著，我昨天離開妳家時，非常生氣。不是因爲妳對我說謊。對我說謊已經夠爛了，妳甚至還對我父母和所有朋友說謊。這教人情何以堪，瑪洛莉。我不知道該如何跟他們啓齒。」

「我知道，艾卓安。對不起。」

「但還有一件事。昨天我離開妳家，可是不能直接回家。我父母知道我們的約會，我不希望面對他們，我不想告訴他們自己白忙一場。所以我去看電影。最近上映了一部新的漫威電影，感覺很適合殺時間。我還待在那看了兩次，這樣才會在午夜之後回家。等我終於上樓進房間時，這東西放在我書桌上。」

他的手從駕駛座伸過來，打開手套箱，拿出一張深色鉛筆畫。

「妳說自己是神經病？昨天我父母整晚都在家，而妳竟然還是能溜進我家，找到我房間，將畫放我桌上。這有可能嗎？當然也可能是五歲泰迪溜進我家？或是他父母親？但我覺得都不是，瑪洛莉。」艾卓安搖搖頭。「我覺得最合理的解釋是妳一直都是對的。圖是安雅畫的。她希望我知道，妳說的是眞話。」

22

我們開回春溪鎮，直接進入正題。

我拿起我在小屋拿到的所有圖畫，再加上我從泰迪房間拿到的三張畫。艾卓安有一張放在他書桌上的畫，還有他從麥斯威爾書房拍的照片。他已經將照片輸出，用噴墨印表機印出，所以我們可以把畫重新排列。

再過不到四十八個小時，羅素就會來接我。在那之前，我下定決心，一定要說服麥斯威爾夫妻我沒說謊。

我們在游泳池露台整理所有圖畫，用石頭或碎石壓著。然後我們花半小時調整移動順序，想排列出一段合理的敘事。

調整好一會，我們最後排成這樣：

「第一張圖是熱氣球。」我開始說。「我們在遊樂園或原野。那裡有開闊的空間，面對大片天空。」

「所以這絕不是畫春溪鎮。」艾卓安說。「費城有太多飛機了。」

「我們看到一個女人在畫熱氣球。假設這女人是安雅，她穿著無袖的洋裝，所以我猜這時是夏天，或也許是在天氣更溫暖的地方。」

「有個女孩在附近玩玩具，很可能是安雅的女兒。泰迪提過安雅有個女兒。但是感覺安雅沒有好好看著她。」

「接著有隻白色的兔子。」

「小女孩被兔子吸引。她原本在玩兔子填充玩具，結果現在來了隻眞的兔子。」

「所以她跟著兔子進到溪谷……」

「……但安雅沒注意到女孩離開了。她一心都在畫作上。這邊妳還看得到小女孩拋下的玩具。目前為止都說得通嗎？」

「我想是吧。」艾卓安說。

「好，因爲接下來有點奇怪。中間出了問題，兔子不見了，小女孩迷路了。她可能受傷了，甚至可能死了。因爲下一張畫……」

「她遇到天使。」

「天使帶小女孩走向光。」

「但有人想阻止他們。有人追著他們。」

「這是安雅。」艾卓安說。「這是同一件白洋裝。」
「沒錯。她跑去拯救她的女兒，以免她被帶走。」

「但安雅太慢了。天使不願把小女孩還回來。」

「或是**不能**把她還回來。」艾卓安說。

「沒錯。然後劇情有一個缺口。」

「天使和小女孩不見了。後面的圖畫都沒再看到她們。現在有人勒死安雅。這是我們還少的一塊拼圖。」

「時間過去。到了晚上，安雅的畫架仍留在原地。」

「有個男人來到森林，拿著工具，看起來是鶴嘴鋤和鏟子。」

「那人把安雅的屍體拖過森林……」

「他用鏟子挖坑……」

「然後他把屍體埋了。」

「所以是那個男的勒死安雅。」艾卓安說。

「不一定是那個男的。」

「他搬走她的屍體，把她埋起來。」

「可是故事是從白天開始。那個男的天黑之後才出現。」

艾卓安再次移動圖畫，用另一個順序排列，但所有排列組合我都試過了，這是唯一能說得通的順序。

整個事件仍少了關鍵的一塊，感覺像拼圖快拼好，才發現盒子缺了三、四片拼圖，而且是在正中間的。

艾卓安雙手一揮。「她爲什麼不直接寫清楚？爲什麼要用這蠢圖，不乾脆用文字？『我的名字叫侏儒怪。我被大公殺了。』總之寫什麼都好。幹麼要神祕兮兮的？」

他只是隨口抱怨，但我發覺自己從不曾問過：爲何安雅要這麼神祕？

與其利用泰迪畫圖，爲何不用文字？爲何不寫字？除非——

我回想起在泰迪房間偷聽到的單向對話。他在個人時間會玩的猜謎遊戲。「泰迪曾說安雅說話很奇怪，她說的話很難懂。要是她不會說英文呢？」

艾卓安本來沒多想，但這時他伸手拿出圖書館那本《安妮·貝瑞特作品集》。「好，我們好好想一下這件事。我們知道安妮是在二戰後從歐洲回來。也許她不會說英文，甚至貝瑞特也可能不是她的眞名。也許她原本是叫貝瑞妮可娃，後來簡化成貝瑞特，東歐常出現這種長到難以發音的名字。家族的人爲了融入社會，換了名字。」

「沒錯。」我覺得這說法愈來愈可信。「喬治寫得像他在美國待了好久，彷彿他已經同化了。他是教會的執事，也是鎮議會的委員。但突然之間，他那個波西米亞的堂妹出現在春溪鎮。她讓他想起自己的出身，爲她感到羞恥。他書中那封信感覺高人一等，一直說她沒做事，只是生性愚笨。」

艾卓安彈一下手指。「這也解釋了通靈板的事！妳說她的答案都亂七八糟的！說像字母大雜燴什麼的。要是她拼的根本是另一種語言呢？」

我回想降靈會的事，想起自己彷彿被困在小屋中，乩板在我手指顫抖的感覺。

我**知道**當時有人在場。

我**知道**有人在移動我的手，刻意選擇那些字母。

「米琪當時記下了全部的字母。」我跟他說。

我們越過後院，走向米琪的房子。我伸手敲了前門，但沒人回應。後來我們走到房子後頭，來到她的訪客入口處。後門敞開著，我們透過紗窗看到廚房和米琪倒咖啡給我的塑膠廚桌。我敲了敲紗門，經典貓時鐘尾巴搖晃，回望著我。我聽到屋裡電視播著某個紀念金幣的廣告：「收藏家眼中，這些金幣價值連城，絕對保值……」

我大叫米琪的名字，但在轟轟然的電視廣告聲中，她不可能聽到我的聲音。

艾卓安伸手轉動門把，門沒鎖。「妳覺得呢？」

「我覺得她有被害妄想症，又有一把槍。如果我們闖進去，她會轟掉我們腦袋。」

「也可能她受傷，或在浴室滑倒。如果老人家沒應門，就該去了解一下。」

我又敲一次門，但仍沒有回應。

「我們晚點再來。」

但艾卓安堅持打開門，叫她的名字：「米琪，妳還好嗎？」

他走進屋內，我還能怎麼辦？時間已過三點鐘，再過幾小時便天黑了。如果米琪有什麼能幫助我們的資訊，我們必須盡快知道。我伸手推住門，跟著他走進屋裡。

廚房臭氣熏天。聞起來垃圾沒倒，或是水槽堆了一堆髒碗盤。爐子上的煎鍋全是凝結的培根油脂。桌面上好多小腳印，我不想去想活在牆後的各種害蟲。

我跟艾卓安走進客廳。電視轉到福克斯新聞，主持人和來賓爭論著美國最新的安全威脅。他們對彼此大小聲，想蓋過彼此的聲音。我拿起遙控器，把電視調成靜音。

「米琪？我是瑪洛莉。妳有聽到嗎？」還是沒回應。

「也許她出門了。」艾卓安說。

連後門都沒關？不可能，這不像米琪。我走到屋子後面，檢查浴室。什麼都沒有。最後我走到米琪房間。我敲好幾下門，喊她的名字，最後才打開門。

房間的窗簾都已拉起，床也沒鋪好，衣服散落一地。空間瀰漫酸臭味，我不敢摸任何東西。門撞到藤編廢紙簍，順勢撞倒旁邊的盆子，一捲捲紙巾落下。

「有人嗎？」艾卓安問。我跪到地上確認。床底下有更多髒衣物，但米琪不在。

「她不在這裡。」

我站起來，我注意到米琪的床頭櫃。除了檯燈和電話，還有一堆棉花球、消毒酒精和止血帶。

「那是什麼？」艾卓安問。

「我不知道。可能沒什麼，我們該走了。」

我們回到客廳，艾卓安在沙發上發現那本筆記本塞在沉重的木通靈板下。

「就是那本。」我跟他說。

我跳過購物清單和備忘錄，翻到有字的最後一頁，也就是她降靈會寫下的筆記。

我將那頁撕下，拿給艾卓安。

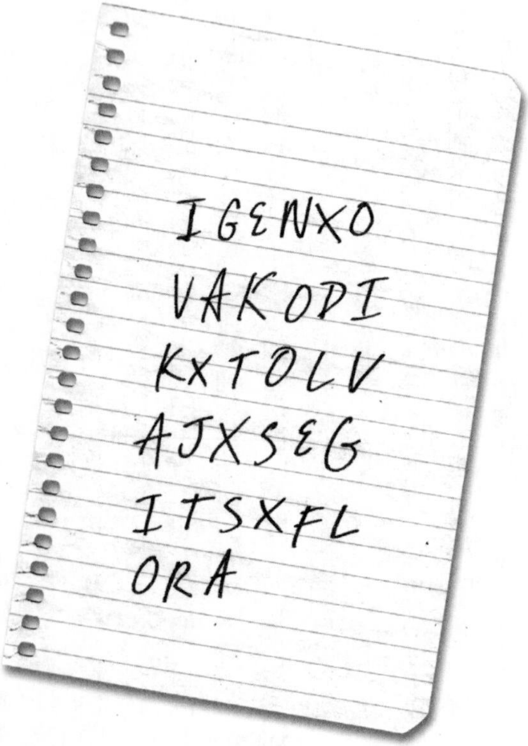

我高中上過西班牙文，朋友有修法文和中文的，但這些文字我不曾見過。「安雅這名字聽起來像俄文。」艾卓安說。「但我確定這個不是俄文。」

我拿出手機，上Google打入IGENXO確認，卻沒有搜尋出任何結果。

「如果Google不知道，那這絕對不是字詞。」

「也許是某種密碼。」艾卓安說。「每個字母都能對應到別的字母的那種謎語。」

「我們剛才認爲她不會說英文。」我跟他說。「你還假設她能想出謎語？」

「只要掌握訣竅，那並不複雜。給我一分鐘。」他拿起鉛筆，坐到米琪的沙發上，決心要解開密碼。

我開始在客廳亂看，想像米琪爲何開著電視、後門沒鎖就離開家，這時我球鞋喀啦一聲踩碎了東西。聽起來像是踩死一隻甲蟲，或有硬殼的小昆蟲。我抬起腳，發現是橘色的細塑膠管，大概七、八公分長。

我把塑膠管從地上拿起，艾卓安抬起頭。

「那是什麼？」

「皮下注射針頭的蓋子。我想她是替自己注射，希望是腎上腺素，但畢竟是米琪，誰曉得？」我在房中走動，又發現三個蓋子，一個在書架、一個在廢紙簍、一個在窗框上，加上那條橡皮止血帶，我相信她不可能是糖尿病。

「你解完了嗎？」

我低頭看艾卓安的筆記，感覺他沒有任何進度。

「這很難。」他承認。「一般是要先找最常出現的字母，那通常是E。但這串字母裡有四個X。我換成E之後，感覺沒什麼幫助。」

我覺得他在浪費時間。如果眞像我所說，安雅有語言障礙（我確定我是對的），那用英文溝通已是一場挑戰，也就更不會想寫什麼密碼。她只會想讓事情變得容易理解，訊息更清楚。

「再給我一分鐘。」他說。

這時後門傳來敲門聲。

「你好？有人在嗎？」

是個陌生男人的聲音。

也許是米琪的客人，來找她幫忙感受他的能量？

艾卓安將那張筆記紙塞進口袋。我們進到廚房，我看到後門那個人穿著警察制服。

「請你們從屋裡出來。」

23

警察很年輕，可能不到二十五歲，理了個寸頭，戴著太陽眼鏡，壯碩的手臂上全是刺青。他手腕到袖子之間每一塊都有圖案，像星星和條紋、禿鷹和美國憲法的段落。

「我們來看米琪。」艾卓安解釋。「她門開著，但她不在這裡。」

「所以你們怎樣？直接闖進去？覺得自己可以到處看一看？」他把話說得像是我們有多荒謬，但眼前現況其實很單純。「我要你們打開門，慢慢走到外面，你們明白嗎？」

我發現院子邊還有兩個警察，他們在樹之間拉起黃布條。再過去，森林裡，我還看到許多人影，他們穿著反光背心。我聽到許多人喊著各種發現。

「發生什麼事？」艾卓安問。

「雙手放到牆上。」警察說。

「真的假的？」

艾卓安震驚不已，顯然這是他第一次被搜身。

「照做就好。」我跟他說。

「這太扯了，瑪洛莉。妳穿運動短褲！妳哪有可能藏武器。」

但光是提到「武器」，衝突感便升高了。拉黃布條的兩名警察現在朝我們走來，面色憂慮。我乖乖照指示，聽話動作。我雙手貼上磚牆，低下頭，看著草地，讓警察用雙手碰我的腰。

艾卓安生氣地站到我旁邊，手掌放到牆上。「眞的太扯。」

「閉嘴。」警察告訴他。

要不是我不敢說話，我會跟艾卓安說警察其實很客氣了。我知道有的費城警察連招呼都不打，便會把你面朝下壓在碎石地上銬。艾卓安似乎覺得自己不用聽他們的話，彷彿他能凌駕在法律之上。

這時一男一女從房子側邊走來。男的高大蒼白，女的矮小黝黑，兩人都有點福態。他們讓我想到高中的學業輔導老師。他們穿著服飾大賣場買的廉價西裝，脖子上都掛著警探的徽章。

「喔，達諾斯基，拜託。」男的大喊。「你在對那女孩做什麼？」

「她在屋子裡！你之前說被害者獨居。」

「被害者？」艾卓安問。「米琪還好嗎？」

他們沒回答問題，只是將我跟艾卓安分開。男警探帶艾卓安到院子另一頭，女警探請我坐在生鏽的鐵製露台桌前。她拉開腰包，拿出一盒薄荷糖，扔一顆到嘴裡。然後她將盒子遞給我，我拒絕了。

「我是布芮格警探，我搭檔是克爾警探。刺青一堆的年輕人是達諾斯基警員。他有點小題大作，我代他道歉。畢竟我們鎮上很久沒有出現屍體，所以大家都神經兮兮的。」

「米琪死了？」

「恐怕是。一小時前幾個小孩找到她的屍體，倒在樹林裡。」她指向森林。「如果樹沒擋住的話，從這裡就能看得到了。」

「發生什麼事？」

「我們先從妳的名字開始。妳是誰？妳住在哪裡？妳怎麼會認識米琪？」

我拼出我的名字，給她看我的駕照，然後指著院子另一邊的小屋。我解釋我替隔壁一家人工作。「泰德和卡蘿琳．麥斯威爾。我是他們的保母，住在他們的訪客小屋。」

「妳昨晚在小屋過夜嗎？」

「我每晚都睡在那裡。」

「妳有聽到不尋常的聲音嗎？吵鬧聲？」

「沒有，但我很早上床睡覺。我只記得昨晚雨下得很大。風雨和雷聲很大，我什麼都聽不到。妳覺得米琪何時——」我無法說出「死」這個字。我仍無法相信米琪真的過世了。

「我們才剛開始調查。」布芮格說。「妳上次見到她是什麼時候？」

「應該是前天。週四早上，她在十一點半左右來我的小屋。」

「爲什麼？」

我說出口時覺得有點難爲情，但總之我告訴她眞相。「米琪是個靈媒。她說我的小屋有鬧鬼。所以她帶著她的通靈板——像問碟仙那種？我們試著和鬼溝通。」

布芮格聽了覺得有點好笑。「有用嗎？」

「我不確定。我們有得到幾個字母，但整理不出意思。」

「她有跟妳要錢嗎？」

「沒有，她免費幫忙。」

「妳們幾點結束？」

「一點。我很確定，因爲艾卓安也在場。他當時午休，他一點必須回去工作。那就是我最後一次看到她。」

「妳記得她穿什麼嗎？」

「灰褲、紫色上衣。長袖的。所有衣服都非常鬆垮，會隨風飄來飄去。她還戴許多珠寶，像耳環、項鍊和手鐲。米琪總是戴很多珠寶。」

「有意思。」

「怎麼了？」

布芮格聳聳肩。「她現在什麼都沒穿戴，甚至連鞋都沒穿。只穿著睡袍。米琪是會穿著睡袍跑到外頭的人嗎？」

「不會，我會說她完全相反。她很注重自己的打扮。雖然很奇怪，但那就是**她**，妳懂我的意思。」

「她有失智嗎？」

「沒有。米琪擔心許多不同的事，但她腦袋很清楚。」

「所以你們剛才為什麼在她屋子裡？」

「這可能聽起來很白痴，但我有關於降靈會的問題想問她。我們想到，也許鬼魂用的是另一種語言，所以字母才拼不出字來。我們想問米琪這有沒有可能。她後門開著，所以我以為她一定在家。艾卓安擔心她可能受傷了，所以我們進去看她有沒有事。」

「你們有碰什麼嗎？有動她任何東西嗎？」

「我打開她的房門，想確認她有沒有在睡覺。我還把電視關靜音。她把電視開很大聲，我們什麼都聽不到。」

布芮格低頭看我腰間，我發現她在看我口袋。「妳有拿屋裡的東西嗎？」

「沒有，當然沒有。」

「那妳能把口袋翻出來嗎？我相信妳是說實話，但讓我確認一下，對所有人都好。」

幸好降靈會的筆記在艾卓安那裡，所以我就不用說謊了。

「我暫時沒問題了。」她說。「妳有任何能幫上忙的資訊嗎？」

「我希望能幫上忙。妳知道發生什麼事了嗎？」

她聳聳肩。「沒有受傷的痕跡。我覺得沒人傷害她。在戶外發現老人的屍體，還穿著睡袍？這通常是醫療意外。他們把藥弄混了，或誤服了兩倍的藥。她有提到任何關於藥的事嗎？」

「沒有。」我跟她說。這算是誠實的答案。我想提到針頭蓋、止血帶和米琪身上揮之不去的刺鼻燒繩味。但等布芮格簡單繞屋內一圈，便會自己發現一切。

「好，感謝妳的配合。妳能請麥斯威爾夫妻來找我嗎？泰德和卡蘿琳？我想和所有鄰居都聊一聊。」

我告訴她他們今天去海灘玩，但我給她手機號碼。「他們和米琪不大熟，但我相信他們會盡可能幫助妳。」

她轉身離開，突然改變主意，停下腳步。「最後一個問題有點離題，但我想知道：妳想接觸的鬼魂是誰？」

「她叫安妮．貝瑞特。她應該住過我的小屋。那是一九四〇年代的事，大家謠傳——」

布芮格點頭。

「喔，我知道安妮．貝瑞特的故事。我是本地人，在樹林另一邊的柯瑞根鎮長大。但我爸總說這故事是『胡說八道』。他聽到這種捏造的故事，總會這麼說，但這故事其實有點類似都市傳說。」

「安妮．貝瑞特是真人真事。我有一本她的畫作。春溪鎮所有人都知道她。」

布芮格似乎想反駁，但最後忍住了。

「這是個好故事，我不會掃妳的興。尤其現在樹林裡有個更大的神祕事件需要我解決。」她給我一張名片。「如果妳想到什麼，打電話給我。」

艾卓安和我接下來一小時坐在游泳池邊，看許多人在米琪後院忙進忙出，等待事情的新發展。這對春溪鎮來說顯然是件大事，因爲後院聚集大量警察、消防員和急救員，艾卓安還認出了鎮長。大家似乎都沒在做事，一大群人只是站著聊天。但最後，四個面色嚴肅的急救員從森林走出，他們抬著一個擔架，上頭放了個拉鍊密封的塑膠袋，不久人群開始散去。

卡蘿琳從海邊打來確認我的情況。她說她已接到布芮格警探的電話，她聽聞消息感到無比「痛心」。

「我的意思是，我當然不喜歡那位婦人。但我不希望任何人這樣過世。他們調查出發生什麼事了嗎？」

「他們覺得可能是用藥出狀況。」

「有件事說來奇怪，妳知道嗎？我們週四晚上其實有聽到米琪大吼大叫。泰德和我當時坐在游泳池旁，我們有點鬧意見，我想妳已經知道了。突然之間，我們聽到米琪對屋子裡的人大叫。叫那人出去，說她不歡迎那人了。她說的話我們聽得一清二楚。」

「你們怎麼做？」

「我原本要報警，都撥了一一九，電話也通了。這時米琪走到外頭。她穿著睡袍，聲音完全變了。她喊著那人名字，要那人等她。她說：『我跟你去。』感覺像是一切又沒事了，所以我掛上電話，後來也沒放在心上。」

「你們有看到另一個人嗎？」

「沒有。我以爲是客戶。」

我聽起來不大可信。我覺得米琪不會在天黑接待客人。我第一次去見她那時，才不過晚上七點，她就問我天都黑了，幹麼來敲她家門。

「聽著，瑪洛莉，妳希望我們早點回家嗎？我覺得讓妳一個人面對這一切很過意不去。」

我決定不要提起艾卓安和我現在坐在泳池邊，一起看米琪房中拿來的筆記，正在想辦法解碼。

「我沒事。」我跟她說。

「妳確定嗎？」

「你們好好玩。泰迪玩得開心嗎？」

「他很難過妳要走了，但海洋能轉移注意力。」我聽到背景有泰迪的聲音，他非常興奮，尖叫著說自己在水桶抓到什麼。

「等一下，親愛的，我在跟瑪洛莉講電話——」

我要她也去玩，別擔心我，並掛上電話。然後我把所有對話都跟艾卓安說，特別是米琪深夜神祕訪客的那一段。

我從他反應看得出來，我們都有同樣的結論，但我們不敢說出口。

「妳覺得是安雅嗎？」他問。

「米琪絕不會穿著睡袍、沒戴珠寶接待客人。她非常注重自己的形象。」

艾卓安望向仍在樹林走動的警察和急救員。「所以妳覺得發生什麼事？」

「我不知道。我一直告訴自己，安雅不暴力，她是某種善良的靈魂，但那只是我的猜想。我其實只知道她慘遭殺害，有人把她的屍體拖過森林，將她埋進坑裡。也許她氣瘋了，想報復所有住在春溪鎮的居民。而米琪是她第一個目標。」

「好，但爲什麼是現在？米琪住在這裡七十年。爲什麼安雅要等這麼久才開始肆虐？」

這問題有道理，但我不知道答案。

艾卓安咬著鉛筆，注意力回到亂七八糟的字母。好像那能解答我們所有問題。隔壁的動靜漸漸平息，消防隊走了，所有鄰居也都慢慢離開。現在只剩幾個警察，他們最後只用兩條黃色的「請勿進入」布條把後門封起。兩條布條在門上交叉，形成巨大的X，像是屋內和外在世界的屏障。

我低頭看向米琪的筆記，突然之間，答案豁然開朗。

「那些X。」我跟艾卓安說。「並不是X。」

「妳在說什麼？」

「安雅知道我們不懂她的語言。所以她把X放在字之間，像間隔一樣。代表空格，而不是字母。」

「妳說哪裡？」

我將他手中的鉛筆拿過來，重新寫下字母，將每個字寫成一排。

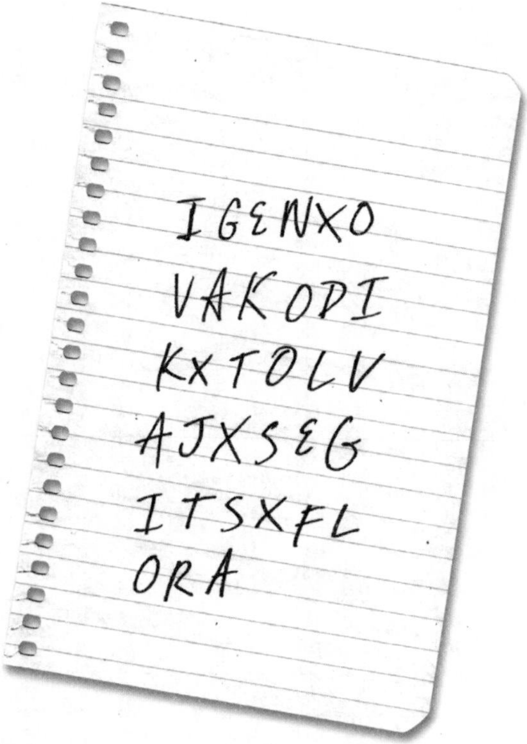

「現在這樣看起來像某種語言了。」我說。「斯洛伐克文，俄文？還是波蘭文？」

艾卓安打開手機，把第一個字打到Google翻譯。結果馬上跳出來：Igen是匈牙利文的「對」。知道之後，整段訊息要翻譯就很容易：對X小心X賊X幫助X花朵。

「幫助花朵？」艾卓安問。「這是什麼意思？」

「我不知道。」我想起從回收桶拿回的畫作。其中不是有一幅畫的花朵盛開嗎？

「但這絕對能解釋她爲何要用畫來溝通。她的母語是匈牙利文。」

艾卓安打開手機，拍了張照。「妳必須傳訊息給卡蘿琳。這是妳沒說謊的證據。」

我眞希望自己能像他這麼有信心。「這都無法證明。就只是一串字母，任何人都能寫在紙上。她會覺得我買了一本匈牙利文字典。」

但艾卓安毫不放棄。他反覆咀嚼那幾個字，彷彿想找出深層的涵義。「妳要小心，妳要小心賊。但誰是賊？他偷了什麼？」

還有好多未解之謎，我頭開始痛了，感覺我們像是把方椿塞進圓洞裡，或是面對非常複雜的問題，卻想硬找出極其簡單的解法。我才正要集中精神，手機忽然響起，打破我的思緒。在那一瞬間，我覺得煩死了。

這時我看到來電顯示。

電話來自俄亥俄州亞克朗的休息港灣退休社區。

24

「請問是瑪洛莉嗎？」

「我是？」

「嗨，我是亞克朗休息港灣社區的雅莉莎．貝爾。妳昨天打來找坎貝爾太太？」

「對，我可以跟她說話嗎？」

「有點困難。我可以讓坎貝爾太太聽電話，但妳們無法對話。她現在處於失智症晚期。我照顧她有五年了，她平常大多數的早上都不認得我，所以我不覺得她能回答妳的問題。」

「我只是需要一些基本的資訊。妳知道她母親的名字嗎？」

「對不起，我不知道。但就算我知道，我也不能告訴妳。」

「她有沒有提到過繼承的事？從叫珍的姑姑那收到一大筆錢？」

她大笑。「這個我**絕對**不能告訴妳。這是隱私權！說了會害我丟工作。」

「這倒是，對不起。」

我猜她聽得出我多無力，於是稍微妥協：「我們明天有探訪時間，中午到四點。如果妳真的想和坎貝爾太太說話，妳可以來一趟，我會替妳介紹。見見訪客對病人是好事，能讓他們腦袋動起來，活絡一下神經。只是妳來的話，別抱太大的期望，好嗎？」

我謝謝她來電，並掛上電話。去亞克朗車程要六小時，要說服麥斯威爾夫妻我說的是眞話，時間只剩今晚和明天一天。我向艾卓安說明一切，他同意我不該浪費時間，追尋希望不大的線索。

如果問題有解答，我必須在春溪鎭找出答案。

最後我們走進鎭中心的小酒館，那是一家正式的餐廳，不過他們的食物和紐澤西路邊簡餐店其實差不多，但這裡有柔和的室內燈光、完整的吧台和爵士三重奏，所以餐點價位都是預期的兩倍。吃完晚餐，我們漫無目的繞著社區，因爲兩人還不想回家休息。艾卓安堅持會去諾里斯敦找我，他說我當然隨時都能來春溪鎭玩。但我知道沒了工作以後，感覺會很不一樣。我會覺得自己像個外人，好像我不再屬於這裡。我只希望能有辦法讓麥斯威爾夫妻相信我。

艾卓安牽起我的手，握一握。

「也許我們回到小屋會有新圖畫。」他說。「幫助我們解開謎題的新線索。」

但泰迪一整天都在海灘，我覺得不大可能。「安雅不能自己畫畫。」我提醒他。「她需要一雙手。她需要有媒介才能畫畫。」

「那也許妳應該自願，給她機會把圖畫完。」

「怎麼做？」

「我們回到妳小屋，妳閉上眼睛，邀請她附身。昨天成功了，不是嗎？」

光是想到書房中的經過，我不禁打了個冷顫。「我可不想再經歷一次。」

「我會坐在附近，確保妳的安全。」

「你想看我睡覺？」

他大笑。「妳這樣說聽起來很變態。我是說，我可以留下來，確保妳沒事。」

我真的不喜歡這主意，但時間已晚，我沒什麼選擇了。艾卓安似乎相信還差一兩張圖畫。泰迪一整天都不在，必須有人自願付出時間和雙手，讓安雅說完自己的故事。

「要是我睡著，什麼都沒發生呢？」

「我可以等一小時，然後溜出門。或者如果妳同意——」他聳聳肩。「我可以待到早上。」

「我不想今晚跟你睡覺。太快了。」

「我知道，瑪洛莉。我只是想幫忙，我會睡在地板上。」

「而且我不能讓客人過夜，這是家規。」

「但妳已經被解雇了。」艾卓安提醒我。「我覺得我們不需要再遵守他們的規則了。」

我們停在沃爾格林藥局，艾卓安去買牙刷。店裡有個小文具櫃，我們買了筆記本、一盒鉛筆和雙頭麥克筆。也許這些文具安雅不會滿意，但她只能將就。

我們來到小屋，我感覺自己應該帶艾卓安參觀一下，不過只花了三秒就看完了。

「這裡很不錯。」他說。

「我知道。我會想念這裡。」

「別放棄希望。我覺得這計畫成功機率很高。」

我播了音樂，兩人好好聊一小時，因為我們接下來要做的事感覺好尷尬。如果我要帶艾卓安回家上床，我會知道自己該怎麼做。但我們要做的事，感覺卻是更親近和私密。

到半夜，我們終於鼓起足夠的勇氣上床睡覺。我走進浴室，換上柔軟的運動短褲和中央高中的舊T恤。我用牙線和牙刷清理好牙齒，並洗了臉，塗上保溼乳液。我猶豫一下才打開門，因為我感覺有點白痴，好像只穿著內衣褲一樣。我眞希望自己有好看一點的睡衣，身上的高中T恤好破爛，領子上都是小洞。

我走出浴室，發現艾卓安已經替我拉開了被子。燈都已關上，只剩一盞床邊小燈。筆記本和鉛筆都放在床頭櫃上，不管有靈感或什麼別的，都伸手可及。

艾卓安站在廚房，背對我打開冰箱拿氣泡水。我站到他正後方，他才注意到我。

「我想我準備好了。」

他轉身微笑。「妳看起來準備好了。」

「我希望這對你來說不會太無聊。」

他給我看他的手機。「我下載了《決勝時刻》射擊遊戲。我會在烏茲別克拯救人質。」

我踮腳吻他。「晚安。」

「祝妳好運。」他說。

我上床鑽到被子裡。艾卓安坐到小屋另一邊的椅子上。吊扇在天花板轉動，窗外蟋蟀大聲鳴叫，艾卓安做什麼都影響不到我。我轉身面對牆，外加這兩天又漫長又疲倦，我發現根本不需害怕無法入睡。我臉才一靠到枕頭上，便感覺所有壓力消失，肌肉和身體大大放鬆。雖然艾卓安在幾公尺旁，但這卻是許久以來，我第一次感到自己沒受人監視。

我只記得其中一個夢：

我在魔法森林，躺在一塊硬地上，望著黑色夜空。我的雙腳離開地面。有個黑色人影拉著我腳踝，把我拖過一層枯葉。我雙臂高舉過頭，可以感覺到手指磨過石頭和樹根，但我卻無法抓住，像是身體癱瘓了，無法阻止此時發生的事。

畫面一變，我是在一個洞的底部向上看，好似我摔進井裡。我的身體像卷餅一樣扭曲，左臂卡在背後，雙腿張開。我知道這動作應該會讓人感到劇痛，但不知何故，我同時在身體裡，也在身體外。洞口處，有個男人向下看。有個柔軟的小東西打中我胸口彈開。我發現那是小孩玩的填充兔子。接著是一個填充熊和塑膠小球。

「對不起。」那人說，他的聲音聽起來好空洞，感覺像在水中說話。「眞的，眞的對不起。」

一團泥土打到我臉上。我聽到鏟子輕輕鏟入土堆的聲音，接著更多泥土和石塊落到我身上。我聽到有人發出悶哼，並感覺胸口重量愈來愈重，全身壓力愈來愈大，最後什麼都看不見了。眼前一片漆黑。

我試著睜開雙眼，我回到了小屋。房裡的燈都關了，我床頭櫃上的小時鐘寫著三點零三分。我躺在床上，手上拿著筆尖斷了的鉛筆。即使在黑暗中，我仍看得出廚房椅子是空的。我想艾卓安可能等累回家了。

我起身，確定門是關著的。我掀開被子，雙腳盪下床，這時我才看到睡在地上，光著上身的艾卓安。他的身體和我床平行，用彎曲的手臂和一團T恤當枕頭。

我伸出手，輕輕搖他肩膀。

「嘿。」

他馬上坐起。

「怎麼了?」

「有用嗎?我有畫了什麼嗎?」

「嗯，有，但也沒有。」

他打開小檯燈，然後翻開筆記本第一頁。紙頁幾乎畫滿，整張紙都是石墨痕跡。看上去就只有兩塊白色。那兩處是因鉛筆穿透紙頁留下了破洞，所以能看到後面的白紙。

「那時候剛過一點。」艾卓安解釋。「妳已經睡了一小時左右。我那時正想放棄，準備睡覺了。我關上燈，躺到地上。這時我聽到妳轉身拿筆記本。妳甚至沒坐起，是躺在黑暗中畫了這些。」

「這不算是畫。」

「也許安雅在告訴我們，她畫完了。沒有更多圖可畫了。我們已得到所有的線索。」

但這不可能。我很確定我們少了什麼。「我夢到自己在洞底。有人把土鏟到我身上。也許這張圖畫的是土。」

「也許吧，但這能幫到我們什麼？我們從一張泥土畫能知道什麼？」

我起身拿剩下的畫。我想把畫攤在地上，看黑色的畫要放在哪。艾卓安拜託我先睡覺。「妳需要休息，瑪洛莉。明天是我們搞清楚的最後機會。先睡吧。」

他把T恤弄成全世界最可悲的枕頭，躺回硬邦邦的木地板。他閉上雙眼，我也暫時將安雅抛在腦後，看著他的上身。他全身曬出古銅色，這是整個夏天在戶外工作的天然色澤。他腹肌緊繃，錢丟上去可能都會彈開。他心地善良，時時支持著我，他可能是我見過的所有男人中體格最好的，而我像個呆子一樣，叫他睡地上。

艾卓安睜開雙眼，發現我仍盯著他瞧。「妳可以關燈嗎？」

我伸出手指，掃過他胸口，並牽起他的手。「好啊，」我跟他說，「但首先，我希望你到床上來。」

25

我醒來時聞到奶油和肉桂香。艾卓安已穿好衣服，在我廚房忙進忙出。他在食品儲藏間找到蘋果派。現在他拿著鍋鏟，站在爐台前，翻著像鬆餅的東西。我望向時鐘，時間才剛過早上七點半。

「你爲什麼醒著？」

「我要開車去亞克朗。見桃樂絲・坎貝爾。如果我現在出發，Google說我在下午兩點會到。」

「那是浪費時間。你開六百多公里去見一個甚至認不出護理師的老婆婆。」

「這是我們最後的線索。我會帶著圖畫和圖書館的書，然後把圖拿給她看，看她會不會有反應。」

「沒用的。」

「大概吧。但我還是要試試看。」

他已拿定主意，我覺得自己應該要陪他去，但我答應下午要陪泰迪。「我必須留在這裡。他們爲我準備了告別派對。」

「沒問題。我剛才下載了新的有聲書《絕地武士的傳承》。這本書能陪我一路去亞克朗再回來。」他端了一杯茶和一盤肉桂蘋果派鬆餅來，要我在床上坐起。「現在告訴我這吃起來怎麼樣。是我爸的食譜喔。」我坐起來，吃了一口，哇，眞的是人間美味。鬆餅的滋味香甜、果酸明亮、奶油溼潤又爽口，甚至比吉拿棒更好吃。

「太好吃了。」

他彎身親吻我。「爐子上還有更多。我路上再打電話給妳，告訴妳我的發現。」

他離開時，我有點難過，而泳池派對三點才開始，我還有一整天要打發。但我感覺艾卓安已下定決心，他爲了讓我留在春溪鎭，會追尋線索到天涯海角。

我早上開始打包行李，其實花不了多少時間。六週前我來到春溪鎭，身上只有一個二手行李箱和幾件衣服。現在因爲卡蘿琳的慷慨，我衣櫃多了幾件衣服，但卻沒地方裝了。於是我小心翼翼將她五百美金的衣服摺好，放到十加侖的大垃圾袋中。我在安全港的朋友都稱垃圾袋爲戒毒生活的行李箱。

接著我穿上運動鞋，在社區跑最後一次。我試著不去想我會多想念春溪鎭，包括所有的小商店和餐廳、雕飾華美的房子、美麗的草坪和花園。我去過羅素位於諾里斯敦的公寓，那社區跟這裡天差地別。他住在一棟高樓的十樓，旁邊是商業園區，還有一棟亞馬遜網路商城的倉庫。建築物四周都是高速公路，水泥和柏油路面綿延好幾公里，道路上車輛川流不息。不管怎麼看，景物都不漂亮，但或許那才是我該去的地方。

我想他們一家人辦這場泳池派對是出自好意。卡蘿琳在後院露台掛了些鬆垮的彩帶，她和泰迪掛上自製布條，上面寫著：**謝謝妳，瑪洛莉**。泰德和卡蘿琳費盡心力，假裝我不是被解雇。我們全表現得像我決定自己離開，以免這段下午時光太尷尬。卡蘿琳在廚房準備食物，而我在泳池和泰德及泰迪游泳。我們進行各種搞笑的游泳比賽，泰迪每次都贏。我問起，不知卡蘿琳需不需要幫忙，或想不想游泳，但直到這時我才發現，我從未看過她進到泳池裡。

「水會害她癢癢的。」泰迪解釋。

「氯的關係。」泰德說。「我調整過水的酸鹼值，但沒用。她皮膚太敏感了。」

四點鐘，我仍沒聽到艾卓安的消息。我想傳訊息給他，但這時卡蘿琳從露台大喊，晚餐準備好了。她在桌上放了一壺冰水、一壺新鮮的檸檬水和各式各樣的健康食物，有串烤鮮蝦、橙汁海鮮沙拉和一碗碗剛蒸好的南瓜、菠菜和玉米。她看來盡心盡力準備一切，我感覺她因爲要我走而產生了罪惡感。我不禁好奇她是否已回心轉意，搞不好我有機會能留下。泰迪開心地告訴我他去海灘和木棧道的行程，還說他去了驚奇屋，玩了碰碰車，海裡的螃蟹會夾他的腳趾頭。他的父母附和說著各自的事，彷彿我們是一家人，愜意地彼此分享心情，一切都變正常了。

卡蘿琳甜點準備了巧克力熔岩蛋糕。那是一小塊海綿蛋糕，中間充滿溫熱黏稠的甘納許，上面再放上一球香草冰淇淋。蛋糕烤得恰到好處，我咬下第一口時，情不自禁大抽一口氣。

所有人看到我的反應都大笑。

「對不起。」我跟他們說。「但這是我吃過最好吃的東西。」

「喔，太好了。」卡蘿琳說。「今年夏天能以快樂的回憶收尾眞開心。」

這時我才發覺一切都沒改變。

我想幫忙收拾碗盤，但泰德和卡蘿琳堅持自己清理。他們提醒我，我是客人。他們請我去跟泰迪多玩一會。所以我和泰迪回到泳池，從頭到尾玩最後一輪我們最喜歡的遊戲。我們玩了沉船求生、鐵達尼號和綠野仙蹤。最後我們肩並肩躺在充氣筏上，飄浮在水上許久。

「諾里斯敦多遠？」泰迪問。

「不遠。不到半小時車程。」

「所以妳還能來參加泳池派對？」

「但願如此。」我跟他說。「我不確定。」

說老實話？我覺得自己可能再也不會見到他了。泰德和卡蘿琳一定會順利找到新保母，她一定長相漂亮、頭腦聰明、充滿魅力，泰迪會和她玩得不亦樂乎。我在這家人的歷史中會成爲奇怪的註腳：一個只待了七週的保母。

最讓我痛心的是這點：我知道未來多年後，泰迪帶大學女朋友回家過感恩節時，我的名字會淪爲晚餐桌上的笑哏。我會是那個把牆畫得亂七八糟，相信泰德幻想朋友是眞人的瘋子保母。

我和他躺在充氣筏上，看著美麗的夕陽。晚霞將天空染成粉紅色和紫色，有如美術館的畫作一般。「我們至少可以當筆友。」我向他保證。「你可以寄畫給我，我會寫信給你。」

「好。」

他指著一架飛過地平線的飛機，機尾拖出一段白色的水蒸氣。「諾里斯敦的人會坐飛機嗎？」

「不會，那裡沒有機場。」

他很失望。

「有一天我要坐飛機。」他說。「我爸說大飛機時速有八百公里。」

我大笑，並提醒泰迪他已經坐過飛機了。「就是你從巴塞隆納回來的時候啊。」

他搖搖頭。「我們從巴塞隆納回來是開車。」

「不對。你們是開車去機場，但後來你們坐上了飛機。沒人能從巴塞隆納開車回紐澤西。」

「我們開車啊。開了一整晚。」

「巴塞隆納在不同大陸上，中間還隔著巨大的海洋。」

「他們有打造水下隧道。」他說。「有超厚的牆能擋住海怪。」

「你又在亂講話了。」

「去問爸爸啊，瑪洛莉！我說的是真的！」

這時我聽到放在泳池邊的手機響起。我把鈴聲調到最大，以免錯過艾卓安的電話。「我馬上回來。」我跟泰迪說。我翻下充氣筏，游到泳池邊，但我動作不夠快。等我拿到手機，電話已轉入語音信箱。

我看到艾卓安傳了一張照片給我。照片中有個黑人老婦，她穿紅色薄毛衣，坐在輪椅上。她雙眼無神，但頭髮梳理整齊，看起來儀容整潔，顯然是有人好好照顧著她。

第二張照片傳來。同一個老婦人身旁有個五十歲的黑人男子。他手臂摟著婦人，並示意婦人看鏡頭。

艾卓安又打來。

「收到我傳的照片了嗎？」

「這些人是誰？」

「那是桃樂絲・珍・坎貝爾和她兒子柯帝斯。他們是安妮・貝瑞特的女兒和孫子。我剛才和他們聊了兩小時。柯帝斯每週日都會來探望母親。我們全都猜錯了。」

這感覺不可能。

「安妮・貝瑞特是黑人？」

「不是，但她絕對不是匈牙利人。她是在英國出生。」

「她是英國人？」

「她的孫子就在我旁邊。我把手機給柯帝斯，讓他親口告訴妳，好嗎？」

泰迪從泳池看著我，一臉無聊，迫不及待要我回去和他玩。我用嘴形說「五分鐘」，於是他爬到充氣筏上，小巧的雙腳踢著水，在水裡飄來飄去。

「嘿，瑪洛莉，我是柯帝斯。妳眞的住在安妮外婆的小屋嗎？」

「我，我想是吧？」

「紐澤西春溪鎮。在海頓河谷後面，對吧？妳朋友艾卓安給我看了照片。妳別擔心，我的外婆沒有纏著妳。」

我好困惑。「你怎麼知道？」

「總之事情是這樣。她在二戰後從英國搬到春溪鎮，對吧？和她堂哥喬治住一起。他們住在海頓河谷東側，當時那裡是白人區，生活安逸，不愁吃穿。但我外公威利，他住在海頓河谷西側，一個叫柯瑞根的社區。那是有色人種區。他在德士古加油站工作。下班之後，他會走到溪谷去抓晚餐。外公很愛釣魚，只要釣得到魚，讓他天天吃鱒魚和鱸魚度日都行。有天他看到一個美麗白人女孩赤腳走在河谷，手裡拿著繪圖本。她向他打招呼，外公說他不敢看她。因爲我們說的是一九四八年，記得嗎？如果你是個黑人，一名白人女子向你微笑，該怎麼辦？你會別開目光。但安妮外婆是來自英國克雷斯康普。那是個海濱城鎮，鎮上都是加勒比海移民。她不害怕黑人。她每天下午都和外公打招呼。不久外公便會在大半夜偷偷鑽過森林，去妳現在住的小屋拜訪外婆。妳懂我在說什麼嗎？」

「我想是吧。」我望向泳池，確認泰迪在幹麼。他仍在充氣筏上繞圈圈，在最後一天冷落他，我覺得有點罪惡感，但我需要聽完。「後來呢？」

「於是有一天，安妮去找堂哥喬治，說她懷孕了。只是她那時候不會用這個詞。她可能說她『有了孩子』。她告訴喬治，威利是父親，她會和他私奔。他們會向西搬到俄亥俄州，在威利家族的農場生活，那裡沒人會打擾他們。安妮非常固執，喬治知道自己不可能阻止她。」

「所以發生什麼事？」

「喬治當然大發雷霆。他說，那孩子是個惡種；還說他們的婚姻違背上帝的旨意。他說對他來講，安妮已經死了，家族絕對不會再接納她。她說沒關係，反正她也不曾在意他們。她打包行李後便消失了。這讓喬治非常尷尬。他是社區的支柱，也是教會的執事。他不能告訴大家他堂妹和有色男子私奔。他寧死也不願透露眞相，於是他編造了個故事。他去了肉販那裡，買兩桶豬血。那時沒有鑑識科，血就是血。他將小屋潑得全是血，將家具翻倒，弄得像是有人洗劫了小屋。然後他報警。鎭上展開搜捕，人們用網子拖過溪流，但始終不曾找到屍體，因爲根本就沒有屍體。外婆稱之爲大逃亡。她接下來六十年都住在亞克朗附近的農場。她在一九四九年生下我母親桃樂絲，一九五〇年生下我舅舅泰勒。她過世時，已經有四個孫子女和三個曾孫子女。她活到八十一歲。」

柯帝斯述說故事時，聲音自信平穩，但我仍難以置信。「沒人知道眞相嗎？春溪鎭的人仍以爲她被殺了。她是當地著名的鬼怪，小孩說她會出沒在森林中。」

「我猜春溪鎭自一九四〇年代之後改變不大。那時鎭上的生活算是不愁吃穿，而在當時，所謂『不愁吃穿』等同於現在的『富裕』。說法不同，但意思一樣。不過要是開車到柯瑞根，妳會發現許多人知道眞相。」

我想起自己和布芮格警探的對話。「我想我已經遇過那裡的人了。我只是不相信她。」

「希望這些話能讓妳安心。」柯帝斯說。「我老婆在車上等我，所以我把手機交給妳朋友了。」

我感謝柯帝斯花時間向我解釋，他將手機拿給艾卓安。「不可思議，對吧？」

「我們全部的假設都錯了？」

「安妮．貝瑞特根本沒被殺。她不是我們的幽靈，瑪洛莉。所有的圖畫都是來自另一個人。」

「泰迪？」我抬頭看到卡蘿琳．麥斯威爾站在泳池邊，叫著兒子。「時間晚了，親愛的。去沖一沖身體。」

「再游五分鐘？」泰迪問。

我向卡蘿琳揮揮手，示意我會照顧他。「我要掛了。」我跟艾卓安說。「你回家之後想過來一趟嗎？因爲這是最後一晚了？」

「只要妳不介意晚睡的話。GPS導航說我半夜才能到。」

「我等你。開車小心。」

我思緒狂奔。我感覺自己像是撞上一堵磚牆。我發現我過去幾週都在走一條死路，現在必須重新思考所有關於安雅的事。

但首先，我應該先叫泰迪上岸。

「上來吧，泰迪。我們來沖身體。」

我們拿了毛巾，越過院子，來到戶外淋浴間。淋浴間外有個小長椅，卡蘿琳已將泰迪的消防車睡衣和乾淨的內褲放在那。我到門裡打開水，調整水龍頭，等水溫提高。接著泰迪走進去，鎖上門，我拿著毛巾在外頭等。他泳褲啪一聲落到水泥地上，他用一雙小腳把褲子踢出。我雙手用力把聚酯纖維泳褲的水全擰乾。然後我望向院子另一端米琪的房子。廚房燈開著，布芮格警探回到犯罪現場。她拿著金屬杆子繞過後院，戳著泥土，四處測量。我揮手打招呼，她見了便走過來。

「瑪洛莉．昆恩。」她說。「聽說妳明天要離開春溪鎮。」

「事情不大順利。」

「卡蘿琳是這麼說的。但我有點驚訝，妳沒提起這件事。」

「我沒想到。」

她等我解釋，但她期望我說什麼呢？解雇又不是什麼光采的事。我試著換個話題。「我剛才和安妮．貝瑞特的孫子通電話了。一個叫柯帝斯．坎貝爾的男生。他住在俄亥俄州亞克朗。他說他的安妮外婆活到八十一歲。」

布芮格露齒一笑。「我告訴過妳，那故事是都市傳說。安妮的戀人，威利跟我曾祖父從小一塊長大。他們以前會一起釣魚。」

泰迪從淋浴間裡出聲打斷我們。「嘿，瑪洛莉？」

「我在，泰迪。」

他聽起來有點驚慌。「有隻蟲在肥皂上。」

「什麼樣的蟲？」

「大隻的。千足蟲。」

「潑水把牠趕走。」

「不要，妳來弄啦。」

他打開門鎖，退到淋浴間另一邊角落，讓我進門。我伸手去拿肥皂，原本預期會看到一隻滑溜噁心的蠹魚，結果肥皂上什麼都沒有。

「蟲在哪？」

泰迪搖搖頭，我才明白蟲只是藉口，他藉故讓我進門。他低聲說：「我們要被逮捕了嗎？」

「誰？」

「警察阿姨。她在生我們的氣嗎？」

我望著泰迪，一臉疑惑。這段對話毫無道理。「沒有，泰迪，一切都沒事。沒人會被逮捕。快洗一洗，好嗎？」

我關上門，他將門鎖上。

布芮格警探仍等在門外。

「事情都ＯＫ嗎？」

「他沒事。」

「我是說妳，瑪洛莉。妳看起來好像見到鬼一樣。」

我坐到一張椅子上，整理我的思緒，我說我仍在想那通電話的事。「我一直深信安妮‧貝瑞特被殺了。我不敢相信大家謠傳這故事七十年。」

「在春溪鎮，眞相不受歡迎。如果這座城鎮能更寬容，也許威利和安妮還能留在這裡。也許喬治就不必布置犯罪現場。」布芮格大笑。「我們局裡仍有人覺得這起謀殺案是眞的，妳知道嗎？我跟他們說明眞相，他們卻表現得像是我在故意挑起種族議題。」她聳聳肩。「總之，別讓我耽擱妳的事。我只有個簡單的問題。我們在米琪的廚房找到她的手機。電池沒電了，但我們找到充電器，並將手機開機。感覺她當時正想要傳訊息給妳。句子對我來說毫無道理，但也許妳看得懂。她低下頭，瞇眼從眼鏡上方看筆記本。「訊息是這樣：『我們必須聊一聊。我之前都錯了。安雅不是名字，安雅是——』」布芮格停下來，看著我。「她只打了這樣。這些話對妳來說有意義嗎？」

「沒有。」

「**安雅**是什麼？是打錯字嗎？」

我朝淋浴間的方向點點頭。「安雅是泰迪幻想朋友的名字。」

「幻想朋友？」

「他五歲，想像力很豐富。」

「我知道她不是眞的。」他大喊。「我知道她是假的。」

布芮格皺起眉頭，搞不懂泰迪這兩句話的意思。接著她往前翻了幾頁筆記本。「昨天我和卡蘿琳・麥斯威爾聊過，她說她聽到米琪週四晚上和人爭執，然後看到米琪在十點三十分左右穿著睡袍走出家裡。妳有聽到什麼嗎？」

「沒有，但我不在這裡。我在艾卓安家，離這裡三條街。他父母當時舉辦了一場晚宴。」週四十點半，我坐在鮮花城堡的花園，浪費時間研究《安妮・貝瑞特作品集》。「法醫知道米琪死因了嗎？」

布芮格壓低聲音，以免泰迪聽到。「很遺憾，死因和藥物有關。藥物過量造成急性肺損傷。時間大約是週四晚上或週五凌晨。別把這訊息放上臉書。幫我保密幾天。」

「海洛因嗎？」

她很驚訝。「妳怎麼知道？」

「我只是猜的。我在她房子裡看到一些東西。她客廳裡好多針頭蓋。」

「妳猜對了。」布芮格說。「很少聽說老人家會用硬性藥物，但費城醫院每週都會出現案例，比想像中頻繁。也許她的客人是藥頭，也許他們起了爭執。我們仍在尋找線索。」她又遞給我一張名片，我跟她說我仍留著她上次給的那張。「如果想到什麼，打電話給我，好嗎？」

布芮格離開後，泰迪打開淋浴間的門，他全身乾乾淨淨，也穿好了消防車睡衣。我抱他一下，告訴他明早見，那時再和他道別。然後我陪他走到露台，讓他進了屋內。

我保持冷靜，一直到我回到小屋，鎖上房門。最後我倒到床上，把臉埋到枕頭裡。過去三十分鐘間，有太多重大發現了，我一時無法消化。一切都變得難以承受，一塊塊拼圖都變得更分散。

但有件事我很確定：

麥斯威爾夫妻一直在對我說謊。

26

我等到天黑，確定泰迪已上床睡覺，才走向大屋子找泰德及卡蘿琳說話。他們坐在書房沙發的一側，四周全是我的各種塗鴉，有黑暗森林、走失小孩、展開翅膀的天使等等。書房角落有塊布，布上放著各式油漆用品，有滾輪、塡縫劑和兩加侖的班傑明摩爾牌中庭白漆等。感覺羅素載我走之後，他們打算在早上開始動手油漆。

卡蘿琳喝著一杯紅酒，手邊放著一瓶康爵酒莊梅洛紅酒。泰德拿著一杯熱茶，小心吹著茶面，他們用智慧喇叭聽著遊艇搖滾電台，看來很高興見到我。

「我們正希望妳來。」卡蘿琳說。「妳都打包好了嗎？」

「差不多。」

泰德將茶杯遞來，示意我聞。

「我剛才煮了熱水泡銀杏茶。妳要喝嗎？」

「不用，沒關係。」

「我覺得妳會喜歡，瑪洛莉。對於才剛剛進行長時間運動訓練的人來說，這個有消炎的功效。我替妳倒一杯。」他其實沒給我選擇。他快步走入廚房，我發誓我看到卡蘿琳眼中閃過一絲惱怒。

但她唯一說出口的是：「晚餐有合妳胃口嗎？」

「有。非常好吃。謝謝妳。」

「很高興我們能好好與妳道別。我覺得這對泰迪來說是好事，給他一個結束的感覺。這對小孩來說很重要。」

我們陷入一陣尷尬的沉默。我知道自己必須問的問題，但我想等泰德回來，這樣才能看到兩人的反應。我目光飄到書房別處，最後落在我之前莫名忽略的兩張圖畫上。

圖很小，非常接近地面。難怪我和艾卓安會錯過。圖畫非常接近插座，有張圖甚至是**圍著**插座，彷彿電流從插座孔射到圖畫裡。天使揮舞某種魔杖，按到安雅的胸口，讓她被能量灌注，全身癱瘓。

「那是電擊棒嗎？」

卡蘿琳拿著酒杯微笑。

「什麼？」

「那張圖，我週五沒注意到。她的魔杖不是看起來跟妳的電擊棒一樣嗎？」

卡蘿琳拿起酒瓶，倒滿酒杯。

「如果要仔細解讀每一幅畫，今晚會非常漫長。」

但我知道這不單純是圖案。它們是圖畫的一部分，是我缺少的拼圖。關於那張神祕的黑色圖畫，艾卓安的解讀沒錯。他說，**安雅在告訴我們她畫完了，沒有更多圖可畫了。我們已得到所有的線索。**

泰德不到一分鐘後回來，手裡拿著裝著灰色茶液的茶杯，杯上冒著白煙。茶看起來像拖把水，聞起來像寵物店的味道。我拿了杯墊放到咖啡桌上。「不需要泡太久。」泰德說。「不燙口就可以喝了。」

接著他坐到妻子旁邊，按了幾下筆記型電腦，將馬文．蓋的音樂換成瓊妮．密雪兒，那首歌是關於天使頭髮飄逸流動，空中有著冰淇淋城堡。

「我發現米琪很有趣的一件事。」我跟他們說。「她死前傳訊息給我。她想讓我知道，安雅不是名字，是別的意思。但布芮格警探聽不懂。」

「那一定是名字。」泰德說。「那是俄文安娜的簡稱，東歐很常見。」

「對，我把安雅放上Google翻譯，那顯然是匈牙利文，代表『媽咪』。不是媽媽，而是媽咪。像小孩子會說的。你們不覺得很怪嗎？」

「我不知道。」卡蘿琳說。「會嗎？」

「茶最好趁熱喝。」泰德說。「能紓解肌肉的沾黏。」

「你們知道還有什麼事很怪嗎？泰迪說他從沒坐過飛機。雖然三個月前，你們才從巴塞隆納坐飛機回來。根據美國航空公司資料，那是八小時的飛機。我查了。但小男孩怎麼會忘記人生中最長的飛行之旅？」

卡蘿琳正想回答，泰德馬上接話。「其實這很好笑。泰迪搭飛機很緊張，所以我決定給他苯海拉明。聽說能幫助小孩入睡。可是我沒注意卡蘿琳已經給他吃過苯海拉明，所以他服下雙重劑量。整整昏了一整天，到我們租車前他都沒醒來。」

「你是認眞的嗎，泰德？這就是你的解釋？」

「這是眞的。」

「雙重劑量的苯海拉明？」

「妳在暗示什麼，瑪洛莉？」

他勉強擠出笑，並用眼神拜託我別再深究了。

但我不能現在退縮。

我還有個大問題要問。

這問題能解釋一切。

「你們爲什麼沒跟我說泰迪是女生？」

我仔細觀察卡蘿琳的反應。她有透露出情緒的話，比較像自以爲是的憤怒。「首先，我們覺得妳這問題用詞非常不妥。妳知道爲什麼嗎？」

「我在淋浴間看到了。游泳之後。妳以爲我永遠不會發現嗎？」

「妳也是現在才注意到。」泰德難過地說。

「這又不是祕密。」卡蘿琳說。「我們絕對不會爲他的身分感到羞恥。我們只是不知道妳能不能接受。泰迪出生性別是女生。我們過去三年養育他時都當他是女生。但他決定自己要當個男生。所以沒錯，瑪洛莉，我們讓他用衣著和髮型表達自己的性別，我們當然也讓他選擇更男性化的名字。他想要和爸爸一樣。」

「跨性別兒童的研究非常有趣。」泰德說，他雙眼仍懇求我，彷彿在說：拜託**求求**

妳他媽快閉上嘴。「有興趣的話，我辦公室有幾本書。」

最瘋的是，我覺得他們眞心期盼我假裝一切正常。「你們是在說，你們五歲的小孩是跨性別者，不知爲何，**你們這段時間都沒機會跟我說？**」

「我們知道妳會有像現在的反應。」卡蘿琳說。「我們知道妳有虔誠的宗教信仰——」

「我對跨性別者沒有任何成見——」

「那妳爲什麼反應這麼大？」

我已經不再聽她說話。我思緒早已超前。因爲我恍然大悟，泰迪所有奇特的堅持和古怪的行爲突然都說得通了。他拒絕跟兒童遊樂場的小男生玩。泰德拖著他去理髮時他都不斷尖叫。他堅持穿同一款式的紫色條紋T恤。那是相當淡的紫色，幾乎是薰衣草色，也是他衣櫃中最女性化的顏色。

幼稚園入學所有煩人的問題……

「你們沒有旅遊度假的紀錄。」我發現。「也許你們能取得出生證明。錢夠的話，我相信有辦法買得到。但春溪鎮的學校對疫苗規定非常重視。他們希望能從醫生那裡直接收到證明，可是你們無法取得，所以學校才一直打來。」

泰德搖搖頭。「不對。我們在巴塞隆納有非常專業的小兒科醫生——」

「不要再說巴塞隆納了，泰德。你不曾去過巴塞隆納。你的西班牙文爛透了，你甚至不會說馬鈴薯！我不知道你們過去三年躲在哪裡，但絕不是巴塞隆納。」

要不是我慌了，我應該會注意到突然之間，卡蘿琳變得異常安靜。她不再開口，只是盯著我，靜靜聽我說話。

「你們偷了別人的女兒，把她扮成男生。你們養育她，想讓她相信自己是男生。因爲這孩子才五歲，所以你們快得逞了。畢竟她的世界就這麼小。但她上學之後怎麼辦？交了朋友之後呢？她長大之後，荷爾蒙開始分泌呢？兩個有大學學歷的人怎麼會覺得這能成功？你們一定是——」

我最後一句話沒說完，因爲我想說的詞是「瘋了」。

我發現自己必須閉嘴。我不該和他們分享結論。我眞的期盼麥斯威爾夫妻會同意我？期待他們良心發現，承認自己所做所爲都是錯的？我必須馬上離開，去找布芮格警探，並告訴她一切。

「我要去打包了。」我傻傻跟他們說。

我起身，好像他們會讓我直接離開一樣。

「泰德。」卡蘿琳說，她語氣冷靜。

我走到中途，玻璃瓶擊中我的側腦，玻璃粉粹。我向前倒，手機脫手而出。某種液體從我的臉和脖子流下。我伸手想止血，手上卻早已一片紅。我全身都是康爵酒莊梅洛紅酒。

身後，我聽到麥斯威爾夫妻在爭執。

「就在廚房裡啊。」

「我廚房找過了。」

「大抽屜。我收郵票的那個！」

泰德走出書房時，小心翼翼跨過我身體，像是深怕踩到我，但他剛才明明用酒瓶砸了我頭。他經過我手機，手機現在面朝下掉在地毯上。我主頁上有緊急聯絡按鈕。那應用程式只要按一下，便會向緊急求救中心送出麥斯威爾家地址。但我離得太遠，也痛到站不起來。我唯一能做的，就是用球鞋的腳尖抵著地，將癱在地上的身體推向前。

「她在爬了。」卡蘿琳說。「至少試著在爬。」

「等我一下。」泰德回答。

我伸手去拿手機時，發現我失去了距離感。手機離我不再是幾公分。突然之間，手機變成在走廊中間，彷彿在足球場另一頭。我聽到卡蘿琳從後方走來，她的鞋子踩過碎玻璃嘎吱作響。我再也不認識她了。她不再是善良熱情的母親，歡迎我進她家門，鼓勵我相信自己。她變成……別的樣子。她雙眼冰冷，時時在算計。她看著我，像是看地上的汙漬，必須擦去的瑕疵。

「卡蘿琳，求求妳。」我跟她說，但聲音完全不對。我口齒含糊不清。我提高聲音，再試一次，但我嘴唇無法形成正確的形狀。我的聲音聽起來像電池將耗盡的玩具。

「噓。」她一根手指放在雙唇上。「我們可不想吵醒泰迪。」

我翻到側邊，感覺尖銳的碎玻璃壓著我側腰。卡蘿琳試著繞過我，不想離我太近，但我身體擋住了走廊。我彎起右膝，感謝老天，膝蓋正常彎起。我將右大腿縮近身體。卡蘿琳終於敢跨過我時，我踢出腿，腳板踢到她小腿前側。啪一聲，她重重倒下，壓到我身上。

我知道我能制服她。我知道我比她和泰德還壯。我過去二十個月都在爲這一刻準備。我一直在跑步和游泳，飲食都有控制。我每隔一天會做五十下伏地挺身，泰德和卡蘿琳只會坐著喝酒，無所事事。所以我不會癱在這裡，束手待斃。卡蘿琳前臂接近我臉，我張嘴用力咬上去。她驚叫出聲，掙扎拉回手臂，並手忙腳亂去拿我手機。我抓住她背後的洋裝，柔軟的棉布像紙一樣撕裂，露出她的脖子和肩膀。這時我終於看到她大學不懂事，愛搞藝術，著迷於彌爾頓*和《失樂園》時留下的刺青。

她在肩胛骨上刺了一對巨大羽翼。

那是天使的翅膀。

泰德從廚房趕來。他手中拿著電擊棒，並叫卡蘿琳閃開。我再次收回腳。我知道這是我唯一的機會，如果我踢倒他，也許他的電擊棒會脫手，也許我就能——

*彌爾頓（John Milton, 1608-1674），英國最偉大的詩人之一，個性激進，一生為自由寫作，著名作品為《失樂園》《復樂園》和《力士參孫》。

27

我眨了好幾次眼，在黑暗中醒來。

在黑暗中，我認出熟悉的輪廓：我的床、床頭櫃、不動的吊扇、頭頂上粗厚的椽條。

我在小屋裡。

我坐在一張硬板椅上，我的鼻竇發燙，感覺像被氯水嗆到。

我想站起，但發現手臂動不了。我手腕在身後交叉，扭到讓人發疼的角度，綁在椅子上。

我想張嘴，大聲呼叫，但有條帶子緊緊綁住我的頭，嘴巴裡還塞著一團溼布，大約一個蘋果大小。我下巴緊繃，劇痛難耐。

我全身肌肉繃緊，心跳快速，我此時此刻有無數無法做的事：我不能動、不能說話、不能尖叫、甚至不能撥開臉上的頭髮。戰或逃的本能被奪走後，我唯一剩下的只有恐慌。我好害怕，差點嘔吐出來。幸好沒有，因爲我可能會噎死。

我閉上雙眼，快速祈禱。**神啊，求求祢幫我。求求祢讓我想出該怎麼辦**。接著我用鼻子深吸口氣憋住，讓肺部充滿空氣，再吐出來。這是我在勒戒所學到的放鬆法，能幫助我克服焦慮，並讓我心跳變慢，安定神經。

我重複三次。

然後逼自己思考。

我還是有選擇。我雙腿沒被綁住，我有機會站起。如果我站起，椅子會在我背上，像龜殼一樣。雖然我會走得又慢又笨拙，但並非不可能的事。

我頭仍能轉動。我看得到廚房，並看到微波爐上的ＬＥＤ時鐘寫著十一點零七分。艾卓安半夜會回來。他答應要來找我。要是他來敲小屋的門，卻沒人應門怎麼辦？他會試著進門嗎？

不會，我想不會。

除非我能引起他注意。

我無法將手伸進口袋，但我很確定我口袋是空的。我沒有手機、鑰匙和電擊棒。但我廚房有一抽屜的刀。如果能設法拿到刀，切斷繩子，我便能離開椅子，並得到武器。

我踏穩雙腳，身體前傾，試著站起，但我重心偏後，無法施力。我發現我唯一的希望是一股作氣向前，利用衝力讓自己站起。但我怕自己向前一衝，就摔個狗吃屎。

我還沒鼓起勇氣，就聽到小屋外傳來腳步聲，有人爬上腐爛的木階梯。接著門向內打開，卡蘿琳打開燈。

她穿著同一件圓領洋裝，但現在戴上了藍色乳膠手套。她背著一個漂亮的超市購物袋，是爲了減少海洋塑膠垃圾，你會主動帶去雜貨店的那種。她看到我醒著，似乎十分驚訝。她將托特包放到流理台，開始拿出袋裡的東西：烤肉用點火器、金屬湯匙、小注射器和有橘色塑膠蓋的針頭。

我一直哀求她，但我無法說話，只能發出聲音。她試著忽視我，專心工作，但我看得出來，我讓她十分煩躁。最後她受不了了，她將手伸到我腦後，鬆開綁帶。我咳出溼布，布落到我大腿，最後啪一聲掉到地上。

「不准大叫。」她說。「用室內正常音量。」

「妳爲什麼要這樣對我？」

「我試著好好與妳道別，瑪洛莉。我做了海鮮沙拉；我掛了彩帶；泰德和我甚至準備了遣散費，整整一個月的薪水。明天早上就會給妳支票，當作驚喜。」她搖搖頭，一臉惋惜，接著手伸入托特包，拿出個裝著白粉的小塑膠袋。

「那是什麼？」

「這是妳從米琪房子偷來的海洛因。妳昨天下午溜進她臥室偷的。」

「我沒有——」

「當然有，瑪洛莉。妳有許多放不下的悲痛。妳假裝自己是大學生和田徑明星，讓妳心裡充滿各種焦慮；妳又怕自己失去工作，心裡充滿壓力——妳會失去收入**還會**失去住的地方——這一切壓力讓妳崩潰了。」

我發現她其實不相信這說法。她只是在練習。她繼續說：「妳超想吸一口，而妳知道米琪在嗑藥，所以妳溜進她家，找到她的海洛因。只是妳沒注意她的海洛因混入吩坦尼。兩千微克，這劑量足以毒死一匹馬。妳無法負荷，於是呼吸中止了。」

「這就是妳準備給警方的說詞？」

「這會是他們根據妳的過去和驗屍報告，推論出的經過。明天早上我會敲妳房門，看妳需不需要幫忙整理行李。妳沒回應，我會拿鑰匙進小屋，發現妳躺在床上，針頭插在手臂上。我會大聲尖叫，喊泰德快來。他會敲打妳胸口，試圖做ＣＰＲ。我們會叫救護車，但急救人員會判斷妳已死亡好幾小時。他們會說我們無能爲力。因爲我們是善良的好人，所以我們一定會好好埋葬妳，替妳安個墓碑。位置就在妳妹妹隔壁。不然讓羅素來出錢，這感覺不大公平。」

卡蘿琳打開塑膠袋，舉到湯匙上，小心倒著白粉。她彎身到流理台上，專注配藥，我再次看到她後頸下的刺青。

「妳就是圖畫中的天使。妳用電擊棒電安雅，然後勒死她。」

「那是自我防衛。」

「勒死別人不叫自我防衛。妳殺了她，偷走她的女兒。她當時幾歲？兩歲？兩歲半？」

湯匙從卡蘿琳手中落下，叮噹一聲打在流理台上。白粉撒得到處都是，她搖搖頭，非常惱火。

「別裝作妳懂當時的情況，妳完全不知道我經歷了什麼。」

她伸手拿起塑膠刀，慢慢刮過流理台，將白粉聚集成一小堆。

「我知道妳找泰德幫忙。」我說。「我知道他是圖畫中的男人。妳殺了安雅，偷走她女兒。然後叫泰德埋了她的屍體。這發生在什麼時候，卡蘿琳？妳們住在哪裡？」

她搖搖頭大笑。「我知道妳在玩什麼把戲。我們治療時常常使用這技巧。別以為妳花言巧語我就會放過妳。」

「妳和泰德遇到問題。他說你們花好幾年想生孩子。這就是最後的辦法？偷別人的孩子？」

「我是**拯救**了那孩子。」

「什麼意思？」

「不重要。事情都發生了，我們必須繼續生活。對不起，妳再也不是我們的家人了。」

卡蘿琳小心將白粉推到湯匙上，接著拿起烤肉點火器。她按好幾下點火鈕，最後點火器冒出藍色小火焰，我看到她的手在顫抖。

「泰迪還記得什麼嗎？」

「妳覺得呢，瑪洛莉？他看起來有創傷嗎？他看起來難過或不開心嗎？沒有，他好得很。他什麼都不記得。他是個快樂、調適正常的孩子，我非常努力才讓他變成現在這樣。他絕不知道我為他犧牲多少，但這也沒關係。」

卡蘿琳說著說著，湯匙上的白粉冒出煙，白粉漸漸變黑，最後化為液體。東岸的海洛因應該沒有氣味，但這時一股化學氣味撲鼻而來，也許是吩坦尼的味道，也許是其他致命的毒品。我記得以前聽說過，康登鎮有個藥頭曾在白粉裡添加清潔劑。卡蘿琳放下點火器，拿起注射針筒。她將針頭放到湯匙上，然後慢慢拉回推桿，針筒充滿棕色噁心的液體。

「他記得兔子。」我跟她說。

「什麼？」

「安雅的圖畫中，她畫了一個小女孩追著一隻兔子。女兒跟著白色兔子跑進溪谷。妳回想一下我面試的事，卡蘿琳。我第一天來這裡，妳冰箱上貼著一張泰迪的畫。那是一張白色兔子的圖畫。也許他記得的比妳想像的多。」

「她的畫都是謊言，不能相信。」

「我花了很久才搞懂畫的意思。但我想我終於排列出對的順序。畫在我床頭櫃的文件夾裡。圖畫能清楚解釋發生什麼事。」

卡蘿琳手伸入袋中，拿出一條橡膠止血帶。她用雙手拉了拉，好像準備綁到我手臂上。但她忍不住好奇起來。她走到床頭櫃，打開抽屜，開始翻一張張圖畫。「不對、不對，妳看，這些畫太不公平了！這些都是**她**單方面的看法。如果妳從我的角度來看會如何？看清楚大局，妳會更了解一切。」

「大局是什麼？」

「我不是說我沒有罪惡感。我**確實**有罪惡感。我覺得很難過，發生這些事，我一點也不驕傲。但她不讓我有選擇的餘地。」

「告訴我妳是什麼意思。」

「什麼？」

「床頭櫃抽屜裡，有筆記本和鉛筆。妳畫下發生什麼事，告訴我事情在妳眼中的經過。」

因爲我需要拖時間。

艾卓安會開車到我家，來這裡敲門，並發現事情非常、非常不對勁。

卡蘿琳看起來很想這麼做！她渴望向人傾訴她的觀點，但她很聰明，發現自己差點上當。「妳想要我認罪，畫下犯罪自白的圖畫，這樣警察會發現並逮捕我。妳是這樣想的嗎？」

「不，卡蘿琳，我只是想知道發生什麼事。爲什麼泰迪需要被拯救？」

她拿起止血帶，走到我椅子後面，但她無法將止血帶綁到我手臂上。她雙手抖得太嚴重了。「有時她會進到我腦中，那感覺像恐慌症發作。一、兩分鐘後才停止。」她坐到我床邊，臉埋入雙手中。她深吸幾口氣，將空氣吸入肺裡。「我不期望妳同情我，但這對我來說很辛苦，像是一場永不停止的惡夢。」

她呼吸斷斷續續，手緊抓著雙膝，彷彿在逼自己冷靜。「泰德和我以前住在曼哈頓，上西區的河畔高地。我當時是在西奈山醫院工作，我才三十五歲，每天都精疲力盡。我的病人問題非常多。世上有無盡痛苦和悲慘的故事。泰德在ＩＴ公司上班，工作非常無聊，他厭惡至極。

「我想我們兩個非常不快樂。我們努力想懷孕，卻不斷失敗，而失敗讓我們變得更不快樂。我們所有正常的方法都試了：人工受精、試管嬰兒、服用口服排卵藥。妳要知道這些嗎？」卡蘿琳搖搖頭。「不重要了。總之沒一個有效。我們忙得要死，但我們甚至不需要錢，我父親留了一筆遺產給我。所以最後我們就覺得，管他的：乾脆離職，休息一年。我們在紐約北邊塞內卡湖一帶買了個房子。我們認爲也許——心情更放鬆的話——我們便能懷孕。

「唯一的問題是，我們在那裡沒有任何朋友，一個人都不認識。整個夏天，我和泰德單獨生活在小木屋裡。泰德那時開始研究製酒，他會和當地葡萄酒商一起上課。但我好無聊，瑪洛莉。我不知道自己要做什麼。我試過寫作、拍照、園藝和做麵包，但沒一樣能堅持下來。我心裡一驚，突然發現自己不是個有創造力的人。發現這件事，妳不覺得很可怕嗎？」

我試著露出同情的表情，鼓勵她繼續說。只聽她說的內容，你會以爲我們是一對母女，在麵包坊喝咖啡、吃著司康聊天。而不是一人手被反綁在椅子上，一人拿著注射器，焦慮地轉動針筒。

「唯一讓我快樂的是散步。塞內卡湖有個公園，那裡有一條美麗的林蔭步道，我在那裡第一次遇到瑪吉特。那是安雅的眞名：瑪吉特．巴洛斯。我看到她坐在樹蔭下畫風景。她非常有天分，我猜我有點嫉妒她。她總是帶著女兒。她有個兩歲的女兒叫花兒。瑪吉特會直接把她放在一塊野餐毯上，接著便不管她了。一次都兩、三小時。她只會在孩子手裡塞一支智慧型手機。瑪洛莉，這不是一、兩次而已。我每週末都看到她們！這是她們固定的活動！我每次經過她們都覺得好生氣。我是說——這孩子多完美，這小女孩多美麗，她渴望妳的注意，而她母親卻只給她看YouTube影片！活像她是個負擔！我讀了很多關於螢幕使用時間的研究，瑪洛莉。那對小孩的想像力有害。

「遇到幾次之後，我決定要插手。我走到野餐毯旁，想介紹自己，但瑪吉特不懂我在說什麼。我發現她不會說英文。於是我試著比手劃腳，表達我的意思——我想**告訴**她，她是個不稱職的母親。我猜她誤會了。她很生氣，我也氣起來，不久我們兩人都朝對方大叫，我用英文，她用匈牙利文，最後終於有人過來，站到我們中間，將我們隔開。

「在那之後，我試著去不同的公園和步道散步，但我腦中一直想著那小女孩。我覺得自己辜負了那孩子，好像我有機會能插手，結果卻搞砸了。所以有一天，可能是吵架兩個月後，我回到塞內卡湖。那是週六早晨，那裡有辦一場熱鬧的熱氣球節活動，每年九月都會舉辦，上萬人會來參加，天空全是顏色鮮豔的巨大熱氣球。對小孩子的想像力發展而言非常完美，妳知道嗎？瑪吉特在畫熱氣球，但花兒卻只盯著手機。她坐在野餐毯上，手臂和肩膀都曬傷了。

「我站在那裡，愈想愈氣，這時我注意到一個東西。我看到一隻兔子蠕動身體，鑽出地面。附近一定有個兔洞。兔子跳出草坪，抖著身子，花兒看到牠。她大喊：『**安**

雅、安雅！』並指著兔子大笑，但瑪吉特沒轉身。她太專注在畫畫了。她沒發覺女兒站起，愈走愈遠，花兒越過草坪，走進溪谷。朝小溪走去，瑪洛莉。我必須做點什麼，對吧？我不能坐視不管。我跟著花兒走下溪谷，等我到她身邊，她已經是徹底迷路了。她歇斯底里，嚎啕大哭。我跪到她身旁，跟她說沒事了。我說我知道要怎麼找她媽咪，並說要帶她回去。我眞的**打算**這麼做，瑪洛莉。我眞心想帶花兒回去。」

我差點沒跟上，因爲我想起通靈板上的神祕訊息，發覺自己太相信Google翻譯了。訊息不是幫助花朵，而是幫助花兒，也就是幫助安雅的女兒。

「我只想花點時間和她相處。」卡蘿琳繼續說。「散一下步，給她一點關注。我想她母親不會介意，她甚至沒注意小女孩走丟了。附近有條小徑通往森林，於是我們往那裡走，進到樹林裡。只是瑪吉特**其實**有發現花兒不見了。她四處在找她，最後她看到我們，並跟著我們走進樹林。她一認出我便大發雷霆，開始大吼大叫，雙手揮舞，好像想打我。爲了安全，我散步都隨身帶著電擊棒，所以我用電擊棒自我防衛。我只電她一下，只是想叫她退開。但我猜她有神經系統疾病，因爲她倒下之後便無法站起。她開始痙攣，尿溼了洋裝，肌肉不斷顫抖。可憐的花兒嚇壞了。我知道我應該叫救護車，但我也知道情況看起來有多不妙。我知道光憑瑪吉特的一面之詞，大家一定會誤會。

「於是我牽著花兒躲到樹後。我叫她坐下來，閉上雙眼。這樣她才不會看到接下來發生的事。說老實話，我其實不記得接下來的事。但這就是人類記憶的美妙之處。大腦會忘記所有不好的事。妳知道我在說什麼，對吧？」

她等待我回答，見我沒答腔，便繼續述說：「總之，我用樹葉蓋住她的屍體。我開車載花兒回家，並告訴泰德發生什麼事，他想報警，但我說服他我們可以解決這一切。我們在北方，鳥不生蛋的地方。那女的又是外來移民，她不會說英文，我想她可能是別人家的清潔婦。我想如果我們把屍體藏起，留住小孩，沒人會注意到她不見了。大家只會以爲她帶著女兒逃走了。常有女人會這麼做。於是我派泰德回到公園。他收拾了畫架、野餐毯和花兒的玩具，將一切都埋在樹林中，我的意思是和屍體一起埋了。他去了一整晚，花了非常久的時間。直到日出之後才回來。

「原本事情到這便已結束——但瑪吉特的哥哥其實是塞內卡湖一帶的大人物。他擁有一座愚蠢的山羊農莊，夏天去度假的人都很喜愛，他資助瑪吉特和丈夫約瑟夫從匈牙利搬來美國替他工作。更糟的是，我從沒想到，瑪吉特一定得開車到湖邊。她開了一輛雪佛蘭休旅車，上面還有兒童安全座椅。警方在停車場找到她的車，並派出警犬。不到兩小時，他們就找到了屍體。

「突然之間，整個社區都在找一名失蹤的兩歲女孩，而她就在我的小木屋又哭又叫。於是我衝去Target百貨，買了一堆男孩衣服、運動背心、美式足球員的上衣。然後我買了剪刀，把花兒剪成平頭。我發誓那就像打開開關一樣——我只換了她的髮型，但妳一眼便會覺得她是小男生。」

卡蘿琳呼吸不再斷斷續續，她雙手不再發抖。她愈說神色愈正常，彷彿她漸漸卸下讓她良心難以負荷的重擔。

「後來我們開車走了。我們沒有任何計畫，只知道要趕快離開，愈遠愈好。我們一路開到西維吉尼亞州，到一個叫吉爾伯的小鎮。鎮上人口四百人，每個人都是退休人士，坐著輪椅。我寫電子郵件給朋友，說我們搬到巴塞隆納，泰德有個不能錯過的機會。接著我們租了個房子，房子座落在十英畝的土地上，四周沒有鄰居，那裡寧靜宜人，能讓我們專心照顧小孩。

「瑪洛莉，我向妳發誓，那是我最辛苦的一年。有六個月，泰迪都不肯說話。他太害怕了！但我很有耐心。我每天都和他相處，對他展現愛、注意和關懷。我讓屋子裡充滿書、玩具和健康的食物，我們一點一滴進步。他漸漸從封閉之中走出，學著接納和相信我們，現在他愛著我們，瑪洛莉。他第一次叫我媽咪時，我痛哭失聲。

「第一年的年末，我們真的進步不少。我們開始帶泰迪去見大家。帶他去簡單的健行，或去食品雜貨店採買。正常家庭會出門做的事。一切如詩如畫。不認識我們的話，你絕對看不出來我們過去經歷的種種。」這時她聲音漸漸變小，彷彿她仍在回味充滿希望的日子。

「後來怎麼了？」

「我從沒想過瑪吉特會找到我們。我一直是無神主義者，我從不相信所謂靈魂世界。但我們在西維吉尼亞州待了一年之後，泰迪開始看到一個人。一個穿著白洋裝的女人。午休時間會在房間等著他。」

「妳看到她了？」

「沒有，從來沒有。她只讓泰迪看到自己。但我感覺得到她，我感覺到她在，我聞得到她噁心腐爛的臭氣。我們告訴泰迪她是幻想朋友。我們說她不是眞的，但假裝她是眞的沒關係。他年紀很小，所以他也搞不懂。」

「她有來找妳嗎？找妳復仇？」

「喔，她當然希望自己辦得到。可以的話，她會殺了我。但她的力量其實有限。我猜她只能透過通靈板傳達訊息和移動鉛筆，但最多也就是如此。」

我試著想像在西維吉尼亞州鄉間，住在十畝土地獨棟的房子裡，日子會有多沉悶單調。陪伴自己的只有丈夫、綁來的小孩和想報仇的鬼魂。我不確定那種情況下，自己能維持正常心智多久。

「我知道我們不能永遠待在『巴塞隆納』。我們必須繼續生活，我還想住在美麗的城鎮，有間好的學校，並希望泰迪能有正常的童年。所以我們四月搬來這裡，母親節安雅就回到泰迪的房間，唱著匈牙利搖籃曲。」

「她跟著你們？」

「對。我不知道怎麼辦到的。我只知道我逃不掉。不管我們去哪，安雅都會跟來。所以那時我才尋求突破：找第三者，找一個新的玩伴，讓泰迪轉移對安雅的注意力。妳是完美的人選，瑪洛莉，年輕、強壯、充滿活力。聰明，但又不算太聰明。妳濫用藥物的歷史更是一大加分。我知道妳缺乏安全感；我知道妳看過瘋狂的幻覺，至少有一段時間，妳甚至會懷疑自己的判斷。我只是沒料到會出現那些蠢圖畫。我沒想到她會找方法溝通。」

卡蘿琳感覺精疲力盡，彷彿剛才又重新活過這三年的歲月。我再次偷瞄一下時鐘，時間才十一點三十七分。我必須讓她繼續說話。「米琪呢？她發生什麼事？」

「和妳一模一樣。上週四，妳們降靈會兩小時後，米琪驚慌失措來敲我們家的門。她說她的通靈板一直在動。她說乩板不斷打轉，一次次拼出同樣的一個字：ovakodik、ovakodik、ovakodik、ovakodik。米琪帶我們去她家看。她弄清楚這個字代表「小心」。她說妳一直是對的，瑪洛莉。我們家鬧鬼，我們必須找人幫忙。泰德和我回家，爭論該怎麼做才對，但我最後說服他，要他制服米琪，我讓她用藥過量。然後他把屍體拖到樹林，我在她客廳放了一堆針頭蓋，並將止血帶放在她床頭櫃。讓警方拼湊出眞相。最後我們編造米琪深夜有訪客的說法，故意模糊焦點。」

我又看了一下鐘，時間只過一分鐘。而這次，卡蘿琳察覺了。

「妳在幹麼？幹麼看時間呢？」

「沒有。」

「妳在說謊。但那也不重要。」她起身拿起止血帶，雙手變得十分穩定。她重拾自信，穩穩用止血帶綁住我手臂，緊緊打結。不久我肌肉開始發麻。

「求求妳不要這樣。」

「對不起，瑪洛莉。我也不希望事情變成這樣。」

我感覺她戴著軟手套的手指敲著我臂彎，想讓血管突起。我發覺她認眞打算下手。「妳這輩子都會有罪惡感。」我已嚇到結巴。「妳會恨自己，妳會無法接受自己。」

我不知道我爲何想嚇唬她，想嚇到她改變主意。我的警告只讓她更生氣。針頭刺入皮膚、穿入血管時傳來一陣尖銳的痛楚。「往好處想。」她跟我說。「也許妳能再見到妳妹妹。」

她按下推桿，注射兩千毫克的海洛因和吩坦尼到我身體，劑量足以毒死一匹馬。我全身繃緊，感到熟悉的冷意，彷彿有人在注射處放了顆冰塊。我最後看到的是卡蘿琳快步走出屋子，關上燈。她甚至不留下來看我死。我閉上雙眼，乞求上帝原諒，**上帝求求祢請原諒我**。我感覺自己向後倒，好像椅子和身體墜入地面，我失去了重量，飄浮在空中。靜脈注射海洛因照理來說效果迅速，我不懂自己爲何仍有意識。我怎麼還能呼吸？但後來我睜開雙眼，看到瑪吉特在陰影中等待，我才發覺自己早已進入吸毒過量的狀態。

28

她徘徊在一團霧中，一個白衣女子，留著中分的長黑髮，衣服沾滿碎葉和泥土。四下昏暗，再加上她頭低垂，彷彿無力將頭擺正，也因此很難看清她長相。但我再也不怕了。其實，我鬆了口氣。

我想起身走向她，但我仍坐在椅子上，手腕仍在綁在背後。

這時我腦中出現可怕的想法：

這是死後世界嗎？

這是我在世上度過大半生獲得的最後懲罰嗎？在空無一人的小屋，綁在硬背木椅上，獨自度過永恆？

「我不知道我該做什麼。」我低聲說。「妳能幫我嗎？」

瑪吉特沒邁出步伐，卻靠了過來。

我注意到她的氣味，是一股難聞的硫磺和尿味，但我不再覺得噁心。我很高興她在場，那氣味幾乎令人安心。

瑪吉特經過窗戶，月光照亮她的臉和身體。她脖子斷了，全身布滿擦痕和黑色的瘀青。她洋裝破爛，全是破洞，但在這一切之下，她其實是個美若天仙的女人。

「妳一定要幫我，瑪吉特。妳是唯一能幫我的人了。求求妳。」

她掙扎想抬起頭，彷彿想仔細聽我說話，但她的頭依然垂落，像斷莖的花朵。她一手放到我肩膀，但我沒感到觸碰和外部的力量，反而感受到一陣巨大的悲傷和罪惡感。

我腦中出現我不曾見過的風景：

那是一塊在湖邊的草原，畫架上放著帆布畫，有個小孩坐在野餐毯上。我發現我在圖畫中看過這地方。一張是瑪吉特畫的，她留在小屋門廊；一張是泰迪畫的，卡蘿琳收在書房。我回憶著那兩張畫，它們畫著同一個場景，出自不同的畫家。

我看著畫中的女人和小孩，感同身受瑪吉特的悲傷：

我應該要更注意她，我不該分心。如果我再小心一點，一切就不會有事。

或許這也是**我的**悲傷，因爲我還聽到瑪吉特說：

妳不要怪罪自己，和過去和解，原諒妳自己。

我不確定是我在安慰她，還是她在安慰我，我分不清她和我的罪惡感。即便肉體死去，這或許仍是我們永遠無法擺脫的悲傷。

這時門應聲打開，泰德打開燈。

他看到我臉上的淚水，表情一垮。「喔，天啊。」他說。「真的對不起，瑪洛莉。我來了。」

我轉頭去找瑪吉特，但她不見了。

我仍在小屋中。

我不在超現實的死後迷霧中，我仍在紐澤西春溪鎮，雙腳踏地綁在木椅上，微波爐的時鐘顯示十一點五十二分。

卡蘿琳插下針筒之後，我的臂彎至今仍感覺得到一股涼意。但我還活著，頭腦完全清醒。

「她對我下藥。你妻子——」

「爽身粉。」泰德說。「我把海洛因換成爽身粉。妳沒事。」他走到我身後，拉扯綁住我的布條。「嘖，她結打得真死。我需要刀。」他走進廚房，開始翻找餐具抽屜。

「你在幹麼？」

「保護妳，瑪洛莉。我一直在保護妳。妳不記得面試的事嗎？我說了多少不禮貌又難聽的話，質疑妳的資格？我是想把妳嚇跑。我試著把所有人選嚇跑，但妳很堅持，妳真的想留下來。卡蘿琳覺得妳能解決我們所有問題。」

他拿著鋸齒狀的餐刀來我椅子旁，快速割著布條。我雙手落下，再次獲得自由。

我小心緩緩將手放到頭上，去摸抽痛的腫塊，我感覺頭皮上卡著碎玻璃。

「對不起，我不得不打妳。我們會停在加油站，到時候再幫妳買冰塊。」泰德打開衣櫃門，他看到空衣架好開心。「妳已經打包了！太好了。我的行李在車上，那我們可以出發了。我想我們先開一整夜，再找個旅館休息。然後我們繼續向西開。我在Airbnb訂房網站找到一棟很不賴的房子，可以讓我們先落腳。妳一定會喜歡，瑪洛莉，那裡能一覽美麗的普吉特海灣。」

「泰德，說慢點。你在說什麼？」

他大笑。「對、對，我已經計畫好久，我忘記我們沒有好好討論。但我知道妳對我的感覺，瑪洛莉。我也有一樣的感覺，我願意爲我們的感情冒險。」

「眞的？」

「我已經把退休金領出來，現在我帳戶裡有八萬元，卡蘿琳無法動用。這筆錢足以讓我們重新開始。在華盛頓州、在惠德比島打造新生活。但在她回來清理之前，我們必須馬上離開這裡。」

「你爲什麼這麼怕她？」

「她瘋了啊！妳到現在還沒發現？她想殺了妳。她也會毫不猶豫殺了我。如果我報警，我就會入獄。所以我們必須逃走，現在就走。如果我們丟下孩子，她不會追來。」

「你想丟下泰迪？」

「對不起，瑪洛莉。我知道妳愛他。我也愛他，那孩子眞的很可愛。但他不能來。我們橫越美國時，我不希望卡蘿琳和瑪吉特都在追著我們。那孩子能和兩個媽媽留在這，那兩個女人可以互鬥，最好鬥到死，我一點也不在乎，我沒法再忍受這些鳥事。我不想再待在這裡一秒。這整場惡夢今晚結束，妳懂嗎？」

小屋外頭傳來一聲微小的枝條斷裂聲。泰德走到窗前，朝外偷看。然後他搖搖頭，向我表示只是虛驚一場。「好了，拜託，我需要妳站起來。需要我扶妳嗎？」他伸出手，但我朝他擺擺手，設法自己站起。「可以吧，瑪洛莉。太好了。妳需要去浴室嗎？因爲半夜大部分店家都沒開。」

我確實需要去浴室一趟，但只是需要個安靜的地方整理思緒。「我去一下。」

「盡快好嗎？」

我關上浴室門，打開水龍頭，朝臉上潑了點冷水。我到底該怎麼辦？我摸了摸口袋，當然空無一物。我打開藥櫃，找了找淋浴間，但我沒有東西能保護自己。唯一能當武器的是一個鑷子。

浴室有個通風的小紗窗，靠近天花板，離地幾公尺高。我蓋上馬桶座，站到上頭。窗戶朝南，正對海頓河谷，外頭是黑壓壓的森林。我設法拆了紗窗，將紗窗外推，窗戶落到森林地面。但就算我有力量爬上去，我也鑽不過去。

泰德敲敲門。「瑪洛莉？好了嗎？」

「快了！」

我必須跟他走，我別無選擇。我會坐進他的Prius汽車，他描述華盛頓州和惠德比島時我會露出微笑，爲我們新生活感到興奮。

但我們只要一停下來加油、買食物或水，我會找到警察，拚老命尖叫。

我關上水龍頭，用毛巾擦乾手。

然後我打開門。

泰德站在門口等待。「好了嗎？」

「我想是吧。」

「妳**想**？」

他目光望向我背後，看著浴室。我不知道他看到什麼。我有在馬桶蓋上留下腳印嗎？他有注意到紗窗不見了嗎？

我伸出手擁抱他，頭靠到他胸膛，用力抱緊他。「謝謝你，泰德。謝謝你救了我。你不知道我有多盼望這一天。」

我突然如此熱情，他大吃一驚。他將我抱得更緊，彎身親吻我額頭。「我答應妳，瑪洛莉，我絕不會讓妳失望。我每天都會盡力讓妳快樂。」

「那我們離開這裡吧。」

我提起行李箱和裝著衣服的垃圾袋，但泰德堅持他來拿，一手提一個。「妳確定這是妳所有行李？」

「泰德，這就是我擁有的全部了。」

他又朝我露出微笑，透露著真實的愛意和感情，他感覺正要說些甜言蜜語，這時「碰」一聲響起，一顆子彈貫穿他左肩，衝擊力讓他失去平衡，我的牆濺上鮮血。我大聲尖叫，緊接著又響起三聲槍聲，而在我尖叫聲中，泰德已倒到行李上，雙手抱胸，鮮血從他指間流出。

卡蘿琳站在小屋敞開的窗前，用米琪的槍瞄準我。她大聲叫我閉嘴，但我到第四或第五聲才聽到。她打開門，手槍輕晃一下，示意我坐回椅子上。

「妳是認眞的嗎？」她問。「妳眞的要跟他離開？」

我甚至沒聽到問題。我仍盯著泰德，他倒在地上，掙扎想出聲，彷彿患了口吃。他雙唇顫抖，好像想說出個單字，發音卻太困難。他口中流出鮮血，染得下巴和上衣一片鮮紅。

「看吧，我認爲妳在說謊。」卡蘿琳繼續說。「爲了離開這裡，妳現在大概什麼鬼話都說得出口。但我向妳保證，泰德絕對是認眞的。打從妳第一天來，他便看上妳了。」她指著小屋廚房牆上白色的煙霧警報器。「妳有想過爲什麼火警警報器從來沒響過嗎？就算妳在小屋煮飯？」

我沒回答，她用槍托用力敲流理台三下，發出三聲巨響。「瑪洛莉，我在問妳問題。妳有注意到火警警報器沒有用嗎？」

她到底想要我說什麼？她用槍指著我的臉，我怕得不敢回答，擔心我一句話說錯，她會扣下扳機。我只好低下頭，看著地板，鼓起勇氣開口。「泰德說小屋電線老舊。他說是叫磁珠和管路配線。」

「那其實是監視器，白痴。泰德在妳面試後馬上裝的，還有訊號增強裝置，這樣就能連接我們的 Wi-Fi。他說他想監視妳，確認妳沒用藥。『以防萬一』，對吧？拜託，我又不笨。有的晚上，他會待在辦公室好幾小時，希望看到妳去洗澡。我一直覺得妳可能知道，感覺自己被監視。」

「我以爲是安雅。」

「不是喔，媽媽晚上都會跟親愛的小寶貝在一起。那向來都是一家之主幹的，我們的最佳老爸。」

泰德搖搖頭，好像想反駁她，好像他拚命想讓我知道眞相。但他張開口卻只是流出更多血到下巴和胸膛上。

我轉向卡蘿琳，她仍用槍指著我。

我想倒到地上，縮成一團，求她饒了我。

「拜託。」我舉起雙手說。「我不會告訴任何人。」

「我知道妳不會。妳用米琪屋內偷來的槍殺了泰德。然後我們打鬥，但我設法搶走槍。妳從廚房抽屜拿了刀，所以我不得不開槍射妳。這是自我防衛。」她看了看小屋四周，似乎在想像兩人扭打的情境。「我希望妳站離冰箱近一點。站到餐具抽屜旁邊。」她用槍指著我。「快，別讓我再說一次。」

她靠近我，槍也變得更近，於是我向後退，走進廚房。

「好了，這樣好多了，現在拉開抽屜。拉到底，沒錯。」她走到流理台另一頭，彎腰確認刀架。「我想妳可以拿主廚刀。大的那把，最裡面的地方。手伸進去抓住刀柄。

好好握住。」

我好怕，我不敢動作。

「卡蘿琳，求求妳——」

她搖搖頭。「快，瑪洛莉。妳快做完了。手伸進去，抓住刀。」

她肩膀後頭，我用眼角看到鮮血仍繼續從牆上緩緩流下。但泰德沒倒在那裡，他不見了。

我手向下伸，握住刀。五指緊緊扣住刀柄。一知道這會是你此生最後做的動作，動作就變得特別困難。

「沒錯。」她說。「把刀舉起來。」

突然之間，她尖叫倒下。泰德撲向她雙腳，我知道這是我的機會。我傻傻放開刀，因爲我甚至不敢浪費時間，把刀從抽屜拿出。

我直接逃跑。

我將門推開，我身後傳來爆裂聲。槍聲回響在小屋之中。我跳下門廊，落到草坪上，向前衝刺。有三秒鐘非常可怕，我毫無防備，剪影在開闊的草坪移動，我隨時準備自己會中彈。

但槍聲並未響起。我衝過大房子陰暗的側面，經過垃圾桶和回收桶。我跑過前草坪，停在兩線道車道尾端。鄰居的屋子都一片漆黑。街上的大家都睡了。半夜沒人會走上埃奇伍德街，我也不敢去敲鄰居的門，我不知道別人要花多少時間才會從樓上走下來。現在我最大的優勢是速度，我必須增加我和卡蘿琳之間的距離。如果我衝刺的話，三分鐘就能跑到鮮花城堡。我可以大力敲門，叫艾卓安的父母幫我。

但這時我回望麥斯威爾家，驚覺泰迪仍安穩睡在二樓。對後院的危機渾然不覺。

卡蘿琳發現我逃走之後，會做出什麼事？

她會帶走泰迪，把他扔到後座，逃到西維吉尼亞？或加州？或墨西哥？

剛才在小屋，我聽到了另一聲槍響。我心裡抱著一絲希望，期盼泰德設法奪下了槍。也許在臨死之際，他給了我和泰迪逃跑的機會。

但如果他失敗了……好吧，我還有時間挽救一切。我是個跑者，我以前是賓州前六快的女子。我繞過屋側來到後院，感謝老天，通往廚房的拉門沒上鎖。

我進到屋裡，鎖上門。一樓一片漆黑。我快步衝過餐廳，從後方樓梯來到二樓。我衝進泰迪臥房，但沒開燈。我直接拉下他的被子，搖醒他。「起來，泰迪，我們要走了。」他將我推開，臉埋進枕頭，但我沒時間哄他了。我將他從床中抱起，他半睡半醒之間，哼聲抗議。

「瑪洛莉！」

卡蘿琳已經進到屋內，她從玄關喊我名字。我聽到她爬上木階梯。我往另一頭跑，從後側樓梯下到廚房。泰迪大概不到二十公斤重，但他差點自我懷中滑下。我將他舉到肩上，抓緊他身體，跑到外頭露台。

後院一片寧靜。我唯一聽到的是游泳池的水波聲、偶爾的蟬鳴和我自己粗重的喘氣。但我知道卡蘿琳追來了。她不是穿過屋內，便是從屋側繞過來。我唯一安全的路線是往前，進到魔法森林裡。後院這段路很長，但我覺得只要我抱著泰迪，卡蘿琳便不會開槍射我。只要到了樹林，我們就能伺機逃走。

泰迪和我整個夏天都在森林裡冒險。我們熟知每一條步道、捷徑和死路，今晚月光剛好照亮了眼前的路。我抱緊他，鑽入樹林中，一路撥開樹枝、藤蔓和刺人的灌木，最後來到熟悉的黃磚路上。這條步道是東西向，沿著埃奇伍德街屋子的後院延伸。我們繼續向前，看到巨大的灰石「龍之蛋」之後，便轉向飛龍之道。我聽到背後傳來窸窣的腳步聲，但黑暗中，我已失去所有感官和知覺，不知道卡蘿琳的喘息聲究竟是在我身後，還是離我一百公尺遠。我也依稀聽到警車的警鈴聲，但一切都晚了。要是剛才直接跑去鮮花城堡，我現在已安全。

但我將泰迪緊緊抱在懷中，這是現在最重要的事。我不會讓他發生任何不測。

皇家河在黑暗中聽起來好大聲，也幸好溪水聲掩蓋了我的腳步聲。來到苔蘚橋時，我覺得自己過不去。樹幹太細了，上面又都是苔蘚，我無法抱著泰迪過橋。

「泰迪，聽我說。我需要你自己爬。」

他搖搖頭拒絕，並將我抱得更緊。他不知道發生什麼事，但已經嚇壞了。我想放他下來，但他雙手緊扣我脖子。遠方響起愈來愈多警車聲，他們一定已經抵達麥斯威爾家。可能有鄰居聽到槍聲報了警。但他們現在距離我太遠，幫不上我的忙。

一道細小的白光穿過森林。那是卡蘿琳電擊棒手電筒的光線。我不知道她有沒有看到我，但我必須繼續移動。我緊抱著泰迪，向橋踏出一步，接著又一步。我能分辨出樹幹的位置和輪廓，但看不出樹幹表面是否平整。我看不出來哪裡腐爛，哪裡布滿溼滑的青苔。下方溪水湍急，水深至少有一公尺。每踏出一步我都覺得自己一定會滑倒，但最後竟然順利過了橋。我爬上小徑來到巨豆莖底，雙手再也沒力了。我無法抱著泰迪再往前任何一步。「泰迪，這段我需要你自己來。」我指著樹枝上的藏身處。「拜託，你必須爬上去。」

他嚇到不知所措。我用盡最後一絲力量將他往樹上推，幸好他伸手抓住樹枝，穩住了身體。接著我推他屁股，他才遲疑著緩緩爬了起來。

手電筒的光線掃過樹底。卡蘿琳到溪邊了，離我們愈來愈近。我抓住最低的樹枝，將自己拉上去，跟著泰迪爬上另一段樹枝，一路到我們稱爲雲朵甲板的地方。我希望能爬得更高，但沒有時間了，我不敢再發出聲音。「這裡就好。」我低聲說。我雙手抱住他的腰，將他抱緊，嘴巴湊到他耳朵。「現在我們要非常安靜，好嗎？你還好嗎？」

他不發一語，全身在顫抖，像彈簧一樣縮著。他似乎明白，**不，我們一點都不好，事情非常、非常不對勁**。我望向地面，好希望剛才能爬得更高一點。我們只在步道上方約兩、三公尺處，如果卡蘿琳沿著步道走，她會直接經過我們下方。泰迪哪怕只發出一聲嗚咽——

我手伸到樹枝間的小洞，摸索武器庫的石頭和網球，最後找到了那根短小、有著三角箭尖的斷箭。我知道這武器沒用，但只要有東西、有任何能握在手裡的東西，都令人安慰。

我看到她來了。卡蘿琳走過苔蘚橋，手電筒掃過步道，朝我們前進。我輕聲告訴泰迪，我們必須非常安靜。我告訴他，他會看到媽咪，但他要答應我，絕不發出任何聲音。幸好他沒有發問，因爲卡蘿琳已爬上步道，停在我們正下方。遠方傳來各種聲響，許多人不停喊叫，還有一隻狗在吠叫。卡蘿琳望向他們的那邊。她似乎明白自己時間不多了。我屏住呼吸，心裡好害怕。結果我手抓得太緊，泰迪不禁發出一小聲哀鳴。

卡蘿琳抬頭向上看。她舉手電筒照向樹枝，光束亮到我伸手遮眼。「喔，泰迪，感謝老天！你在這裡！媽咪到處在找你！你在上頭幹麼？」

我看到她另一隻手仍拿著手槍，姿勢稀鬆平常，彷彿那是iPhone或水瓶。

「待在這。」我跟泰迪說。

「不，泰迪，拜託，上面不安全。」卡蘿琳說。「瑪洛莉錯了。妳必須下來，我們回屋子裡。你現在應該要在床上睡覺！」

「不要動。」我跟他說。「你在這裡很安全。」

但我感覺到他聽從她指令，直覺朝她移動。我緊抱著他的腰，但令我驚訝的是，他身體莫名傳來一股熱氣。他全身像發燒一樣發燙。

「泰迪，聽我說。」卡蘿琳說。「妳必須離開瑪洛莉。她生了重病。她精神病發作了，所以她才會在牆上畫畫。她從米琪那裡偷了槍，攻擊你爸，現在她想一個人獨占你。警察到我們家了，他們現在來找我們，所以快從樹上下來，我們去告訴他們發生什麼事。留瑪洛莉在樹上，我們來解決這件事。」

但卡蘿琳不可能將我留在樹上。她已經讓我知道太多事了。她告訴我泰迪母親的眞名是瑪吉特・巴洛斯，並在塞內卡湖被殺死。警方只要初步核對我的說法，就會知道我是說眞話。卡蘿琳別無選擇，只能殺了我。她只要讓泰迪從樹上下來，便能把一切包裝成自我防衛。她是否順利逍遙法外，我永遠也不得而知，因爲到那時我已經死了。

「來吧，親愛的。我們必須走了。說再見，從樹上下來。」

他從我手中掙脫，爬過樹枝。

「泰迪，不要！」

他回頭看我時，我看到他雙眼翻白，瞳仁翻到腦後。他伸出右手，從我手中拿走斷箭，然後從樹上跳下。卡蘿琳舉起雙臂，彷彿以爲自己眞能接住他，結果卻是被他壓倒，身體向後倒下。她的槍和手電筒都脫手而出，消失在樹叢中。碰的一聲，她背著地，雙手緊抱著泰迪，保護著他。

「你還好嗎？泰迪，親愛的，你沒事吧？」

他挺起身體，跨坐在卡蘿琳腰上。她話音未落，他便從側邊將箭插進她脖子。他將箭抽出，唰唰唰又插三下之後，她才發覺自己被刺傷。等她開始想尖叫，已經失去了聲音。她唯一能發出的是咕嚕咕嚕的哀嚎。

我大喊「住手！」，但泰迪沒停下來，或者說，是瑪吉特沒有停手。她不能完全控制兒子身體，只能控制他的右手和右臂，但突如其來的攻擊令人猝不及防，卡蘿琳瞬間在血泊中掙扎。狗聽到掙扎聲，吠得更大聲。森林中的警察愈靠愈近，他們大喊著說要來幫助我們，要我們發出聲音。我手忙腳亂爬下樹，將泰迪從卡蘿琳身上抱起。他皮膚發燙，像火爐上的熱鍋。卡蘿琳倒在地上，身體蠕動，雙手抓著脖子，泰迪全身都是血汙，滿臉是血，頭髮也都是，血還從他睡衣滴下。不知何故，我的腦袋此時異常清楚，瞬間明白剛才發生的事。我知道是瑪吉特救了我。但如果我動作不快點，泰迪餘生將在精神病院度過。

他右手仍抓著箭頭。我將他從地上抱起，讓他身體緊貼著我，血從他衣服滲到我身上。然後我抱他走向步道，來到皇家河邊。我走進水中，雙腳陷入滿是苔蘚的爛泥裡。我一步步向下，愈走愈深，直到水淹過腰間，冰冷的溪水讓泰迪驚醒過來。他眼睛不再翻白，瞳仁回到正面，身體癱軟在我懷裡。斷箭從他手中落下，但在消失於水流之前，我已伸手抓住。

「瑪洛莉？我們在哪裡？」

泰迪嚇壞了。想像你朦朦朧朧醒來，發現自己在漆黑森林裡，冰冷溪水淹到了脖子。

「沒事，泰迪。」我潑了點水到他臉頰，洗去大片的血跡。「我們不會有事。一切都不會有事。」

「我們在做夢嗎？」

「沒有，泰迪，對不起。但這是眞的。」

他指向河岸。「爲什麼那裡有隻狗？」

一隻巨大黑色獵犬在那，瘋狂聞著地，拚了命狂吠。幾個人從森林跑來，身穿反光背心，手中揮舞手電筒。

「找到他們了！」一人大叫。「一名女子和小孩，在溪裡！」

「小姐，妳受傷了嗎？妳有流血嗎？」

「孩子沒事嗎？」

「妳安全了，小姐。」

「我們來幫妳。」

「來吧，孩子，手伸過來。」

但泰迪雙手緊緊抱著我，全身都貼著我。河的另一端，更多警察和狗聚集，從四面八方圍住我們。

這時另一個女人聲音響起，從遠方傳來：「又發現一人！成年女性，多重刀傷，無生命跡象！」

他們現在包圍我們，手電筒從周圍各個方向照來。我不確定誰在指揮，因爲每個人都同時在說話：沒關係，你們沒事了；現在很安全。但當他們看到我們身上全是血，我覺得他們全嚇壞了。泰迪也嚇壞了。我低聲向他耳語：「沒事，泰迪。他們是來幫我們的。」然後我將他抱到河岸，輕輕將他放到地上。

「她拿著東西。」

「小姐，妳手裡拿的是什麼？」

「妳能給我們看嗎？」

有名警察抓住泰迪手臂，將他拉到安全處，他們所有人再次開始喊叫。每個人都要我緩緩從水中走出，將箭放到地上，並問我身上是否有其他武器？但我已充耳不聞，因爲我注意到遠方有另一個身影，她站在那一圈警察之外。月光照亮她的白洋裝，她頭彎曲，傾向一邊。我舉起左手，讓大家看到斷箭。

「是我。」我跟他們說。「我做的。」

然後我手臂向前伸直，放開箭。等我再望過去，瑪吉特消失了。

後記

一年後

將故事寫下來的過程很辛苦，我相信妳也讀得很辛苦。中途我幾度想放棄，但妳父親求我趁記憶猶新，繼續寫下去。他相信未來有一天，十年、二十年後，妳會想知道那年夏天在春溪鎮究竟發生什麼事。他希望妳從我口中聽到這故事，而不是哪個愚蠢的眞人眞事罪案播客節目。

天曉得現在有多少播客節目。到處都是新聞大事件、釣魚標題、深夜脫口秀笑話和大量迷因。救出妳之後的幾週，《日界線》《早安美國》《沃克斯》《TMZ》《前線》和其他數十個媒體都來聯繫我。我不知道這些製作人從哪拿到我的手機號碼，他們全都向我保證同一件事：他們會讓我述說我的故事，用我的話捍衛自己的行爲，只會有極小的干預。他們也保證如果我接受獨家訪問，會給我豐厚的報酬。

但和妳父親討論許久之後，我們兩人都決定不要接受媒體採訪。我們共同發布公開聲明表示，妳和家人再次團聚，我則需要時間康復，現在我們只希望不受打擾。我們更換了手機號碼和電子郵件地址，並希望大家能忘記我們。雖然熬了好幾週，但一切如願以償。接著有了更大的新聞出現，聖安東尼奧有瘋子掃射食品雜貨店；費城清潔隊罷工八週；加拿大有名婦女生下八胞胎。於是世界繼續轉動。

我頭幾次想寫下這段故事時總是失敗。我記得自己拿出空白筆記本，好好坐下來，腦中卻一片空白。目前爲止，我寫過最長的文章是五頁的高中期末報告，主題是《羅密歐與茱麗葉》。所以對我來說，寫一本像《哈利波特》一樣完整的書，感覺是一大**壯舉**。但我向艾卓安的母親提到這挑戰時，她給了我很好的建議。她告訴我不要想成是寫書，我應該拿筆電坐下，直接**開始寫**，一次寫一句就好，口語一點，像喝咖啡時和朋友聊天一樣。她說我不需要寫得像J．K．羅琳。我只要語氣像費城的瑪洛莉．昆恩就好了。我一聽到這想法，寫起來就快多了。我不敢相信眼前竟有八萬五千字的檔案。

但妳看，我講到哪去了！

我可能要先回頭解釋幾件事：

泰德．麥斯威爾因爲槍傷死於小屋的地上。他的妻子卡蘿琳半小時後死於巨豆莖樹下。我自首說明自己是基於自我防衛而用斷箭刺死她（嚴格來說，那是十字弓用的箭），是我們幾週前在森林裡找到的。卡蘿琳其實有機會存活，但箭尖刺破她頸動脈，急救人員趕到時遲了一步。

我和妳被帶到春溪鎮警局。睡眼惺忪的社工拿著一籃填充玩具，帶妳到一間餐廳，我則被帶到無窗的牢房，裡面有錄影機、麥克風和一群愈來愈凶的警探。為了妳的安全，我只說了故事的一部分。我沒提到妳母親的畫，沒描述她怎麼提供我線索，幫助我了解事情眞相。其實我完全沒提到妳母親。我假裝憑一己之力發現了麥斯威爾夫妻的祕密。

布芮格警探和搭檔對我的說法抱持懷疑。他們看得出我想隱瞞眞相，但我緊咬著自己的說法。他們聲音愈來愈大，問題愈來愈有敵意，我則是一直回答同樣令人難以信服的答案。幾小時後，我相信自己會因雙重謀殺案遭起訴，下半輩子都要在獄中度過。

但是等太陽升起，我的說法至少包含數個關鍵眞相：

- 社工確認了泰迪・麥斯威爾其實是個五歲的生理女孩。
- 花兒・巴洛斯的名字在美國國家失蹤與受虐兒童援助中心有紀錄，而泰迪・麥斯威爾完全符合她所有特徵。
- 花兒失蹤前六個月，網路上有財產交易紀錄能證明麥斯威爾夫妻買下塞內卡湖旁的小木屋。
- 快速翻閱泰德和卡蘿琳的護照（在主臥室的化妝台），便能發現他們根本沒去過西班牙。
- 警方打電話找到妳父親約瑟夫時，他證實了我說法中許多關鍵細節。包括他妻子開的雪佛蘭車款和車型，這些資訊從不曾向大眾公布。

隔天早上七點半，布芮格警探去隔壁星巴克替我買花草茶和起司蛋三明治。她也邀請艾卓安進偵訊室。他整夜都坐在大廳不舒服的金屬椅上等待。他用力擁抱我，將我抬離地面。我們兩人哭完之後，我必須再次從頭到尾告訴他經過。

「對不起，我沒能早一點回來。」他說。

原來報警的是艾卓安。他來到我小屋，發現泰德·麥斯威爾死在地板上。

「我不該去俄亥俄州。」他繼續說。「如果我和妳待在春溪鎮，這一切都不會發生。」

「或也許我們兩個都會死。你不能一直想著早知道，艾卓安，不要怪罪自己。」

從塞內卡湖開車到春溪鎮大約要五小時，但那天早上，妳父親三個半小時便到了。他飛馳在州際公路時腦袋在想什麼，我真的難以想像。妳父親抵達時，艾卓安和我仍在警局，一直塞著零食以保持清醒。我仍記得布芮格警察帶他進門那珍貴的一刻。他身材高瘦，有一頭毛茸茸的亂髮，鬍子都沒整理，眼神憔悴，雙眼濡溼。起初我以爲他是隔壁牢房的罪犯，但他穿得像個農夫，腳上是工作靴，身穿Dickies牌褲子和法蘭絨襯衫。他跪到地上，牽起我的手，開始哭泣。

接下來發生的一切，我都能寫一本書了，但我會長話短說。妳和父親回到塞內卡湖，艾卓安回到新布藍茲維，完成羅格斯大學最後一年學業。他邀我和他一起去，免費住在他公寓，搞清楚人生下一步的計畫。但我的世界天翻地覆，我不敢在脆弱時下重大決定。於是我搬去諾里斯敦，住進輔導員的客房。

妳可能會覺得六十八歲老人不適合當室友，但羅素很安靜，生活整潔，而且他的食物櫃全是各種蛋白粉。我在跑鞋店找了份工作，至少賺點錢。其他員工都加入業餘跑步俱樂部，於是我開始一週兩、三天早晨和他們練跑。我找到一間好教會，裡面教徒都是二、三十歲上下。我再次定期出席戒癮會，爲了幫助其他人，我開始分享我的故事和經驗。

我想十月去看妳，慶祝妳六歲生日，但妳的醫生建議不要，他們說妳仍太脆弱，心理容易受影響，妳仍在「重拾」自己眞正的身分。我們能通電話，但必須是妳主動才行，而妳不曾表示想和我說話。

但妳父親一個月會打一、兩次電話，來告訴我妳的近況。我們也經常互通電子郵件。我知道妳和父親住在大農莊，和姑姑、叔叔及堂兄弟姊妹住一塊，妳沒去上幼稚園，只參與了一連串療程，像藝術治療、談話治療、音樂治療、玩偶和角色扮演等。妳的醫生十分驚訝，因爲妳完全不記得自己從床上被叫醒，拖進樹林，爬上一棵樹。他們推測妳大腦出現創傷反應，壓抑了這段回憶。

那天晚上森林裡的眞相，只有妳父親知道。我告訴他故事的來龍去脈，當然聽起來很瘋狂，但我一傳去妳母親風格獨具的圖畫，他馬上相信了我。

妳從醫生那聽到的故事是簡略的版本。妳知道妳出生時有個女孩名叫花兒，妳眞正的父母親是約瑟夫和瑪吉特。妳知道泰德和卡蘿琳是非常怪異的人，他們犯了許多錯，而他們最大的罪過是將妳從父母身邊奪走。他們第二大錯是將妳扮成男生，並將妳的名字從花兒改成泰迪。醫生接下來解釋，妳可以選擇叫花兒、泰迪或全新的名字，妳也可以選擇要穿男裝、女裝或混合。沒人會逼妳馬上決定。大家鼓勵妳慢慢來，做妳感覺對的事。醫生曾警告，妳可能會花好幾年，摸索自己的性別，但他們錯了。八週之後，妳就借堂姊妹的洋裝穿，替自己綁辮子，並回應「花兒」這名字。其實妳沒有一絲困惑，我覺得妳打心底一直知道自己是女生。

幾天後，萬聖節前，我接起電話，驚訝地聽到我母親的聲音。她一喊出我名字，我的淚水馬上奪眶而出。她一直在新聞上關注我們的報導，並花幾週試圖聯絡我，但我那時正盡我所能的避開媒體，所以和全世界失聯了。她提到戒癮的事，說她很替我感到驕傲，也很想念我，並問我願不願意考慮回家吃晚餐？我努力忍住哭泣，問她：「什麼時候？」她回答：「妳現在有在做什麼嗎？」

我母親終於戒了菸，看起來身體很好。出乎意外的是，我發現她再婚了。她的新丈夫東尼是個好男人（就是那天在梯子上，清理雨水溝的那位）。東尼因爲安非他命失去了兒子，兩人在家屬互助會上認識。他有個好工作，負責管理油漆店，他將剩下的精力全放在改善家中環境。他油漆了家裡的每一個房間，重新補好正面的磚頭。廁所已重新整修，有新的淋浴設備和浴缸，我的舊臥室改裝成運動房，裡面有飛輪和跑步機。最大的驚喜是，我母親開始跑步了！高中時期，我和貝絲都無法把她從沙發上拖起來，現在的她已能跑出五分半速，還有彈性短褲和智慧手錶等所有裝備。

母親和我坐在廚房聊一整個下午，直至入夜。我原本想一五一十告訴她麥斯威爾家的故事，但她已知道大部分細節。她有個巨大資料夾，裡面塞著她從網路上印出的報導。她把《詢問報》的所有報導都收在剪貼簿裡。她說自己成了小名人，所有鄰居都爲我感到驕傲。她把所有打到家裡想和我聯絡的人列成一份清單，包括高中朋友、以前的隊友及教練和安全港的室友。母親照實記下所有人的名字和電話。「妳應該打電話給他們，瑪洛莉。讓他們知道妳過得怎麼樣。喔！我差點忘了最怪的一個！」她走到冰箱，從磁鐵下拿起一張名片。名片上寫著賓州大學佩雷爾曼醫學院蘇珊．洛雯索博士。「這個女的跑來登門拜訪！說她在某個研究計畫中見過妳？她花好幾年時間找妳。她到底幹麼？」

我跟她說，我其實不確定，然後我把名片放到皮夾中，換了話題。我仍無法鼓起勇氣打電話給她。我不確定自己是否想聽到洛雯索博士要告訴我的事。但我絕不希望再次引起大眾關注，或成爲名人。

現在，我只希望生活回歸正常。

七月底，我們離開春溪鎭整整一年後，我準備搬到卓克索大學戒癮安全宿舍。我已戒癮三十個月，感覺身體復元得十分順利。經過一年深思熟慮，我決定去上大學，目標是成爲一名教師。我想投入初等教育，並投入幼教行列。我又不厭其煩聯絡妳父親，問他有沒有可能讓我夏天去拜訪一趟。這次像奇蹟一般，妳的醫生答應了。他們覺得妳對新生活適應良好，同意我們聯絡可能有益。

艾卓安建議我們把這趟旅程變成度假。這是我跟艾卓安第一次一起旅行。他在羅格斯大學完成課業這一年，我們一直保持聯絡。他五月畢業，在康卡斯特電視公司找到工作，公司位於費城市中心一棟摩天大樓裡。艾卓安提議我們去紐約上州找妳後，繼續向北到尼加拉瀑布和多倫多旅遊。他帶了個冷藏箱，裡面裝滿零食，還準備了開車聽的歌曲清單，我帶了一袋禮物要跟妳分享。

妳住在塞內卡湖西邊一個叫迪爾朗的城鎮，鄰居和春溪鎮民截然不同。那裡沒有星巴克、商店街或大型商場，只有無盡的森林、農地，以及偶爾出現的幾棟房子。旅程最後，一路沿著彎曲的碎石路，我們抵達了巴洛斯農場的大門。妳父親和叔叔在那裡養山羊和雞，姑姑負責賣牛奶、雞蛋、乳酪給五指湖有錢的觀光客。妳的新家是個兩層樓的寬大木屋，有著綠瓦屋頂。山羊在附近欄杆裡吃著草，我聽到穀倉裡的雞咕咕鳴叫。整個農場感覺異常熟悉，但我確定自己從沒到過類似的地方。

「妳準備好了嗎？」艾卓安問。

我緊張到無法回答。我只抓著手中禮物，走上階梯來到妳家正門，按了門鈴。我深吸口氣，準備看到身爲小女孩的妳。我好怕自己反應怪異，害妳或自己尷尬，或害我們倆都尷尬。

但應門的是妳父親。他走到門廊，擁抱我並歡迎我。他吃胖了一點，感謝老天。也許增加了六到十公斤吧。他穿著筆挺的丹寧牛仔褲、柔軟的法蘭絨襯衫和黑靴子。他和艾卓安握手，後來也擁抱了他。

「來，快進來。」他大笑說。「很高興你們能來。」

屋裡全是溫暖的木製鄉村家具，大面窗戶俯瞰明亮的綠野。妳父親帶我們進到主大廳，那裡綜合了客廳、廚房和餐廳，有個巨大的石壁爐，並有樓梯通往二樓。撲克牌和拼圖散落在家具上。妳父親爲家裡的雜亂道歉，他說妳姑姑和叔叔工作上有急事，只留他一人顧所有小孩。我聽到大家在樓上玩，尖叫大笑，五個小孩七嘴八舌同時說話。妳父親似乎覺得很煩，但我跟他說沒關係，我很高興知道妳有朋友。

「我待會叫花兒來。」他說。「首先，我們先休息一下。」他端咖啡給艾卓安，並爲我泡一杯花草茶，同時也端出一盤杏仁酥餅。「這叫哥拉奇。」他說。「吃吃看。」

他的英文過去一年突飛猛進，仍帶有濃厚的口音，「這個」聽起來像「勒個」，「我們」聽起來像「沃們」，但對於一個只來美國幾年的人而言，我覺得他已說得非常好。我注意到壁爐上掛著一幅巨大畫作，畫中是一面寧靜的湖水，襯著晴朗祥和的天空。我問這是不是妳母親的畫作，妳父親說是，然後他帶我們繞著主大廳，欣賞她其他的畫作。其實屋裡到處都有畫，掛在廚房的，掛在餐廳和樓梯間的。妳母親非常有天分，妳父親爲她感到十分驕傲。

我問妳還有沒有在畫畫，是否還對藝術有興趣，妳父親說沒有。「醫生有說泰迪的世界和花兒的世界，兩者沒有太多重疊。泰迪的世界有游泳池；花兒的世界有五指湖。泰迪的世界有許多圖畫；花兒的世界有許多堂兄弟姊妹，他們會幫忙飼養動物。」

我有點害怕問下一個問題，但我知道不問一定會後悔。

「安雅呢？她是花兒世界的一部分嗎？」

妳父親搖搖頭。「不，花兒再也沒見過她的『安雅』了。」一時間，我覺得他聽起來很失望。「但當然這樣比較好。事情本該如此。」

我不知如何回應，於是我向外望，看六隻山羊吃草。我仍聽到妳堂兄弟姊妹在樓上玩，而突然之間，我認出妳的音調和說話的節奏。妳聽起來和我記憶中一模一樣。妳堂兄弟姊妹在演《綠野仙蹤》裡的場景。妳是桃樂絲，堂姊是萌奇人王國的市長，她吸了氣球中的氦氣，所以聲音變得很好笑。「去找巫師！」她嘶啞地說，你們全咯咯爆笑成一團。

接著你們五個大步走下樓，唱著〈我們一同去見巫師〉。最大的堂哥大概十二、三歲，最小的堂妹還走不穩，其他人年紀差不多在這之間。雖然妳的頭髮變長，穿著亮藍色洋裝，我還是馬上就認出妳來。妳的面孔依然沒變，儘管打扮天差地別，但妳溫柔甜美的樣貌依舊。妳手中拿著音樂指揮棒，在頭上揮舞。

「花兒、花兒，等一下！」妳父親叫妳。「有客人來。瑪洛莉和艾卓安。他們從紐澤西來的，妳記得嗎？」

其他小孩停下來，瞠目結舌看著我們，但妳避開我們的眼神。

「我們要去外面玩。」最大的孩子說。「我們要去翡翠城，她是桃樂絲。」

「花兒可以留下來。」約瑟夫說。「別人可以當桃樂絲。」

大家全抗議起來，一個個提出這有多不公平和不實際，結果約瑟夫把他們全趕出門。「花兒留下來。你們其他人待會再回來。半小時，到外頭玩去。」

妳和父親坐在沙發上，但妳仍不肯看我。眞的很不可思議，一件藍洋裝和稍長的頭髮，就能徹底改變我對妳的印象。只改變一點，我的頭腦便自動補齊了畫面，像打開所有開關。妳以前是男孩，但現在，妳是個女孩了。

「花兒，妳好漂亮。」我說。

「Muy bonita（西文：非常美）。」艾卓安說。「妳也記得我，對吧？」

妳點點頭，但雙眼盯著地板。我想起第一次去面試見到妳的時候。妳在繪圖本上畫圖，不肯和我眼神接觸。我必須費點心力，才能讓妳和我說話。感覺我們又變回是兩個陌生人，彷彿要重新開始。

「聽說妳下個月要上一年級。妳興奮嗎？」

妳只聳聳肩。

「我也要去上學了。我要去當大學一年級新生。在卓克索大學。我要去學教育，成爲幼稚園老師。」

妳父親似乎眞心爲我感到高興。他說：「這眞是個好消息！」接下來好幾分鐘，他分享了自己在匈牙利考波什堡大學讀農業的經歷。我感覺他過於積極，想填補所有尷尬的沉默。

於是我試另一個方式。

「我有帶禮物來。」我將購物袋拿過去，我發誓，我不曾看過小孩這麼怕收禮物。妳看到袋子甚至向後退，好像那是一袋蛇。

「花兒，很好啊。」妳父親說。「快打開袋子看。」

妳拆開第一個禮物的包裝。那是一盒依顏色排列的水性色鉛筆。我解釋說這跟正常的鉛筆一樣，但如果加上一滴水，便能把顏色抹開，效果有點像畫畫。「美術用品店阿姨說這很好玩。我想妳可能又會想畫畫。」

「而且顏色好美。」妳父親說。「多麼貼心又合適的禮物！」

妳露出笑容說：「謝謝妳。」妳又拆開另一個禮物。那是一個白色的衛生紙盒，裡頭裝著六個霧黃色的水果。

妳只望著我，等我解釋。

「妳不記得嗎，花兒？這是楊桃。從食品雜貨店買的。記得我們買楊桃那天嗎？」我轉向妳父親。「有時我們的早上活動是去超級市場，我們會讓花兒買她任何想買的東西。一定要是食物，但必須是我們從來沒吃過的食物，價格必須低於五元。於是有一天，她選了楊桃。結果我們覺得好好吃！這是我們吃過最美味的食物！」

這時妳才終於點點頭，好像這故事聽起來很熟悉，但我不確定妳是否真的記得。

這一刻，我覺得好丟臉。我好想把購物袋拿回來。我眞的不希望妳打開最後一份禮物，但太遲了。妳拉開包裝，裡面放著一本我去影印店印好的小書，上頭寫著《瑪洛莉的食譜》。我用電腦打下了食材和步驟，把我們以前一起做的所有甜點都列出來，像杯子蛋糕、奶油起司布朗尼、魔法餅乾條和自製巧克力布丁。「我想妳可能會懷念這些味道，想吃我們以前最愛的甜點。」

妳非常有禮說了謝謝，但我看得出來，這本書會永遠放在書架上，不再拿下來。

突然之間，在心痛中我恍然大悟，我明白醫生爲何不希望我來訪，因爲**妳**不希望我來訪。妳想忘記我。妳其實不知道春溪鎮發生什麼事，但妳知道是不好的事，妳知道這件事讓大人不舒服，妳知道大家討論別的人會比較開心，所以妳拋下這段過去，適應了新生活。我彷彿遭到雷擊，發現自己永遠不會成爲妳新生活的一部分。

前門打開，妳的堂兄弟姊妹遊行回到房子，大張旗鼓唱著〈叮噹！女巫死了！〉，並邁步走上二樓。妳轉向父親，露出哀求的表情，父親臉不禁紅了，他感覺好羞愧。「這樣太沒禮貌了。」他低聲說。「瑪洛莉和艾卓安開了好長的路來看我們，還送妳非常棒的禮物。」

但我決定不要再逼妳了。

「沒關係。」我說。「我不介意。我很高興看到妳有那麼多朋友，花兒。這眞的讓我好開心。妳應該上樓去跟他們玩。祝妳讀一年級順利，ＯＫ？」

妳露出笑容說：「謝謝。」

我很期待妳來擁抱我，但我只能在屋子另一邊，簡單和妳揮個手。接著妳隨大家跳上樓，我聽到妳歡欣鼓舞加入大家，唱了最後一段歌詞，蓋過他們的聲音：「叮噹，邪惡的女巫死了！」你們全爆出尖叫和大笑，妳父親則盯著自己的靴子。

他又替我們倒了茶和咖啡，說希望我們留下來吃中餐，還說妳姑姑柔伊做了paprikas，類似燉山羊肉拌雞蛋麵。但我說我們差不多該走了。我解釋我們要開去加拿大，還要去尼加拉瀑布和多倫多。艾卓安和我又待一會，以免太過失禮，接著便收拾東西。

妳父親看得出來我很失落。「我們幾年過後可以再試一次。」他答應我。「她長大之後，等她知道全部的故事。我知道她心裡一定會有很多疑問，瑪洛莉。」

我感謝他讓我們來拜訪，然後親吻他臉頰，並祝他好運。

我們一到外頭，艾卓安便摟住我的腰。

「沒關係。」我跟他說。「我沒事。」

「她看起來很好，瑪洛莉。她看起來很快樂，住在美麗的農場，和家人及大自然一起。這裡眞的很漂亮。」

我知道他說的沒錯，但心裡還是酸酸的。

我想我期待事情會不一樣。

我們沿著彎曲的碎石車道回到艾卓安的卡車。他繞到駕駛座，打開門。我伸手拉門時，聽到身後傳來輕柔的跑步聲，我感覺妳全身的力量撞到我腰上。我轉過身，妳雙手緊緊抱著我，臉埋進我肚子裡。妳沒開口，但其實不需多說。我人生第一次為一個擁抱如此感動。

接著妳鬆開手，跑回了屋子，但臨走前最後一刻，妳將一張摺起的紙塞到我手中。那是和我道別的最後一張畫。那是我最後一次見到妳。

但我知道妳父親是對的。

未來有一天，十、二十年後，妳會好奇自己的過去。妳會在維基百科讀到自己的綁架案，會發現案情有各種傳言，甚至會在警方報告中看到一、兩處矛盾。妳可能會好奇麥斯威爾夫妻怎能騙大家這麼久，以及為何一個二十一歲的毒癮者能拼湊出眞相。對於春溪鎮的眞相，妳會有許多疑問。

在那天到來之前，這本書會在這靜靜等著妳。

我也會靜靜等著妳。

致謝

我很高興威爾．史戴爾和道基．霍納答應要畫本書的插圖——當時我還沒簽約，也沒手稿、甚至不清楚會有哪些畫。謝謝你們，感謝你們對這計畫抱持信心，也感謝你們美麗的畫作，並在隔離時陪伴著我。

感謝Jill Warrington醫生和我分享毒癮、復健和處方止痛藥珍貴的知識，也謝謝她女兒Grace提醒我初稿中許多令人臉紅的錯誤。感謝Rick Chillot和Steve Hockensmith仔細閱讀，提供各種好主意。感謝Nick Okrent幫我研究童話。感謝Deirdre Smerillo解答了法律問題。感謝Jane Morley告訴我長跑的知識。感謝Ed Milano分享更多關於毒癮和復健的觀點。

Doug Stewart是個好人，也是個稱職的文學經紀。他介紹Zack Wagman給我，他是個厲害的編輯，提供許多聰明的建議，讓這本書更好。同時感謝Maxine Charles、Keith Hayes、Shelly Perron、Molly Bloom、Donna Noetzel和Flatiron Books出版社的所有人。感謝Little Brown UK出版社的Darcy Nicholson。感謝Brad Wood和其他在Macmillan銷售的夥伴。感謝在Sterling Lord Literistic文學經紀公司的Szilvia Molnar、Danielle Bukowski和Maria Bell。感謝在Gotham Group公司的Rich Green和Ellen

Goldsmith-Vein。感謝英國Abner Stein經紀公司的Caspian Dennis。感謝Dylan Clark製作公司的Dylan Clark、Brian Williams和Lauren Foster。感謝Netflix公司的Mandy Beckner和Liya Gao。

除此之外，我要感謝我的家人，尤其我母親（她是個保母）、我的兒子山姆（越野跑者）和我女兒安娜（她從能握鉛筆起便一直在畫畫）。沒有他們，我絕對寫不出這本書。少了我妻子Julie Scott，我也辦不到，這本書獻給她，也獻上我全心全意的愛。送上我的吻。

國家圖書館出版品預行編目資料

詭畫連篇／傑森・雷庫拉克（Jason Rekulak）著；章晉唯 譯.
-- 初版. -- 臺北市；寂寞出版股份有限公司, 2023.12
400 面；14.8×20.8公分. --（Cool；50）
譯自：Hidden pictures.
ISBN 978-626-97541-7-5（平裝）
874.57 112017850

Eurasian Publishing Group 圓神出版事業機構 用心與你對話・視野無限寬廣
寂寞出版社 Solo Press

www.booklife.com.tw reader@mail.eurasian.com.tw

Cool 050

詭畫連篇

作　　者／傑森・雷庫拉克 Jason Rekulak
繪　　者／威爾・史戴爾（Will Staehle）、道基・霍納（Doogie Horner）
譯　　者／章晉唯
發 行 人／簡志忠
出 版 者／寂寞出版股份有限公司
地　　址／臺北市南京東路四段50號6樓之1
電　　話／（02）2579-6600・2579-8800・2570-3939
傳　　真／（02）2579-0338・2577-3220・2570-3636
副 社 長／陳秋月
資深主編／李宛蓁
責任編輯／朱玉立
校　　對／李宛蓁・朱玉立
美術編輯／林雅錚
行銷企畫／陳禹伶・朱智琳
印務統籌／劉鳳剛・高榮祥
監　　印／高榮祥
排　　版／陳采淇
總 經 銷／叩應有限公司
郵撥帳號／ 18707239
法律顧問／圓神出版事業機構法律顧問　蕭雄淋律師
印　　刷／祥峰印刷廠
2023年12月　初版
2024年2月　7刷

定價 460 元　ISBN 978-626-97541-7-5